이현 新무협 판타지 소설

수국 2
이현 新무협 판타지 소설

초판 1쇄 찍은 날 § 2004년 2월 5일
초판 1쇄 펴낸 날 § 2004년 2월 15일

지은이 § 이현
펴낸이 § 서경석

편집장 § 문혜영
편집 § 장상수 · 서지현
마케팅 § 정필 · 강양원 · 이선구 · 김규진 · 홍현경

펴낸곳 § 도서출판 청어람
등록번호 § 제1081-1-89호
등록일자 § 1999. 5. 31
어람번호 § 제2-0325호

주소 § 경기도 부천시 원미구 심곡1동 350-1 남성B/D 3F (우) 420-011
전화 § 032-656-4452 팩스 § 032-656-4453
http://www.chungeoram.com
E-mail § eoram99@chollian.net

ⓒ 이현, 2004

ISBN 89-5505-975-2 04810
ISBN 89-5505-973-6 (SET)

水國

수국

Fantastic Oriental Heroes

이현 新무협 판타지 소설

2

동행(同行)

도서출판
청어람

2 동행(同行)

◆제2권 속의 용어에 대한 약간의 설명

백일귀(白日鬼):명대 절강성 전당강 일대의 수적을 특별히 칭하는 말로 떼를 지어 배를 몰고 다니며 수적질을 하거나 어린아이를 유괴해 파는 등의 악행을 저지르는 자들이라고 합니다. 명대에는 전당강 일대의 수적들이 가장 노략질이 심했다고 합니다.

배의 운항 속도:수로(運河)에서는 대략 하루 평균 30리 정도 간다고 합니다(상당한 중량의 물건을 탑재한 경우, 순류일 경우 40리, 역류일 경우 20리의 속도). 운항 속도는 강마다 다른데, 황하가 가장 힘들고, 다음으로 장강이라고 합니다.

두 강을 제외한 강들에서의 평균 이동 속도는 역류의 경우 화물을 탑재하고 평균 45리, 빈배의 경우 60리이고, 순류의 경우는 빈배와 화물을 탑재한 경우 공히 70리 정도 간다고 합니다.

일반 여정은 말은 하루 70리, 사람과 노새는 50리 정도로 본다고 합니다.

당포(當鋪):전당포. 휘주 출신의 상인들이 상당한 재능을 보였다는 기록이 있습니다.

제1장

막씨 아주머니

석가장의 벽은 여전히 높았다.

밤이 되자 사군의 어깨를 무겁게 찍어누르는 그 우직한 무게는 더욱 중량을 더했다. 어떤 일이 있어도 벽을 넘어야 했다.

막상 결심을 했지만 틀림없이 매복이 있을 것만 같았다. 문득 고노의 말이 떠올랐다.

"천이통(天耳通)을 전개하면 개미가 지나가는 소리라도 들을 수 있단다. 특히 몸을 숨기고 있는 상대를 알아내는 데는 최고지."

구결을 떠올렸다.

오 장가량 떨어져 있는 길 건너편 장원 안쪽의 나무들 근처에 귀를 집중하니 풀벌레 소리와 나뭇잎이 바람에 스치는 소리가 들려왔다. 사군의 얼굴에 자신감이 번졌다. 무엇이라도 해낼 수 있을 것 같은 힘이 느껴지고 있었다.

'응?'

그런 자연의 소리 가운데 미약한 숨소리 같은 것이 들려왔다.

'매복이구나.'

일정한 간격으로 들리는 사람의 호흡 소리. 사군은 얼른 그곳을 벗어나 담장 주변을 차례로 돌며 매복 여부를 조사했다.

소득이 있었다. 한곳에서 분명 숨소리가 들리기는 하는데 그것은 마치 얕은 잠에 빠진 사람의 숨소리와 비슷했다. 호흡 소리가 유난히 거친 데다 유난히 깊고 길었다.

'자는 모양이군.'

사군이 노렸던 놈이었다.

어딘가 구멍은 있을 거라는 생각은 했었다. 천이통으로 효과를 보니 은근히 용기가 생겼다. 그간 고노에게 배운 무공이 이곳에서도 통할지 모른다는 생각이 들었다.

스르르르.

유가무상보를 펼쳐 가볍게 담장을 뛰어넘었다.

예측대로 흑의인 하나가 가지 위에 몸을 기대고 졸고 있었는데 술 냄새가 심하게 풍겼다. 나뭇가지에 작은 술병이 매달려 있는 것으로 보아 아마도 매복 중에 한잔 걸친 모양이었다.

가볍게 상대의 수혈을 짚은 후에 사방을 살폈다. 하지만 높은 담장만큼이나 길게 이어선 웅장한 전각들이 그로 하여금 다시 한 번 기가 질리게 만들었다.

도무지 어디가 어딘지 알 수조차도 없었다.

한참을 생각하다가 수혈을 짚은 자를 옆구리에 끼고 담장을 넘어 밖으로 나갔다. 장원에서 멀찍이 떨어진 곳까지 온 그는 흑의인의 수혈을 풀고는 다른 혈도를 짚은 후에 깨웠다.

"누, 누구냐?"

"떠들지 마! 여차하면 네놈의 사혈(死穴)을 짚어 영원히 보내 버릴 테니."

흑의인의 눈에 공포가 어렸다.

"장원 안 전각들에 대해 자세히 설명해 주면 목숨은 살려주지. 사실대로 말하지 않으면 그대로 보내 버릴 테다."

사군은 최대한 목소리를 깔아 음산하게 보이려고 애썼다. 사내가 미적거리자 한마디 덧붙여 말했다.

"일단 혈도를 짚었다가 네놈의 설명을 듣고 안으로 들어갔다 온 후에 풀어주겠다. 그러니 허튼소리로 나를 속일 생각은 꿈도 꾸지 마라."

그렇게 말하며 상대의 노궁혈(勞宮穴)을 짚었다.

"억!"

사내가 비명을 질렀다.

"마, 말하겠소!"

통증을 일으키는 몇 군데 혈도를 잇따라 들쑤셔대자 흑의인이 얼른 입을 열었다.

그는 일각에 걸쳐 각 전각들의 용도와 매복 상황에 대해 설명해 주었다. 대충 이해를 했다고 여긴 사군은 그를 어떻게 처리할까 고민하다가 아혈(啞穴)을 제압해 어둠 속에 던져 두고는 장원으로 돌아갔다.

안방마님이 거처한다는 본당 맞은편에 길게 늘어선 건물이 시비들이 자는 곳이라고 들었기에 그리로 향했다. 예향이 있다면 그곳일 것이다.

천이통을 전개해 매복을 살폈지만 시비들이 거처하는 곳이라 그런지 아무것도 느껴지지 않았다.

스륵.

사군은 그림자처럼 흐느적거리며 건물 처마 밑에 붙었다가 스르르 안으로 미끄러져 들어갔다.

"드르룽, 드르룽!"

피곤했는지 요란하게 코 고는 소리가 여기저기에서 들려왔다.

시비들은 방 안에 길게 만들어진 커다란 침상 위에서 제멋대로 누워 자고 있었다. 침상을 돌며 차례로 얼굴을 살폈다.

밤이라 해도 아직 더위가 가시지 않았기에 다들 짧은 속옷만 걸쳤는데, 다리를 쩍 벌리고 자는 여자, 가슴을 풀어헤친 여자, 엉덩이를 드러낸 여자 등, 저마다 편한 자세로 하루의 피곤을 달래가며 잠을 즐기고 있었다.

추하기도 하고 보기도 민망했지만 예향을 찾겠다는 일념에 한 명 한 명 자세히 살피지 않을 수 없었다.

여섯 개의 방을 모두 돌았지만 예향의 모습은 어디에도 없었다. 가슴이 덜컥 내려앉았다.

그때였다.

삐걱.

작은 문소리가 들리더니 시비 하나가 안으로 들어왔다. 사군은 침상 아래로 몸을 숨기고 있다가 무심코 걸어가는 그녀의 뒤로 살며시 다가가 아혈을 제압했다.

"떠들면 죽인다."

손가락을 날카롭게 해 등을 푹 찌르니 놀란 그녀가 입을 크게 벌리

고 소리치려 했지만 말소리가 나올 턱이 없었다. 얼굴에 공포가 가득
했다.

"죽고 싶냐?"

깜짝 놀란 시비는 다급히 고개를 저었다.

"혈도는 풀어주겠지만 떠들면 그대로 죽여 버릴 테다."

사군은 등 뒤에서 귀에 입을 대고 속삭이듯 말했다. 원래 보이지 않
으면 공포는 배가(倍加)되는 법이다. 시비는 부들거리기까지 했다. 행
여 소리라도 지를까하여 걱정된 사군은 재차 확인했다.

"우선 내가 묻는 말이 맞으면 고개만 끄덕여라."

시비는 얼른 고개를 끄덕였다.

"이틀 전에 석호인이 이곳으로 데려온 도하촌 처녀를 알겠지?"

다시 고개를 살짝 끄덕거렸다. 사군의 가슴이 쿵쿵거렸다.

"지금 어디 있느냐?"

얼른 혈도를 풀어주며 시비의 몸을 돌려 세워 물었다.

"내, 내당에서 마님의 시중을 들고 있습니다."

그 말을 듣는 순간 안도감에 맥이 풀렸다. 그런데 시비가 덧붙였다.

"내, 내일 다른 곳으로 갈 거라고 합니다."

"그게 무슨 소리냐?"

"그, 그동안 그 처녀가 수발을 들었지만 마님 수발을 들 의녀(醫女)
가 있어 내일 오게 되면 다른 곳으로 보낸다고 들었습니다."

시비는 겁에 질려 푸들거리며 떨고 있었다.

"어디냐?"

"소녀는 잘 모릅니다. 다른 사람들도 모르고 도련님만 알고 계십니
다."

‘도련님?’

모골이 송연해졌다. 석호인 놈이 예향을 목표로 뭔가를 꾸미고 있는 것이 틀림없었다.

“의녀를 구할 거라면 그 처녀는 무엇 때문에 데려왔다는 말이냐?”

“마님께서도 의녀가 올 동안 우리가 수발을 들면 된다고 하셨는데 도련님이 갑작스럽게 데려온 것입니다.”

쿵!

뭔가 숨긴 의도가 있었다.

분명했다. 뽕밭에서 일하는 촌 처녀를 굳이 이런 곳에 데려올 이유가 무엇이란 말인가?

한두 달 후에 돌려보내겠다니… 놈도 병 수발을 들어줄 의녀가 곧 올 것이라는 사실을 잘 알고 있었을 터였다. 그런데도 한두 달을 말했다면… 심장이 쿵쿵거렸다.

놈이 굳이 이런 절차를 밟은 것은 남의 눈을 의식했기 때문일 것이다. 그런 생각을 하니 마음이 급해졌다.

아무도 모르는 어디론가 데려다 놓고 실컷 농락한 다음에 돌려보낼 것만 같았다.

“사, 살려주세요. 절대 말하지 않겠어요.”

험악하게 변하는 그의 표정에 시비는 다시 몸을 떨며 싹싹 빌었다. 하지만 목소리를 크게 하면 자신을 죽이고 말 것이라는 생각 때문인지 말소리는 크지 않았다. 눈치가 있는 시비였다. 어차피 사람을 죽여본 적은 없었다.

“만약 내게 이곳 사정을 말해 주었다는 것이 알려지면 너도 끌려가 호되게 경을 칠 것이다. 나는 조용히 나갈 것이니 그리 알아라.”

사군은 얼굴을 풀고 부드러운 표정으로 말했다.

이곳에 끌려와 불안에 떨고 있을 예향을 생각하니 눈앞에서 떨고 있는 시비도 불쌍하게 생각되었기 때문이다.

예향도 어디선가 이렇게 떨고 있을 것이다.

사군은 그녀를 버려두고 들어올 때와 마찬가지로 조용히 밖으로 나와 처마 밑에 붙었다. 마당을 사이에 두고 오류 장 건너편에 안방마님의 거처라는 내실이 있었다. 그 안에서 겁에 질려 있을 예향을 생각하니 도저히 이대로 있을 수가 없었다.

천이통을 전개해 매복을 살폈다.

'음!'

신음성을 삼켜야 했다.

예상대로 경비는 철통같았다. 지붕에 둘, 처마 밑에 하나, 양 옆 나무 위에 하나씩 모두 다섯. 숨소리가 무척 고른 것으로 보아 다른 곳을 지키던 자들보다 훨씬 뛰어난 고수임이 분명했다. 그걸 알고는 도무지 접근할 엄두가 나지 않았다. 한참을 망설이고만 있던 지루한 순간이었다.

스윽!

갑자기 예향이 있다는 내실 문을 여는 소리가 나더니 시비 차림의 한 여인이 살며시 문을 열고 나오는 것이 보였다. 소리가 나지 않을까 무척이나 조심하는 움직임으로 보였다. 여인은 주위를 살피려는 듯 사방을 두리번거렸다.

'예향이야!'

내실 앞마당에 심어놓은 나무 사이에 가려 얼굴이 자세히 보이지 않았지만 키나 몸매 등 대충의 윤곽으로 보아 예향이 틀림없었다.

'지금 나오면 안 돼!'

탈출을 하려는 것 같았다. 사방에 매복이 깔려 있다는 사실을 모르고 한밤중에 달아날 속셈인 모양이었다. 예향은 발소리를 죽여 내실 뒤쪽으로 걸어가더니 이내 건물 뒤로 사라졌다.

'저런, 저런!'

사군은 어쩔 줄 몰라 했다. 흑의인의 말에 의하면 그곳은 별당이 있는 곳이다. 하지만 이런 급박한 순간에도 감히 움직이지 못했다. 별당은 숨어 있는 호위들이 바로 근처에 있어 조금만 다가가도 당장 발각이 되고 말 터였다.

'멍청이!'

조바심을 참을 수 없었다. 별당은 그가 있는 곳에서 내당보다 더 멀어 거리가 십이삼 장가량이나 되었다. 사군은 그쪽의 동정을 살피려고 천이통을 전개했다.

'응?'

예향이 사라진 별당 쪽에서 또 다른 사람의 존재가 느껴졌다. 둘은 작은 소리로 대화를 나누고 있었는데 정확하게 자세히 들리지는 않았지만 대충 알아들을 수는 있을 정도였다. 모든 정신을 별당 쪽에 집중했다.

그런데!

"호호호, 하루 사이에 몸이 제법 좋아졌구나."

"아이."

"앙탈을 하는 게냐? 내게 잘 보이면 촌구석으로 돌려보내지 않으마. 약속하지."

잠시 말이 끊기는가 싶더니 여인의 교성이 들려왔다.

“흐흥, 흥!”

사내가 계집을 희롱하는 모양이었다.

‘저, 저런!’

몸을 떨었다. 이곳에 끌려온 지 며칠이나 되었다고 벌써 저리도 쉽게 사내와 놀아나다니! 계집은 예향이고 사내는 석호인이라는 놈일 것이다. 심장은 정신없이 쿵쾅거렸고 온몸에서 피가 거꾸로 흘렀다.

“흐흐흐, 내가 금방 들어온 계집에게 이렇게 빠져 보기는 처음이다.”

사내의 말소리가 들렸고, 이어 잠시 뜸을 들이는 시간이 있었다. 침묵의 시간은 사군을 더욱 힘들게 만들었다. 꼭 말아 쥔 손에서 땀이 배어났다.

“하악!”

또다시 들리는 옅은 교성. 순간 사군은 아득한 절망 속으로 빨려 들어갔다. 아무런 생각도 나지 않았다. 그저 끝도 알 수 없는 시커먼 수렁 속으로 빠져든 것 같았다.

“이익!”

별안간 몸을 날린 그는 빛살처럼 빠르게 별당으로 향했다.

쐐액!

순간 어디선가 날카로운 파공음과 함께 번쩍 하는 섬광이 옆구리를 스쳐 갔다. 반사적으로 몸을 틀어 피했지만 완전하지는 못했다. 화끈한 느낌이 드는 순간 당한 것을 알았다.

쐐액!

이번에는 다른 쪽에서 머리를 쪼개왔다. 처마 바로 밑에 몸을 숨기고 있던 놈이 공격을 헤 온 것이다.

“헉!”

사군은 화들짝 놀라 그제야 자신이 처한 상황을 인식했다.

휘익!

날카로운 공격에 퍼뜩 정신을 차린 그는 방향을 틀어 담장을 향해 몸을 날렸다. 하지만 어느 틈에 다가왔는지 또 다른 매복자가 그의 허리를 노렸다. 살기가 풀풀 넘치는 공세였다.

파팟!

눈앞에서 검광이 번쩍이며 매섭게 허공을 갈랐다.

“후웃!”

어깨가 따끔했다.

사군은 죽을힘을 다해 경공을 펼쳤다. 두 명의 공격자들도 나는 듯이 담을 넘어 그의 뒤를 쫓았다. 병중에 있다는 안방마님의 상세에 영향을 줄까 염려했는지 소리를 지르며 쫓지는 않는 것이 그나마 다행한 일이었다. 사군은 유가무상보를 펼쳐 부드럽게 바람결을 타듯 골목 사이로 빠져나갔다.

“아니!”

“섯거라!”

추적자들은 상대의 신법에 놀라다가 그제야 고함을 치며 뒤쫓아왔다. 석가장과는 제법 거리가 떨어진 곳이었다.

사군은 자신도 모르게 예전에 상어를 따라 지났던 길을 달리고 있었다. 추적자들의 경공도 상당했지만 유가무상보의 신법을 따르지는 못했다. 그는 저잣거리에 들어서자 빽빽한 집들과 복잡한 미로 등을 이용해 요리조리 몸을 숨기며 달아났다.

얼마가 지났을까.

뒤를 돌아보고 귀를 기울여 보아도 더 이상 뒤를 추격해 오는 소리
가 들리지 않았다.
"휴우!"
그제야 골목 모퉁이에 서서 잠시 숨을 돌렸다. 여유를 찾으니 옆구
리와 어깨의 통증이 느껴졌다.
"제길!"
그러고 보니 어깨에서도 피가 흘렀다. 병장기에 몸을 상하기는 처음
이었다.
자신도 모르게 입에서 욕이 튀어나오려는 것을 겨우 참았다. 방향도
정하지 않고 앞으로 걸어가면서도 머리 속으로는 온갖 공상이 들끓었
다. 조심스레 눈치를 살피며 별당으로 가던 예향의 뒷모습이 떠올랐
다.
'괘씸한!'
고개를 들어 하늘을 올려다보았다. 숙이고 있으면 주르르 눈물이 흘
러내리고 말 것 같았다.
그런 여자였던가?
수줍던 그 미소 뒤에 그런 기질이 감추어져 있었나?
농락을 당한 기분이었다.
어렵게 살아오다가 부잣집에 들어가 보니 그들이 호화롭게 사는 것
에 그만 눈이 뒤집힌 것이 틀림없다. 맛있는 음식과 값비싼 옷에 현혹
되었을 것이다. 그런 유혹에 쉽게 넘어간 것은 그만큼 어렵게 살아왔
기 때문이리라.
'바보.'
아마 석호인 놈에게시 금이니 호박, 비취 같은 노리개 하두 개쯤 선

물을 받았는지도 모를 일이다. 당연히 눈이 뒤집혔겠지. 하지만 자신은 몇 년이 지나더라도 예향에게 그런 것을 해주지 못할 것이다.

그게 원통했다. 어쩌면 여자들이란 원래가 그렇게 생겨먹은 것들인지도 몰랐다. 결국… 눈앞이 흐려졌다.

‘그래, 놈에게 버림받고 돌아오지만 않는다면 다 용서해 주마.’

이를 악물었다.

‘그래! 나는 나대로 너는 너대로, 그까짓 사랑이 무언가. 서로 자기 멋대로 살면 그만이지!’

상처를 누르고 밤길을 터벅거리며 걸었다.

이제는 순라꾼들도 두렵지 않았다. 누구든 걸리기만 하면 그 자리에서 피떡이 되도록 흠씬 두들겨 패줄 생각이었다. 아니면 그렇게 맞고 뻗어버리던지…….

어느덧 광상교 근처로 오게 됐다. 예전에 상여를 따라 지났던 길이었다.

문득 막씨 아주머니가 이 근처에 산다고 했던 기억이 떠올랐다. 발길이 절로 그리 향했다.

‘씨팔.’

건물 모퉁이를 돌아서던 예향의 뒷모습이 계속 눈앞에 아른거렸다.

그 장면을 떠올릴수록 분통이 터졌고, 그것도 모르고 이렇게 하루 종일 곪고 구하러 갔다가 다쳐서 나온 자신을 생각하면 서글펐다.

큰 고목이 한 그루 서 있는 것이 보였다. 돌아서서 세 번째 집이라고 했던가. 밤이 늦었음에도 집 안에 불이 켜져 있는지 희미한 불빛이 어렸다.

허기가 느껴졌다.

평소 막씨 아주머니가 대해주던 것으로 보아 문을 두드리고 아는 체라도 한다면 밥 한 술이라도 줄 것 같았지만 밤늦은 시각에 그럴 수는 없었다.

지친 사군은 고목나무 아래에 철퍽 앉아 등걸에 몸을 기댔다. 옆구리와 어깨에 슬쩍 손을 대보니 피가 계속 흐르는 것 같지는 않아 어느 정도 안심했다.

피곤이 엄습했다.

"아니, 사군 동생 아니야?"

꿈이 아니었다.

누군가 그렇게 부르는 소리에 퍼뜩 눈을 뜬 그는 눈앞에서 자신을 유심히 내려다보고 있는 막씨 아주머니를 발견했다.

"엇! 아주머니."

벌떡 몸을 일으켰다. 그러고 보니 아주머니 댁 앞이었다.

"이곳에는 웬일이야? 잠이 오지 않아 바람이나 쐬려고 나왔다가 집 앞에 사람이 있기에 놀라 멀찍이서 살폈더니 군 동생이더군. 깜짝 놀랐어."

"일이 있어서 성안에 남아 있다가 그만 성문이 닫히는 통에 나가지 못하게 되었어요."

그렇게 둘러댔다.

꼬륵! 꼬르륵!

갑자기 뱃속에서 요란한 소리가 났다.

"저런, 식사도 제대로 못했구나. 어서 우리 집으로 가. 마침 내가 교자(餃子)를 빚어둔 것이 있는데 그거라도 내줄게."

막씨 아주머니는 그렇게 말하며 그의 소매를 끌고 앞장섰다.

사군도 배가 고팠던지라 염치 불구하고 뒤를 따라갔다. 집은 사군이 있던 나무에서 채 오 장 정도밖에 떨어지지 않는 곳에 있었다.

안으로 들어서니 막바로 침실이 있는 방이었다.

벽에 걸린 작은 유등(油燈) 하나가 집 안 전체를 환히 밝혀주고 있다가 문을 여닫으며 생긴 맞바람에 흔들리며 두 사람의 그림자를 엉클어 놓았다.

집은 주방과 침실이 두 칸 있는데, 사군 모자가 사는 집보다 조금 큰 집에 방 한 칸을 더 만든 것에 불과했다. 방을 구별하는 낡고 허름한 휘장 사이로 보이는 다른 방 안에는 대여섯 살로 보이는 꼬마가 침상 위에서 코를 골며 자고 있었다.

"아니, 저런! 피가 나잖아?"

막씨 아주머니는 그제야 사군의 옷이 피에 젖은 것을 보고는 깜짝 놀라며 그렇게 말했다. 화들짝 놀란 그녀는 얼른 달려가더니 누가 쫓아오기라도 하는 것처럼 문을 걸어 잠갔다.

'후훗!'

사군은 내심 웃었다.

누가 추격을 해왔다면 저까짓 가느다란 쇠고리가 무슨 소용이란 말인가. 잠깐 동안도 막아주지 못할 쇠고리였다.

다가온 아주머니는 윗옷을 들쳐 올려 상처를 살폈다.

"아니, 어쩌다가……!"

사군을 의자에 앉게 한 그녀는 뜨거운 물을 준비했다. 다행히 팔뚝과 허리에 난 상처는 그리 깊지 않았다.

"운이 좋았어. 살을 깊이 파고든 상처는 아니야."

그녀는 아무렇지 않은 듯 사군의 옷을 벗기고 뜨거운 물로 상처를 씻은 후에 금창약을 바른 다음 깨끗한 헝겊으로 싸매주었다. 그러는 중에도 누가 쫓아오지나 않나 불안한지 연신 문을 오가며 문틈으로 바깥 동정을 살피는 일도 잊지 않았다.

사군은 그녀가 하는 대로 맡겨두었다.

상처를 치료하는 동안 아무리 살펴도 바깥 주인이 보이지 않자 은근히 불편해져 눈길이 자꾸 건넛방으로 향했다.

"아들이야. 여섯 살이지. 낮에 노느라고 피곤했던 모양이야. 저녁을 먹자마자 곧장 잠들어 버렸어."

좀 작은 듯한 윗옷을 건네주던 막씨 아주머니는 맞은편 방에 신경 쓰는 그를 보며 웃는 얼굴로 말했다.

꼬르륵!

배에서 또 소리가 났다.

하지만 먹을 것을 달라고 하기가 뭣해 입에서는 다른 말이 나왔다.

"아저씨는?"

"저런! 깜빡 잊었네. 배가 무척 고팠겠구나!"

막씨 아주머니는 대답 대신 주방으로 가더니 김이 무럭무럭 나는 교자를 한 접시 가득 담아 물과 함께 탁자에 올려주었다. 상처를 치료하기 전에 불에 데웠던 모양이었다.

"어서 먹어. 배에서 꼬르륵 소리가 나는 것을 보니 하루 종일 굶었던 모양이지?"

교자를 본 사군은 미처 인사할 여유도 없이 그대로 집어 입 안으로 쑤셔 넣었다. 물그릇이 급히 올려졌다. 정신없이 입에 넣으니 체할까 염려스러웠던 것이다.

우걱, 우걱!

마치 걸신이 들린 사람처럼 처넣으니 이내 접시가 비었다.

"정말 잘 먹었어요. 제가 이 집의 아침 식사까지 해치운 것이 아닌지 모르겠어요."

은근히 미안했던 사군은 인사말 삼아 그렇게 말했다. 배를 채웠으니 이제 체면을 차리는 것이 순서였다.

"호호호, 맞아. 사실 그게 우리 두 식구 아침 식사였거든."

하지만 웃어가며 하는 그녀의 직설적인 말에 사군은 얼굴을 붉혀야 했다.

"죄송해요. 어제저녁 이후로 굶었거든요."

"아니, 집에 간 것이 아니었어? 무슨 일이지?"

"마을 사람 중의 하나가 석가장에 붙잡혀 왔어요. 그래서 그곳에 들어가 보려고……."

예향에 대해 자세히 밝히기가 뭣해 그렇게 얼버무렸다.

"중원표국?"

아주머니가 깜짝 놀라며 되물었다.

"예."

"아무래도 불을 꺼야겠어."

중원표국의 이름은 적어도 이곳 소흥에서는 절대권위와 같은 뜻이다. 막씨 아주머니는 불안했던지 즉시 등불을 껐다. 뒷문 틈으로 흐르는 달빛의 갈래만 들어오는 방안은 일시에 암흑 속으로 빠져들었다.

잠시 침묵이 흘렀다.

아이의 코 고는 소리가 없었더라면 견디기 힘들었을 것이다.

차츰 어둠이 걷히는 방안에는 두 사람의 어설픈 숨소리가 번갈아 들렸고, 그것은 편안함 대신 알지 못할 긴장을 일깨웠다. 그러고 보니 끊이지 않고 밤을 이어가는 물소리도 있었다.

아무리 동생뻘이라고는 하지만 머리통 하나는 족히 큰 사내와 어둠을 같이한다는 것은 쉽지 않았던 모양이다. 막씨 아주머니가 먼저 침묵을 깼다.

"성문이 닫혔으니 내일 아침까지는 갈 곳도 없겠구나. 마침 우리 집에 방이 두 개니 이곳에서 자도록 해. 나는 저 방에서 자면 되니까. 동생이 쓰던 침상이 하나 더 있거든."

그녀는 그렇게 말하며 침상에 자리를 펴주었다. 침구를 펴는 손길에서 어색함이 보였다.

방안이 깨끗이 정돈되어 있기는 했지만 어딘가 모르게 허전한 느낌이 들었다. 문득 아주머니가 '우리 두 식구'라고 말했던 것이 기억났다. 아주머니와 아이. 그렇다면 아저씨는 집에 없다는 말이었다.

침상에 드러누웠다.

집에서 쓰던 것과 비슷한 허름한 침상이었기에 오히려 더 편안한 것 같았다. 하지만 아까 잠깐 잠들었던 탓인지, 아니면 예향의 숨소리 때문이었는지도 몰랐다.

"잠이 오지 않아요."

혼잣말이었다.

아이의 코 고는 소리가 크게 들려왔다. 막씨 아주머니는 대답하지 않았다.

"아니, 잘 수 있을 것 같지 않아요."

역시 대답이 없었다.

눈을 감았다. 예향의 뒷모습이 떠올랐다. 무서운 열병에 걸린 듯 전신에서 뜨거운 열기가 솟구쳤다. 분노였다.

'제길!'

애써 다른 기억을 떠올려 예향이 남긴 더러운 잔상을 외면하려고 했다. 무우장에서 묘랑의 손에 이끌려 움켜쥐었던 그녀의 젖가슴 감촉을 되살리려고 애썼다. 차라리! 차라리 묘랑을 그대로 안아버렸다면 덜 억울했을지도 몰랐다.

'더러운!'

생각이 또다시 예향으로 돌아와 버렸다.

몸을 뒤척였다.

허름한 문틈으로 달빛이 새 들어오는 희미한 어둠 속에서 긴 시간이 흘렀지만 여전히 잠을 이루지 못하고 있었다.

"석가장에 끌려갔다는 사람이 누구지?"

아마 잠들지 않고 있었던 모양이다. 대답하지 않았다. 예향의 이름을 입에 올리는 것조차도 싫었다.

"좋아하는 여자였구나?"

아이의 코 고는 소리가 그 말의 뒤를 여운처럼 가늘게 이어갔다.

"정말 안됐구나."

부시럭거리는 소리가 나더니 막씨 아주머니가 사군이 있는 방으로 건너와 의자에 앉았다. 누웠다가 그대로 일어나 건너왔는지 겉옷만 헐렁하게 걸친 모습이었다.

드르륵!

의자를 끌어당기는 소리가 요란했다. 아주머니는 침상 곁으로 조금 다가앉았다.

"가까운 사람을 떠나보내야 한다는 것은 정말 견디기 힘든 일이지."

혼잣말인 것 같기도 하고… 사군은 아무런 말도 하지 않았다. 그녀의 나직한 목소리에서 문득 그 말이 자신의 얘기만은 아닐 거라는 생각을 했다.

목이 탔다.

술이라도 있었으면 했다. 하지만 여자 혼자 아이만 데리고 사는 집에 술이 있을 까닭이 없었다.

"오늘은… 그냥 취해 버리고 싶어요."

"그렇겠구나."

부드러운 목소리였다.

누군가로부터 위로를 받을 수가 있다니 더욱 서럽게 느껴져 자신도 모르게 눈물이 볼을 타고 흘렀다. 사군은 얼른 눈물을 훔쳐 냈다.

부끄러웠다.

"술을… 줄까?"

약간은 들뜬 목소리.

'마셔도 될까?'

감히 대답하지 못했다. 어둠이 대답을 주저하게 만들었는지 몰랐다. 대답을 않자 자리에서 일어난 아주머니는 뒷문 쪽으로 나갔다. 문을 열자 강바람에 겉옷이 펄렁거리며 농익은 여인의 몸매가 활짝 드러났다. 옅은 해당화 냄새가 코를 스쳤다.

이 시각에 어디 가서 술을 구해오려나 했지만 땅을 긁는 듯한 소리가 들리더니 이내 흙이 묻은 술동이 하나를 들고 들어왔다. 마당이 없고 바로 길이니, 물길을 마주하는 뒷문 바로 옆에 묻어둔 술동이인 모양이었다. 몇 년은 족히 묵었는지 코를 간질이는 국화향이 방 안 가득히 퍼져 나갔다.

"사 년 전에 담근 술이야. 맛이 괜찮을 거야. 몸에 상처가 있으니 많이 마시면 안 돼."

아주머니는 마치 개구쟁이 같은 모습으로 그렇게 말했다.

삼십은 되어 보였지만 아직도 피부가 하얀 것이, 잘만 꾸미면 처녀 소리도 들을 만한 얼굴이었다.

사군은 어색하게 웃으며 고개를 끄덕여 주었다.

뒷문이 살짝 열렸기에 물 위에 어린 달빛이 방안을 비추어 한층 밝아진 느낌이었다. 사군은 자리에서 일어났다. 몸이 부대끼니 상처가 따끔거렸다.

드륵!

다시 의자를 끄는 소리에 가슴이 철렁했다. 아주머니는 탁자를 끌어 침상 가까이 붙이고는 자신도 의자를 바싹 붙여 앉았다.

'응?'

술잔 대용으로 가져다 놓은 밥그릇 두 개가 놀라게 했다. 술잔으로 쓰기에는 너무 커 보였다.

하기는 이 시각까지 남편이 들어오지 않고 있으니 속이 상할 만도 했다. 남편도 없는 집에서 이렇게 같이 술을 마셔도 되는가 하는 생각이 들었지만, 퍼져 오는 주향에 이내 그 생각을 떨쳐 버렸다.

아주머니의 그런 기분이 이해가 될 것 같기도 했다.

작은 술 바가지를 가져온 그녀는 사군의 잔에 술을 따르고는 자신도 술잔을 가득 채웠다. 바가지를 든 손목이 달빛 속에서 하얗게 보였다.

벌컥, 벌컥!

두 사람은 말없이 술을 마시기 시작했다.

밥그릇으로 대신한 술잔은 단숨에 바닥을 드러냈다. 조금만 먹으라

던 자신의 말을 이미 잊었는지, 아주머니는 계속 술을 따라주었는데,
그때마다 자신의 잔에도 가득히 부어 마셨다.

아무도 입을 열지 않았다.

안주를 대신한 것은 아마 두 사람의 마음속에 자리한 자기 몫의 아
픔이었다. 술이 몇 순배 돌았건만 두 사람은 여전히 말이 없었다. 마치
술 마시는 일을 하듯 그저 따르고 마시고를 반복할 뿐이었다.

벌컥! 벌컥!

한 잔을 마시고 혼자 생각하고, 다시 잔이 채워지면 마시고 또 생각
하고, 그렇게 마셨다.

두 사람이 같이 마시고 있었건만 모르는 타인처럼 술잔을 비워갔다.
취기가 오를수록 머리 속에는 예향 생각으로 가득해 졌다. 삐죽거리며
내밀었던 예향의 빨간 입술은 그렇게 가버렸다.

'망할 년!'

벌컥, 벌컥!

다시 잔을 비웠다.

얼굴에 취기가 얼얼하게 돌았지만 정신은 더욱 또렷해졌다. 욕설이
입 안을 맴돌았다.

'더러운 세상!'

벌컥! 벌컥!

'내가 못난 놈이지!'

벌컥! 벌컥!

연거퍼 잔을 비웠고 그때마다 새로운 술이 그 자리를 대신했다. 어
느 순간 머리가 어질어질했다. 술에 취했다는 생각은 들지 않았다. 희
미한 어둠 속에서 거푸 술잔을 비우고 다시 채우고, 또 비우는… 그런

두 사람만 있었다.

“끄윽!”

돌연 작은 트림 소리가 사군의 술잔을 허공에서 멈추게 했다.

‘그래, 아주머니도 있었지.’

고개를 돌렸다.

막씨 아주머니는 술에 몸이 부치는지 잔을 입으로 가져가지 못하고 멈칫거리고 있었다. 그걸 본 순간에야 그녀도 같이 마시고 있었음을 떠올렸다.

“그만 마셔요.”

사군은 손을 들어 제지했다. 자신도 머리 속이 엉클어지기 시작했기에 여자인 아주머니는 오죽하겠나 싶었다. 하지만 그 말을 들은 막씨 아주머니는 마치 반발이라도 하듯 잔을 들어 벌컥거리더니 그대로 비워 버렸다.

‘아!’

울고 있었다.

잔을 내리는 순간 눈물에 젖은 얼굴이 보였다. 얼굴을 보니 한참을 울었던 모양이지만 몰랐던 것뿐이었다.

무슨 사연일까?

눈길을 의식한 그녀가 입을 열었다.

“후후, 아저씨가 언제 오느냐고 물었지? 나도 몰라. 벌써 사 년이 지났거든. 어디에 있는지, 살았는지 죽었는지도 모르는데 언제 돌아올 것을 어떻게 알겠니?”

흠칫했다.

“집을 나가셨나요?”

혹시 부부 싸움 끝에 가출이라도 했나 싶어 그렇게 물었다.

도하촌에서도 홧김에 며칠씩 집을 비운 남편을 원망하며 찔찔거리며 술을 퍼마시던 이웃집 아주머니를 본 적이 있었다.

"푸웃! 병졸로 징집되어 갔어. 원래는 갈 필요가 없었는데 아전 놈이 관청 서류를 바꾸어서 부잣집 아들을 빼버리고 내 남편과 남동생을 대신 집어넣었지. 돈이면 귀신도 부린다는 세상이잖아?"

그랬나 하는 새삼스러운 마음에 다시 아주머니의 얼굴을 쳐다보았다. 그녀는 다시 두 개의 빈 잔에 술을 채웠다.

아직까지 돌아오지 않고 있다면 남편은 아마도 전장에서 죽었을 가능성이 높았다. 농민군의 기세에 관군은 곳곳에서 연전연패를 거듭해 밀리는 상황이니 부지기수로 죽어 나가는 것이 사내들이었다. 그런 싸움터에서 몇 년씩 소식 한 자 보내지 않고 있는 사람이라면 필경은 죽었다고 보아도 무리가 없을 것이다.

사군은 아무 말도 하지 못했다.

"누군가에게 이 년 전에 전장에서 창에 찔려 죽는 것을 보았다는 말을 듣기는 했지만, 그런다고 뭐가 달라지겠어."

아주머니가 다시 술잔을 채우더니 그를 올려다보았다. 사군의 고개가 절로 숙여졌다. 남편을 잃은 아픔에 실연 따위를 비교할 수 없다는 생각 때문이었는지도 몰랐다.

"가슴이 많이 아프겠구나."

유하는 도리어 자신을 위로했지만 아무 대답도 하지 못했다. 그 일을 다시 떠올리기 싫었다.

벌컥, 벌컥!

두 사람은 다시 한동안 그렇게 말없이 앉아 거푸 술잔만 비웠다. 제

법 커다랗던 술동이도 거의 비어가는 모양인지 바가지가 바닥을 긁는
소리가 들렸다.

"흑, 흑!"

술기운 때문일까.

아주머니는 갑자기 울기 시작했다. 예향 때문일까. 갑자기 코끝이
찡해오는 것이 사군도 눈물을 참기 어려웠다.

일단 울음이 터지자 아주머니는 어깨까지 들썩이며 울었다.

사군은 몸을 당겨 가까이 가서 가만히 그녀의 어깨에 손을 얹어 위
로해 주었다. 가련한 사람은 또 있었다.

"우리 집 식구들이 사람들의 눈 밖에 난 탓이라고 하더구나. 흑흑!"

"흑!"

사군도 눈물을 쏟았다.

신세타령을 들으니 가슴이 찡하기도 했거니와 예향의 배신이 생각
나 견딜 수 없었기 때문이다. 맑은 그 얼굴을 마주하면 모든 일이 다
잘 풀릴 것 같은 느낌을 받곤 했었다.

그런데… 그 집에 들어간 지 며칠이나 됐다고 그런 못된 짓을!

계집들이란 원래 그런 족속일 것이다. 앞에서는 헤헤거리며 좋아한
다고 했다가도 조금만 나아 보이는 사내를 보면 홱 달려가 치마를 걸
어붙이는 그런 것이 여자일 것이다. 그저 없는 것이 서러울 뿐인 세상
이다. 서러웠다. 술기운이 불끈 올라오자 눈물이 펑펑 쏟아졌다.

"허엉!"

술기운 탓일까. 끝내 울음이 터졌다.

"흑흑흑!"

이번에는 막씨 아주머니가 그의 가슴 안쪽으로 손을 둘러 안아주었

다. 사군도 그런 그녀의 등을 더욱 힘주어 안고 울었다. 두 사람은 그렇게 서로를 위로했고 슬퍼했다.

뜨거운 술기운이 눈물로 쏟아지는 것 같았다.

잠깐의 순간이었다.

가슴 언저리로 아주머니의 입김이 스쳤다. 몸이 확 달아올랐다.

부숴 버리고 싶었다.

머릿결에서 창포 냄새를 맡는 순간 사군의 우직한 손이 아주머니의 등을 와락 껴안았다.

"아!"

가벼운 탄성.

가슴 언저리를 밀어내려는 듯한 미약한 움직임이 느껴졌지만 극히 짧은 순간일 뿐이었다. 두 사람은 그렇게 있었다. 짧은 시간이었다. 순간 가녀린 손이 사군의 등을 강하게 끌어안았다.

여체는 떨고 있었다.

오랜만에, 정말 오랜만에 맡아보는 사내 냄새였다. 사군이 안아오는 순간 갑자기 온몸에서 힘이 쭉 빠져나가 정신을 차릴 수가 없었다. 가슴이 떨렸고… 눈이 감겼다. 한가닥 남은 이성은 안 된다 하고 있었지만… 술기운이었을까? 두 손은 사군이 떨어질까 두려운 듯 꽉 끌어안고 있었다.

취중에도 묘한 긴장이 찾아들었다.

'으음.'

하체가 불끈거렸다.

참을 수 없었다. 예향의 열띤 신음성까지 들은 이 마당에 무엇을 가린단 말인가. 사군은 탁자에 앉아 품에 안겨 있는 아주머니를 번쩍 들어 침상 위로 끌어 올렸다. 어둠 속에서 잠깐이나마 눈과 눈이 마주쳤다. 희미한 어둠 속에서 두 쌍의 눈이 이글거렸다.

정염!

여인의 몸을 당겨 조용히 침상 위에 뉘이는 동안 아무런 저항도 없었다. 서툰 손길이 거칠게 겉옷을 젖혀내며 허겁지겁 움직이더니 달빛에 드러난 젖가리개를 끌렀다.

“으음!”

사군의 입에서 가벼운 신음성이 나왔다.

탱탱한 수밀도의 한가운데서 꼿꼿이 고개를 든 한 쌍의 유두가 희미하게 모습을 드러냈다. 작업장 뒷켠에서 찬바람을 쏘이며 가슴을 진탕시켰던 젖가슴이었다. 심호흡을 한 사군은 황급히 고개를 숙여 한입 가득 수밀도를 베어 물었다.

“흐응!”

별당에서 들었던 더러운 신음성. 예향의 소리였다. 색포 작업장에서 춘씨에게 안겼던 여자가 내던 바로 그 소리였다.

와락 분노가 치밀어 올랐다.

‘그래, 난 이렇게 살 테다! 넌 돈 많고 잘난 놈 품에 안겨 그렇게 살아라. 나쁜 년! 대신 다시는 내 눈앞에 띄지 마라.’

거친 손길이 젖가슴과 허리를 차례로 오가며 더듬어갔다.

“아, 아파! 살살…….”

옅은 콧소리가 섞인 투정이었다. 손길은 이내 부드럽게 바뀌었다.

“흐흥!”

콧소리가 거듭될수록 묘한 쾌감을 느꼈다.

알지 못할 승리감이었다.

만지고 또 만졌지만 양이 차지 않았다. 어찌할 바를 모르는 그에게 부드러운 손이 다가와 바지를 끌러 내렸다. 그 손은 미끄러지듯 아래로 내려와 팽팽하게 부푼 그의 양물을 잡아 물기를 가득 머금은 숲 속으로 인도했다.

"아학!"

"으헉!"

사군의 눈이 부릅떠졌다.

뭔가에 꽉 싸인 듯한 느낌!

따스했다.

'예향, 그렇게도 좋았냐? 너도 이렇게 즐겼겠지. 어쩔 수 없었다는 변명 따위는 하지 마라. 차라리 돈이 좋았다고 그렇게 당당히 말해라. 그래, 이게 바로 네가 그리 좋아하는 사내 맛이다.'

쉬지 않고 분노를 쏟아냈다. 분노가 커질수록 막씨 아주머니의 신음성은 더욱 짙고 깊어졌다.

"아흐! 아흐!"

사내의 거친 숨결과 농익은 여인의 교성이 어둠을 뒤흔들었다.

문밖에서 그들의 신음성을 듣고 있는 자들이 있었다.

"이 집은 아닌 모양이군."

두 명의 사내는 밖에서 조용히 귀를 기울이다가 발걸음을 돌렸다. 그들은 장원에서부터 추격해 왔던 자들로, 인근에서 소리가 나는 집들을 골라 대충 살피는 중이었다.

"흥. 하긴 다쳐서 달아난 놈이 집 안에서 버젓이 그 짓을 하고 있을 리가 없지."

다른 사내가 말을 받았다.

"더 듣고 싶기는 한데 시간이 없는 것이 아쉽군. 후후후."

나직한 대화였다.

바깥의 동정을 모르는지 마침내 쾌감을 이기지 못한 여체가 활처럼 휘어졌다.

"아흑!"

머리가 깨지는 듯 아팠다.

눈을 떴다. 천장이 이상했다. 한 번도 보지 못했던 형태였다. 환한 여명이 문틈을 비집고 방안으로 쏟아져 들어왔다.

'응?'

뭔가 이상한 생각에 벌떡 몸을 일으키려는 순간 허리에서 뜨끔한 고통이 느껴져 깜짝 놀란 사군은 다시 자리에 드러누웠다.

"아!"

자신도 모르게 가벼운 비명 소리를 흘렸다.

"깼구나."

막씨 아주머니였다.

'아!'

그제야 간밤에 일어났던 일을 기억했다.

부끄러운 생각이 들어 고개가 저절로 돌아갔다. 아주머니는 말없이 다가와 젖가슴 사이에 사군의 머리를 파묻었다.

'헉!'

뭉클했다.

몸을 빼야 한다고 생각했지만 뭔가 알 수 없는 의무감에 감히 움직이지 못했다.

"왜 고개를 돌려? 내가 보기 싫어?"

살며시 머리를 안은 아주머니가 속삭이듯 말했다. 몸을 사르르 녹여 버릴 것 같은 부드러운 목소리.

"아, 아주머니!"

사군은 젖가슴을 비집어 겨우 머리를 빼며 말했다. 눈길이 갈 곳을 잃고 헤맸다.

"그렇게 부르지 마. 너보다 겨우 몇 살이 더 많을 뿐이야. 내 이름은 유하(柳鰕)야, 유하. 부모님이 새우잡이를 하셨거든. 지금은 모두 돌아가셨지만. 둘이 있을 때는 그냥 유하 누님이라고 불러."

유하는 그윽한 눈길로 그를 내려다보며 말했다. 사군은 감히 얼굴을 마주 대하지 못하고 고개를 돌렸다.

"싫어?"

콧소리였다.

"아, 아니요!"

"푸웃! 그러니까 너무 귀엽구나."

유하는 그렇게 말하더니 사군을 풀어주고 일어나 숟가락이 담긴 그릇을 들고 왔다.

"어죽이야. 다친 사람에게는 이게 특효라고 들었어."

말투에는 생기가 넘쳤다. 유하는 마치 두 사람 사이에 아무 일도 없었다는 듯 행동하고 있었다.

용기를 내 고개를 들고 그녀의 얼굴을 올려다보았다. 유하도 마주 보며 웃어주었다.

이번에는 피하지 않았다.

그리고 보니 아주머니라고는 하지만 아직도 처녀 같은 구석이 많이 느껴지는 얼굴이었다.

작업장에서 막씨 아주머니라고 불리기는 하지만, 미모는 웬만한 아가씨들에 못지않아 은근히 농을 건네는 작자들이 많다는 것은 알고 있었다.

"어서 먹어."

정이 담뿍 담긴 말투였다.

사군은 빤히 쳐다보는 눈길에 얼굴이 붉어져 고개를 처박고 먹는 것에만 열중했다. 잠깐 만에 그릇이 비워졌다. 고개를 드니 유하는 탁자에 턱을 괴고 그가 먹는 모습을 빤히 지켜보고 있었다. 민망했다.

"푸웃! 천천히 먹지 않고. 누가 빼앗아 먹을까 봐 그래? 죽이 아니었으면 체했겠어."

여전히 턱을 괸 채였다.

갑자기 유하가 새롭게 보였다. 아주머니가 아니라 사랑스럽고 귀여운 여자였다.

'그래, 맞아. 우린 살을 섞었지.'

그런 생각을 하니 용기가 부쩍 났다.

"맛있었어요."

"정말?"

사군의 반응에 힘이 났을까.

유하는 하얀 이를 드러내 미소 지으며 생기 어린 목소리로 되물었다. 마냥 기분 좋은 표정이었다. 사군도 같이 웃음을 띠어주며 고개를 끄덕였다. 그릇을 치운 그녀가 물을 적신 천으로 사군의 입을 닦아준 후 곁에 바싹 다가앉았다.

"그날 다 봤지?"

유하가 상큼하게 치켜뜬 눈으로 쳐다보며 물었다.

"예?"

뜬금없는 소리.

"모여서 회식하던 날 작업장 뒤!"

유하는 살포시 눈을 흘겼다. 사내의 오금을 저리게 하는 색정을 담은 눈빛이었다.

"헛!"

짧은 탄성이 절로 나왔다.

알고 있었다. 술에 취해 작업장 뒤에서 오줌을 누던 장면을, 젖가슴을 훤히 드러내고 손으로 부채질을 하던 모습을 보았다는 것을 알고 있었다.

"사실 사군이 그 얘기를 떠들고 다닐까 봐 불안했어. 철없이 그러는 애들이 있거든. 그럼 나는 더 이상 면포점에 다닐 수 없었을 거야. 정말 고마웠어."

빨간 입술이 조물거렸다.

그제야 유하가 자신에게 다정하게 굴었던 이유를 짐작할 수 있었다. 사군이 그 일을 소문낼까 두려웠던 것이다. 웃음이 나왔다.

"풋!"

"우스워?"

그 말에 사군은 다시 정색을 했다.

"그럼 내가 무서워?"

숨소리마저 느낄 수 있는 거리였다. 유하의 몸에서는 지난밤 뜨거운 열기가 되살아나 고스란히 그의 몸으로 전해지고 있었다.

"아, 이니요."

돌연 유하가 와락 안겨와 손으로 허리를 둘렀다.

"너무 외롭고 무서웠어. 날마다 잠을 제대로 이루지 못했어."

서러움이 가득 배어나는 목소리. 사군은 두터운 손을 여인의 뒤로 둘러 여린 어깨를 다독여 주었다. 이해가 될 것 같기도 했다.

그랬을 것이다.

서른도 되지 않은 여자가 어린아이 하나와 같이 산다는 게 보통 일은 아닐 것이다. 사군은 유하를 살며시 들었다. 두 사람 사이에 작은 공간이 생기자, 기다렸다는 듯 부드러운 손길이 사내의 가슴을 헤집고 들어왔다. 살짝 뒤로 밀린다는 느낌이 드는 순간 둘은 어느새 침상 위에 쓰러져 있었다.

한입 가득 베어 문 수밀도의 그윽한 육향(肉香)이 사군을 취하게 했다. 예향에 대한 분노가 아닌 순수한 육체의 결합이었다.

"아!"

유하의 입이 살짝 벌어지며 신음성이 흘러나왔고 달아오른 입술이 바들거렸다.

뜨거운 열기가 다시 침상을 휘감았다. 사내의 몸을 한껏 달구는 교성이 방 안을 뒤흔들었다.

두 사람의 새벽은 그윽한 밤꽃 내음과 함께 열렸다.

"아이까지 있는 주제에 욕심을 부리고 싶지 않아. 가끔씩만 들러줘. 그럼 견딜 수 있을 것 같아."

집을 나서는 사군의 등 뒤로 유하가 남긴 말이었다.

"군아!"

막 점포로 들어가려던 뒤쪽에서 누군가 그를 불렀다.

“어머니!”

“녀석!”

어머니는 그저 눈물만 주르륵 흘릴 뿐 아무 말도 못하고 그렇게 서 있었다.

얼른 다가가서 어깨를 안아주었다. 하기는 어제 자신이 그렇게 집을 나섰으니 밤새 한숨도 자지 못했을 것은 뻔한 이치였다. 아마 자신이 무사한 것을 보고 기뻐서 우는 것이리라.

“어서 들어가 보아라. 늦겠다.”

어머니의 말대로 이미 조금 늦은 시간이었다. 예향의 일로 해줄 말이 적지 않겠지만 일자리에서 쫓겨날 것을 염려하는 것 같았다.

“예, 조심해서 가세요.”

발길을 돌리려던 그녀가 멈칫했다.

“예향에 대해 너무 걱정하지 말거라. 모든 것은 하늘의 인연에 따르기 마련이니 사람이 애쓴다고 되는 일이 아니다. 공연히 너만 상한다.”

“예.”

‘다 끝났어요.’

정작 하고 싶었던 말이었다.

이미 모든 것을 알아버렸다.

예향은 돈을 선택했다. 가난뱅이 대신 부자를 선택했고, 정절 대신 쾌락을 선택했다. 왜 지금 예향을 걱정한다는 말인가? 그녀는 좋은 사람 만나 잘 먹고 잘 자고 있는데, 정작 걱정해야 할 사람은 자신과 유하 누님인데…… 유하는 정말 불쌍한 여자였다.

짧은 생각이 지나갔다.

‘그냥 스쳐 가는 인연이야!’

그렇게 생각하기로 했다.

싹싹!

오늘 사군의 빗자루질은 유난히 예리했다.

구석구석 놓치는 법이 없고 쓴 곳도 몇 번씩 다시 쓸어 사소한 지저분한 것들까지 말끔히 치워 버렸다.

‘흠, 역시.’

간만에 일찍 일어난 주인 유장이 점포로 나와 먼발치에서 그런 그를 지켜보다가 흡족한 듯 고개를 끄덕이며 돌아섰다.

정신이 없었다.

손바닥만한 집 안을 쪼개고 쪼개 여러 사람이 나누어 살다가 으리으리한 대궐 같은 집에 들어오니 그저 불안하고 신기할 따름이었다.

예향이 살아왔던 곳과는 전혀 다른 세상이었다.

석가장에서 수십 명에 이르는 내당 시비들을 지휘하는 사람은 침모였다.

그녀의 손에 맡겨진 예향은 일단 욕탕에서 깨끗이 씻겨진 후에 시비들이 입는 옷으로 갈아 입혀졌다. 대갓집의 복잡한 법도와 윗사람의 심기를 살피는 법 등에 대해 하루 종일 교육받은 그녀는 저녁이 되자 석호인의 모친인 안방마님의 거처로 배정을 받았다.

예향이 할 일은 안방마님과 문 하나를 사이에 두고 대기하다가 마님이 부르시거나 심하게 아픈 소리라도 내시면 수발을 드는 것이었다. 안방마님에게 안내된 예향은 밤에만 침실 당번을 서는 일을 맡았다. 혹시라도 한 명이 졸 것을 우려해 야간에는 두 명이 한 조가 되어 대기

하는 것이다. 첫날은 무척이나 떨리고 몸이 굳어 힘들었지만 이틀째부터는 견딜 만했다. 그런데 그날 밤이었다.

"나 잠깐만 나갔다가 올 테니 마님을 잘 지켜 드려."

자정이 넘은 시간에 같이 비번을 서고 있는 아미라는 이름의 시비가 속삭이듯 말했다.

그녀는 예향보다 삼 일 먼저 시비로 뽑혀 왔다고 했다. 예향과 비슷한 체구에 약간은 새침떼기 같은 성격으로 서로 동갑이었지만, 오뉴월 하루 볕이 무섭다고 하며 장원 내 단 한 명의 후임인 예향에게만은 무척이나 엄하게 굴며 존댓말까지 하게 했다.

"예, 다녀오세요."

주변 눈치를 살피던 아미는 이내 살며시 빠져나갔다.

잠시 후 밖에서 어떤 소동이 이는 것 같아 두려웠기에 예향은 몸도 꼼지락거리지 못했다. 다행히 아미의 빈자리는 발각되지 않았다. 그녀는 그로부터 반 시진이 다 되어서야 돌아왔다. 들어와서는 머릿결이며 옷매무새에 계속 신경을 썼는데 진한 땀 냄새가 나는 것 같기도 했다. 아무래도 뭔가 이상했지만 묻지 못했다.

"너, 이곳이 어떠냐?"

다음날 아침 시비들의 거처로 돌아와 잠을 청하려는 순간 아미가 물었다. 다른 시비들은 모두 일을 나갔고, 밤을 새고 온 두 사람만이 오전에 잘 수 있도록 배려된 시간이었다.

"예?"

"넌 도하촌에서 왔다고 했지?"

"네."

"딴생각은 하지 말고 이곳에서 사내 하나만 잘 후려. 그러면 너도 성안에 들어와서 편히 살 수 있어. 이곳에 있는 사람치고 웬만큼 녹봉을 받지 못하는 이가 누가 있겠니? 적당한 사내 중 하나를 물색해서 후리면 네 팔자 피는 거야.”

아미는 여요현(余姚縣)의 촌구석에서 팔려 온 아이였다.

그렇기에 평생 이 집에서 시비로 살아가야 하는데 누가 몸값을 치르고 빼주기 전에는 석가장을 벗어날 길은 없었다. 그런 시비들은 주인의 명령에 의해 적당한 장원 노복과 짝을 이루어 사는 것이 보통이었지만, 아미의 꿈은 장원 안에서 괜찮은 사내를 후려 노비 신세에서 벗어나는 것이었다.

예향은 그런 그녀를 실망시킬까 봐 자신은 팔려 온 것이 아니니 곧 돌아갈 것이라는 말은 차마 하지 못했다.

대답하지 않자 아미가 말을 이었다.

“이건 비밀인데, 난 이미 한 사내를 점찍었어. 네게 말해 주는 이유는 행여 네가 꼬리칠까 봐 그러는 거야. 그랬다가는 내 손에 죽어!”

눈을 치뜨고 표독스럽게 노려보며 하는 말이었다.

“그분은 내당호위대(內堂護衛隊) 제이대주(第二隊主)님이셔. 이제 누군지 알았으니 행여 꼬리를 쳤다가는 네년은 내 손에 죽을 줄 알아. 미리 말해 두겠는데, 우리는 이미 보통 사이가 아니야. 알겠어?”

마치 그런 사내를 후렸다는 것을 자랑스러워하는 듯한 말투였다.

예향은 그녀의 기세에 놀라 그저 고개만 끄덕였다.

재주도 좋은 아이. 가만히 생각해 보니 어젯밤 몰래 나간 일도 그것과 무관하지 않은 듯했다. 하기는 좀체 시간을 내기 어려운 신입 시비인 그녀가 편하게 사내를 만날 시간이란 그런 때뿐이었다.

예향은 의녀만 오면 자신은 돌아갈 수 있을 것으로 믿었지만 일이 꼬였다. 다음날 온다던 의녀는 도중에 급한 환자가 생겨 하루 이틀 늦어진다는 것이었다. 덕분에 예향과 아미는 계속해서 야간에 마님의 수발을 들어야 했다.

또 하루가 지났다.

숨소리마저 긴장 속에 내뱉어야 하는 분위기였다.

아미는 또 밖으로 나갔다. 그런데 그녀가 자리를 비운 지 얼마 되지도 않아 바깥에서 소동이 일었다. 침입자가 있는 것 같았고, 싸움이 벌어진 것 같았다.

'어마! 어떡해!'

불안한 예향은 가슴이 쿵쾅거려 정신을 차리기 어려울 정도였다. 아미가 자리를 비우고 나간 것이 알려지면 같이 있던 자신도 경을 칠 것 같았기 때문이다. 다행히 아미는 소동을 틈타 얼른 안으로 들어왔다. 예향은 가슴을 쓸어내렸다.

축시(丑時:새벽 2시 전후)는 지났을까.

"끙!"

살짝 졸음에 빠져 있을 때였다. 귓전에 맴도는 신음성에 예향은 정신이 번쩍 들었다. 고개를 들고 둘러보니 아미는 어디로 나갔는지 보이지 않았다.

"으으."

다시 신음성이 들렸다.

마님의 침실에서 나는 소리였다. 벌떡 몸을 일으킨 예향은 살며시 문을 열고 안을 들여다보았다. 안방마님이 침상 위에서 허공에 손을 내저으며 괴로워하고 있었다. 예향은 서둘러 안으로 들어갔다.

"아!"

마님은 식은땀을 흘리며 괴로워하고 있었다.

본시 기가 허(虛)하신 분이니 가까이에서는 조그만 소리조차도 내서는 안 된다고 들은 터였다. 준비해 둔 물그릇에 천을 적셔 땀을 닦아드렸지만 마님은 계속 괴로워하고 있었다. 예향은 얼른 벽에 늘여진 줄을 당겨 침모를 불렀다.

잠시 후 아직 잠이 덜 깬 부스스한 얼굴의 침모가 시비 하나를 앞세워 허둥지둥 달려왔다.

"언제부터 이런 증상이 있었느냐?"

"바, 방금 전입니다. 반 각도 채 지나지 않았을 것입니다. 우선 땀만 닦아드렸습니다."

예향은 말을 떨었다.

"큰일 났구나. 의원을 모셔올 동안 별 탈이 없으셔야 할 터인데……."

침모는 이런 일을 한두 번 겪는 것이 아닌지라 달려오는 동안 급히 사람을 의원 댁으로 보내기는 했다. 하지만 그동안만이라도 환자를 안정시키는 일이 급선무인데, 어찌해야 할지 막연하기는 그녀도 마찬가지였다. 의녀를 불러오는 것도 이런 자주 증세를 보이기 때문이었다.

'귀염(鬼厭)이야!'

예향은 안방마님의 증세를 보고 한눈에 가위눌림 때문에 생기는 증상임을 짐작했다. 전에 마을에서 몸이 약한 이웃집 아주머니가 그런 증세를 보인 적이 있었다. 그 당시어떻게 해야 깨어나는지 똑똑히 보아두었었다.

침모는 어찌할 바를 모르고 그저 허우적거리는 마님의 손만 꼭 붙들고 있을 뿐이었다.

“저, 제가 전에 이럴 때 하는 것을 본 적이 있는데…….”

그냥 지켜보고 있는 것이 안타까웠던 예향은 떨리는 목소리로 조심스럽게 말을 꺼냈다.

“그게 무슨 소리냐?”

용기를 냈다.

“저희 마을에서도 비슷한 증세로 잠을 이루지 못하시는 아주머니가 계셨는데, 그럴 때 환자를 어떻게 안정을 시켰는지 기억하고 있습니다.”

“그게 사실이냐?”

침모가 반색을 하고 되물었다.

“그럼, 어서 말해 보아라.”

“설명을 드리기는 그렇고…….”

그렇게 말하며 침상 곁으로 다가가자 침모가 자리를 비켜주었다. 예향은 마님에게 다가가 돌연 발뒤꿈치를 이빨로 각각 깨물었다.

“아니!”

침모는 경악하며 그녀를 말리려다가 멈칫했다.

감히 막 들어온 시비가 저런 행동을 하는 것에는 충분히 뒷감당을 할 자신이 있어서겠지 하는 생각이 들었기 때문이다. 얼마나 세게 물었는지 발뒤꿈치에는 이빨 자국까지 선명히 나 있었다. 이번에는 마님의 엄지손가락을 세게 물었다. 순간 환자가 움찔했다. 양 손가락에 모두 이빨 자국을 남긴 예향은 조용히 침상 뒤로 물러났다. 하지만 내심으로는 불안해 어쩔 줄 모르는 상태였다.

‘괜히 나섰나?’

그제야 겁이 났다.

귀한 분의 손발에 이빨 자국까지 냈으니 병이 호전되지 않으면 호되게 경을 칠 것이 분명했다. 안타까운 마음에 자신도 모르게 나선 것이 전부였다.

"으응……."

돌연 마님이 미약한 신음성과 함께 허공을 내젓던 손을 스르르 내리며 숨을 헐떡였다. 침모의 눈은 마님의 얼굴에서 떨어질 줄 몰랐다.

"후, 후."

잠시 후 고른 숨소리가 들리더니 마님의 눈이 가늘게 떠졌다.

"무, 물……."

예향이 재빨리 물그릇을 대령하자, 침모의 부축을 받고 일어나 앉은 마님은 물을 죽 들이켰다. 땀을 많이 흘렸기에 갈증이 심했는지 금세 물그릇을 비웠다.

"휴우!"

긴 숨을 내쉬는 그녀에게 예향이 얼른 마른 수건을 대령했다.

"마님께서 심한 가위에 눌리신 것을 이 아이가 구했습니다."

침모가 나서서 예향을 보며 그렇게 말했다.

"오, 그랬느냐? 네 이름이 무엇이라 했느냐?"

마님은 수건으로 입가를 닦아내며 물었다.

"예, 예향이라고 하옵니다."

목소리가 떨렸다.

그때까지도 그저 마님이 살아난 것에 감사하며 잔심부름 할 것만 챙기느라 다른 생각은 전혀 하지 못하고 있었다.

"재주가 비상한 아이입니다."

침모는 마님이 금방 깨어난 것에 기뻐하며 다시 그녀를 칭찬했다.

거듭되는 칭찬에 예향은 얼굴을 붉히며 고개를 숙였다.

"그래? 나중에 의녀가 오더라도 이 아이는 계속 곁에 두고 싶구나."

"알겠습니다."

마님이 자리에 눕자 두 사람은 조용히 방을 물러나왔다.

"아미는 어디로 갔느냐?"

방을 나온 침모가 예향에게 물었다. 방금 전 마님 앞에서 부드럽던 말투는 온데간데없었다.

"자, 잠깐 밖에 나갔다 온다며……."

"어디로 갔느냐고 묻지 않느냐?"

날카로운 추궁이 거듭되자 그만 눈물이 쏟아졌다.

"흐윽, 소녀는 모르옵니다."

예향은 그렇게 말하며 무릎을 꿇었다.

그때였다. 문이 살며시 열리며 아미가 들어왔다. 대충 사태를 파악한 듯 얼굴이 파랗게 질려 있었다.

"네 이년, 마님 곁에서 시중을 들으라고 했더니 어디로 갔다가 이제 오는 게냐?"

나직한 목소리였지만 서릿발 같은 싸늘함이 풀풀 배어났다.

"잠깐 뒤, 뒷간에……."

아미는 놀라 벌벌 떨었다.

그녀는 황급히 옷매무새를 매만져 가며 둘러대듯 말했다. 하지만 침모는 엉클어진 머리와 엉성한 옷매무새를 보는 순간 한눈에 상황을 파악했다. 잠시 사내와 놀아나다가 온 것이 틀림없었다. 아마 소동에 놀라 황급히 일을 마무리 짓고 달려왔으리라.

이런 일은 그리 드문 일도 아니었기에 아무리 숨기려 해도 수십 년을 장원에서 살아온 침모의 눈을 피할 수는 없었다.

"내일 보자!"

목소리에 찬바람이 돌았다.

침모가 그 말을 남기고 돌아서자 아미는 겁에 질려 바들바들 떨었다.

다음날, 의녀가 도착했다는 소식에 예향을 데리러 왔던 석호인은 그런 사정을 듣고는 난감해했다.

'허, 그 계집이 윗사람을 잘 모시는 재주가 있었나?'

그는 침모의 말을 듣고는 고개를 설레설레 저었다.

예향을 조춘의 노리개로 주기로 한 석호인이 그런 복잡한 절차를 거치는 것은 다 이유가 있었다.

장강 이남의 표물 운송에 독보적인 위치에 있음을 자타가 인정하는 중원표국이었다. 국주 성경령은 정직하고 대쪽 같은 성격으로 많은 사람들의 존경을 받아왔고, 그것이 오늘날의 중원표국을 있게 만들었다고 해도 과언이 아니었다.

그런 성격은 아들에 대해서라고 예외가 아니어서, 석호인은 벌써 여러 차례 아버지에게 심한 벌을 받았다. 한두 달씩 외출을 금한다거나 멀리 사천이나 서안으로 가는 표물 운송의 책임을 맡기는 것이 그가 받은 벌이었다. 놀기 좋아하는 한량 같은 성격의 그가 지독히도 싫어하는 일이었지만 말을 듣지 않으면 표국을 물려주지 않는 것은 물론이요, 일체 재산을 상속하지 않겠다는 말에는 어쩔 수 없었다.

하지만 그의 버릇은 좀체 고쳐지지 않아 그들 부자를 잘 아는 사람들은 석호인에 대해 호부(虎父) 밑에 견자(犬子)가 나왔다는 말로 평했다.

이번 예향 사건도 그의 아버지 귀에 들어가면 경을 칠 일이었기에 적당한 핑계를 찾다가, 마침 어머니의 병 수발을 들 의녀가 사정상 며칠 늦게 오는 것을 빌미로 일을 꾸민 것이었다. 그저 하루 이틀 맡겨두었다가 의녀가 오면 돌려보내는 듯 중간에서 가로채 조춘에게 인계할 셈이었다.

‘일이 이렇게 비틀리다니······.’

당분간 조춘을 대하기가 민망할 터였다.

하지만 어머니를 끔찍이 위하는 아버님을 생각하니 다른 짓을 할 엄두도 나지 않았거니와 병중인 어머니가 아끼는 시비를 빼내올 만큼 그런 정도의 불효자는 아니었다. 탱탱한 촌 계집이 어디 한둘인가.

‘에잉, 당분간 파릇파릇한 다른 계집으로 구해다 주어야겠군.’

석호인은 투덜대며 돌아갔다.

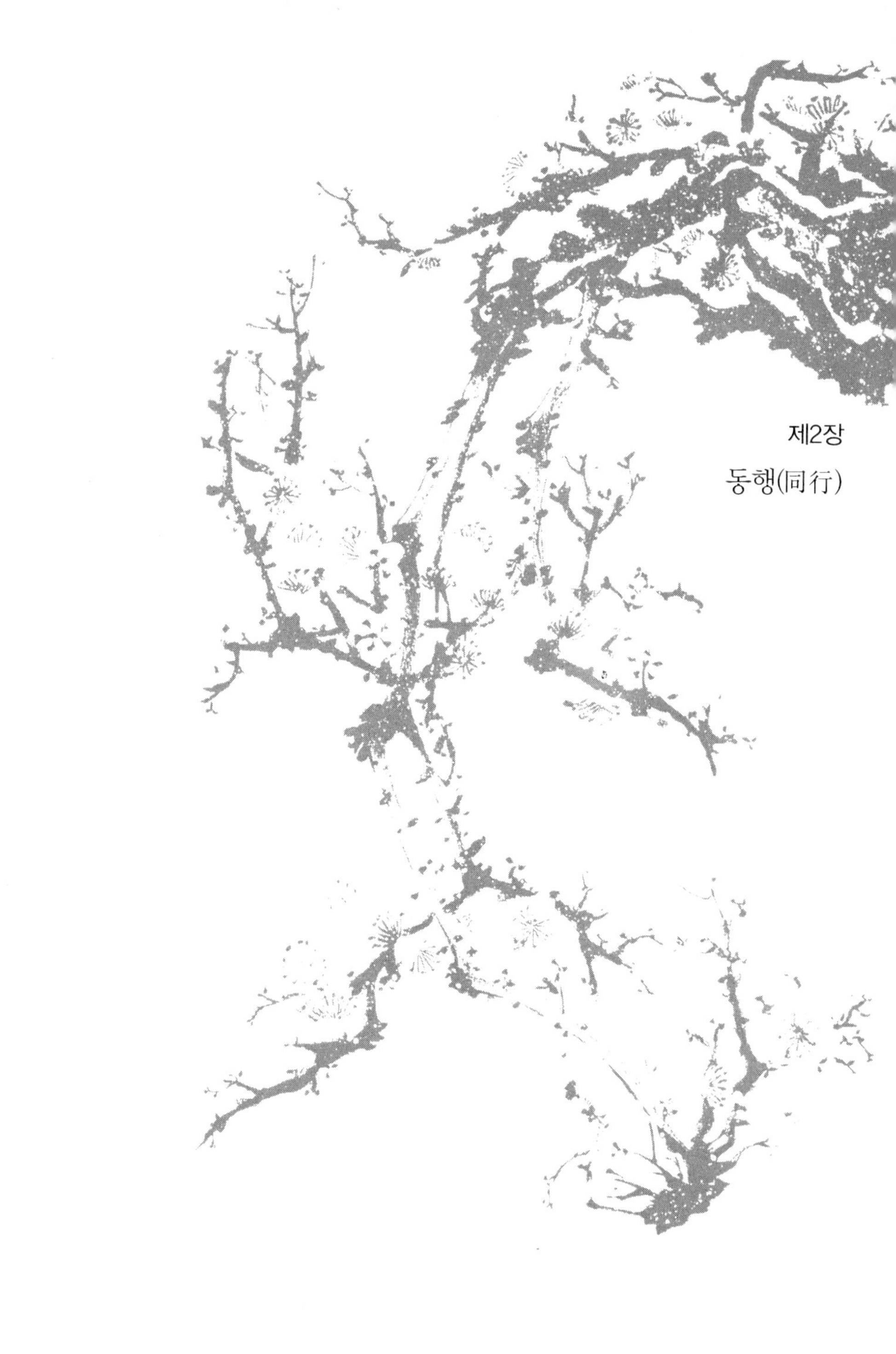

제2장
동행(同行)

밤이 깊었다.

어스름한 달빛도 짙은 구름에 가려진 스산한 밤이다.

강오웅은 관부의 담장을 넘어 지부가 거처하는 곳으로 접근하고 있었다. 그의 곁에는 털이 얼굴을 덮다시피 한 전규가 따랐다. 소흥에서 만난 사이로 강오웅을 형님처럼 모시는 자로, 위험하다고 조용히 결과나 기다리고 있으라 말했지만 부득불 따라나서기에 하는 수 없이 동행한 처지였다. 오늘 그들은 소흥 지부의 모가지를 따려는 것이다. 지난번 거사는 실패했지만, 이렇게라도 해야 농민군의 체면을 세우고 죽은 동지들의 넋을 위로할 수 있을 것이기에 나선 길이다.

바스락!

전규가 썩은 나뭇가지를 밟은 모양이었다. 흠칫 놀란 두 사람은 황급히 서로 얼굴을 마주 보았다.

"누구냐?"

“서랏!”

건물 뒤에서 포쾌 둘이 달려나오다가 그들을 발견하고는 소리쳤다.

‘제기랄!’

강오웅은 입맛이 썼다. 이럴까 봐 전규에게 따라나서지 말라고 했는데… 전규는 박도를 뽑아 들고 앞으로 달려나갔다. 자신의 실수를 그런 식으로나마 만회하려는 것이다.

번쩍!

“크억!”

“으악!”

두 마디 단말마가 밤하늘에 울려 퍼졌다. 전규는 자랑스러운 듯이 박도를 꼬나 들고 다음 희생자를 기다리는 당당한 자세였다.

‘미치겠군!’

아직 크게 소동이 벌어진 상황은 아니었기에 지풍을 날려 조용히 제압할까 생각도 했는데 앞을 막아선 전규는 그마저도 방해했다.

강오웅도 박도를 뽑아 들고 앞으로 내달렸다. 지부의 거처까지는 십여 장. 그는 신형을 최대한 길게 뽑았다.

삐익! 삐이익!

긴급 상황을 알리는 길게 울려 퍼지는 호각 소리가 들렸고, 이어 사람이 몰려드는지 요란한 발자국 소리가 지축을 울렸다.

파팟!

건물 안으로 들어서려는 강오웅을 맞은 것은 날카로운 파공음을 동반한 매서운 살기였다. 그는 물을 차는 제비처럼 지붕 위로 뛰어올랐다. 하지만 살기는 좀체 거두어지지 않고 뒤를 쫓았다.

쐐액!

몸이 빙글 돌며 강오웅의 박도가 허공을 내리그었다. 순간 단극(短戟)이 따라서 솟구치며 그것을 맞아왔다.

창! 창! 창!

순식간에 삼 초가 교환되었지만 강오웅은 조금도 득을 보지 못하고 뒤로 밀렸다.

'헉!'

그제야 상대의 얼굴을 본 그는 그자가 온세명임을 알아보았다. 절강 삼괴(浙江三魁)의 막내로 지부 일가의 개인 호위를 맡아 은자를 번다고 했던가.

'쓰레기야!'

이를 악문 그는 매섭게 박도를 휘두르며 온세명을 향해 달려들었다. 어느 틈에 따라붙었는지 털보 전규도 뒤를 따라 일격을 날렸다.

"흥!"

가볍게 코웃음을 친 온세명은 단극을 휘둘러 두 사람의 공세를 맞았다. 눈 깜짝할 사이라 해도 좋을 정도로 빠른 동작이었다.

창!

매섭게 쪼개가던 강오웅의 박도가 단극과 부딪치며 날카로운 파공음을 냈다.

"우웃!"

어깨를 뒤흔드는 무거운 진동에 강오웅은 자신도 모르게 신음성을 내뱉으며 뒤로 물러섰다. 하마터면 박도를 떨어뜨릴 뻔했을 정도로 강한 충격이었다. 다시 단극을 떨쳐 내려던 온세명은 전규의 칼이 베어오는 것을 보고는 재빨리 한 걸음 뒤로 물러났다. 상대를 알아본 전규도 더 이상 공격을 퍼붓지 못했다. 세 사람은 잠깐 동안 대치하며 상대를 살폈다.

　‘듣던 대로……．’

　한 수의 교환으로 강오웅은 차이를 절감했다.

　오늘 직접 맞부딪쳐 보니 절강삼괴라는 명성에 다들 꼬리를 내리는 것에는 그만한 이유가 있었다. 하지만 자신도 아직 성명절기(聲名絕技)를 선보이지 않았다는 믿음은 있었다. 혼자라면 몰라도 전규까지 있다면!

　“이놈!”

　박도를 고쳐 쥔 강오웅은 날렵한 동작으로 상대의 어깨를 사선으로 그어 내렸다. 뒤따라온 전규도 합세해 온세명의 허리를 베어갔다.

　쐐액!

　자타가 인정하는 변도(變刀)의 달인이라는 강오웅이다. 순간적인 도(刀)의 변화를 특징으로 하는 것이 변도이기에, 웬만한 상대라면 어떻게 막아야 할지 엄두조차 내지 못하고 당황하다가 속절없이 당하고 마는 수법이다.

　슈욱!

　단극이 급히 맞부딪쳐 가는 순간, 돌연 비스듬히 그어가던 박도가 허공에서 방향을 틀어 그의 목줄기를 찔러왔다. 어지간한 상대였다면 그대로 보내 버렸을 기괴한 수법이다.

　‘우홋!’

　온세명은 황급히 목을 젖혀 위기를 모면했다. 전규의 칼이 뒤이어 그를 베어왔지만 다시 허리를 구부려 몸을 비트는 동작으로 가볍게 피해 버렸다.

　‘실수할 뻔했군.’

상대는 온세명의 생각보다는 대단한 자였다. 순간적으로 허공에서 공격을 멈추어 방향을 바꾸는 재간은 상대가 그만큼 남다른 고련(苦練)의 과정을 거쳤다는 증거였다. 하지만 그는 오늘 임자를 잘못 만났다. 온세명은 입술을 굳게 다물었다. 위험한 순간을 맞았었기에 그는 정말 화가 단단히 났다.

파파파팟!

강오웅의 박도가 달빛을 찢으며 번뜩였다.

박도는 작은 원을 그리며 가슴을 전체를 노리고 들었는데, 다시 변도로 공세를 퍼붓는 것이다. 전규의 박도가 그 뒤를 이었다.

"이놈!"

온세명은 일갈을 터뜨렸다.

재빨리 단극을 휘둘러 박도를 막아 공격의 흐름을 끊은 그는 돌연 발을 내밀어 강오웅의 턱을 차올렸다. 도를 휘둘러 오는 상대가 잠깐 주춤하는 순간을 놓치지 않은 과감한 일격이었다.

"훗!"

예상치 못한 발길질에 강오웅의 상체가 뒤로 젖혀지며 비칠거렸다. 순간 전규의 박도가 그 틈을 비집고 베어왔다. 온세명의 단극이 거꾸로 돌며 손잡이 부분이 그의 이마를 찍어왔다. 놀란 전규가 재빨리 뒤로 물러서며 박도를 들어 올려 막았다.

땅!

병기가 서로 마주쳐 불꽃이 튀는 그 짧은 순간 단극은 다시 앞뒤를 바꾸어 전규의 가슴팍을 쑤셨다. 전혀 예측하지 못한 빠른 일격이었다.

푹!

‘제길!’

전규는 눈을 부릅떴다.

이처럼 빠른 손놀림은 본 적이 없었다. 가슴 중앙을 파고드는 단극을 뻔히 보면서도 조금도 피할 수 없어 몸으로 받아야 했다.

“내 단극은 재주넘기를 잘하지.”

온세명은 그렇게 말하며 상대의 가슴 중앙을 관통한 단극을 뽑아냈다. 뻥 뚫린 구멍으로 붉은 선혈이 분수처럼 솟구쳐 나왔고, 이어 입에서도 핏물이 흘러나와 그의 자랑이던 무성한 털을 적셔갔다. 전규는 금방 쓰러지지 않고 망연한 눈동자를 이리저리 굴려가며 비틀거렸다.

“이놈!”

형님이라 부르며 따랐던 전규였다. 그의 어이없는 죽음에 격분한 강오웅은 박도를 휘둘러 무섭게 상대를 쓸어갔다.

“흥!”

가볍게 코웃음을 친 온세명은 단극을 틀어 강오웅의 공세를 맞받아갔다. ‘깡’ 하는 날카로운 금속성과 함께 박도가 튕겨 나가는 순간 온세명의 빠른 발길질이 또다시 강오웅의 옆구리를 파고들었다.

팟!

놀란 강오웅이 황급히 몸을 비틀어 피했기에 발이 옷 끝을 스쳤지만, 미처 가슴을 쓸어내리기도 전에 단극이 다시 정수리를 찍어왔다. 혼비백산한 그는 훌쩍 뒤로 물러섰지만 온세명은 그림자처럼 따라붙으며 공세를 펼쳤다.

‘두고 보자!’

분하지만 훗날을 기약해야 한다.

이렇듯 병장기가 오가는 판에 위험하게 발길질을 동원한다는 것 역시 이쪽의 수를 훤히 꿰뚫고 있다는 오만한 태도였다.

파파파팟!

온세명은 재차 단극을 휘둘러 공세를 펼쳤다. 박도가 빠르게 막아갔지만 그 틈이 보인 빈자리를 찾아 다시 발길질이 뒤따랐다. 이번에는 강오웅도 그 발을 피하지 못했다.

퍽!

'제기랄!'

허리춤이 시큰했다. 강오웅은 팽이처럼 몸을 돌리는 것으로 발길질의 충격을 완화시켜 받아내고는 그대로 몸을 돌려 달아났다. 이미 지붕 아래로 수십 명의 포쾌들이 모여들고 있었다.

"썩은 관리의 개! 두고 보자!"

박도를 휘둘러 잠깐의 틈을 잡은 강오웅은 재빨리 몸을 뒤로 빼 저만치 멀어져 가며 소리쳤다. 온세명은 뒤를 쫓지 않았다. 자신의 임무는 조춘을 지키는 일로, 놈을 위해 치다꺼리까지 해줄 필요는 없었기 때문이다. 놈의 말처럼 개가 되고 싶지는 않았다.

"으……."

전규의 신음 소리였다. 온세명과 강오웅의 공수가 워낙 빠르게 펼쳐졌기에 그는 아직까지 쓰러지지 않고 비틀거리고 있었다. 부릅떴던 동공이 점차 힘이 풀리는가 싶더니 마침내 그대로 주저앉았다.

'미안하이. 이게 내 직업이라네. 자네들 뜻은 존중하지만 내게는 그보다 더 중요한 일이 있네.'

잠깐이나마 그의 얼굴에서 안타까움이 스쳐 갔다.

강호에서는 냉막한 얼굴 표정에 어울리는 냉면수사(冷面秀士)라는 외호를 지어주었다. 하지만 그것은 온세명을 모르기에 그렇게 부르는 것일 뿐이다. 살인을 할 때면 늘 맞닥뜨려야 하는 내심의 괴로움을 덮어버리기 위해 냉혹함을 가장하는 것이다. 그는 오늘 밤에도 독한 술동이가 필요할 것 같다는 생각을 했다.

사군은 말수가 적어졌다.

여간해서 웃는 법도 없고 그저 맡은 일만 묵묵히 해냈다. 열흘 만에 하루 쉬는 날이 오면 유하의 집으로 가서 같이 밤을 보냈다. 예향의 생각이 떠오르기도 했지만 그럴 때마다 더욱 유하에게 집착하는 것으로 모든 것을 잊으려 했다.

마차에 치었던 한씨가 다시 나왔기에 유장은 사군으로 하여금 그를 보조하게 했다.

'흠, 드디어 슬슬 일을 만들어야겠군.'

오진상은 한씨가 돌아오기를 벼르고 있었다.

이미 왕칠과 입을 맞추어둔 일이 있었기 때문이다. 어느새 그는 사군보다 한 단계 아래의 일꾼으로 전락해 있었다.

오진상은 노리는 것이 있었다.

유장은 한 달에 한 번씩 소주(蘇州)에 가서 면포를 구입해 왔다. 염색이 되지 않은 백면(白綿)을 사 오는 것인데 소주의 것이 가장 품질이 우수하기 때문이었다. 그럴 때면 으레 점포의 일꾼 중 한두 명을 대동하는데 오진상이 그 일을 주로 맡아왔다. 그런 이유로 그는 면포를 구입해 오는 여정을 소상하게 파악하고 있었는데, 바로 그 일을 빌미로 사군을 제거할 속셈이었다. 이미 유장은 이번 상행에는 자신 대신 사군을 데려갈 것을 넌지시 암시하기까지 했기에 그는 결심을 굳혔다.

차도살인(借刀殺人).

오진상이 생각한 완벽한 계획이었다.

"이런 정보라면 전당강에서 활개를 치는 안면있는 백일귀(白日鬼) 놈들에게 부탁을 하는 데 전혀 문제될 것이 없네. 그리고 유장의 목숨은 걱정하지 말게."

"그럼 형님만 믿겠습니다."

어쩌다 형님으로 모시게 된 왕칠의 말이었다.

오진상은 왕칠과 나눈 대화를 유장이 상행을 떠나는 날까지 며칠째 가슴속에 묻고 지냈다. 그에게는 무척이나 힘든 며칠이었다.

유장은 이번에도 점원 한 명을 함께 데려갈 생각이었다.

그는 사군과 함께 가기로 결정했다.

주인 유장이 누구와 함께 상행을 떠나느냐 하는 문제는 점원들 사이에서 무척이나 중요했다. 대수롭지 않은 일이라 생각할 수도 있겠지만, 주인이 누구를 신임하고 있는가를 간접적으로 표현하는 일이기도 하기 때문이었다.

오진상의 예상대로 유장은 사군을 데리고 점포의 보표(保鑣) 다섯 명과 함께 소주로 길을 떠났다.

소흥에서 소주까지는 물길로 닷새 거리다.

이곳에서 항주까지가 이틀이요, 항주에서 소주까지 다시 사흘을 잡는다. 물론 더 빨리 갈 수도 있겠지만 여독에 병이라도 나면 더 큰 문제가 생길 수도 있기에 일정을 여유있게 잡는 것이 보통이다.

소흥의 상인들은 갈 때는 객선(客船)을 타고 가거나 강상(綱商:소금 운송을 전문으로 하는 상인)들의 배를 얻어 타기도 하지만 올 때는 배를 세내어 물건을 싣고 온다.

사군은 사뭇 긴장했다.

여행에 필요한 경비며 물건 구입할 비용 등 모든 것은 유장이 알아서 했기에 사군이 할 일은 유장의 여행길 수발을 드는 것이 전부였지만 처음 떠나는 상행이라 마음이 들뜨는 것은 어쩔 수 없었다.

소주(蘇州).

풍강(楓江)이 있는 창문(閶門) 주변은 항상 행인들로 줄을 이었고, 길게 꼬리를 물고 이어지는 배들과 산처럼 쌓인 화물은 소주가 중원 제일의 상업 지대라는 명성을 확인시켜 주었다.

달은 지고 까마귀 우는데 찬 서리 천지에 가득하고
강변 단풍과 고깃배는 등불 마주해 시름 속에 조누나.
때마침 고소성 밖 한산사(寒山寺)에서
한밤중 종소리 울릴제 객선(客船)이 닿네.
月落鳥啼霜滿天
江楓漁火對愁眠
姑蘇城外寒山寺
夜半鍾聲到客船

당나라 시인 장계(張繼)가 안록산의 난을 피해 소주로 내려왔다가 한산사 종소리와 수로에 배가 오가는 모습에 취해 지었다는 풍교야박(楓橋夜泊)이다. 장계의 시는 봉교(封橋)라는 이름을 가졌던 다리를 풍교로 바꾸게 했다.

강남의 또 다른 수향(水鄕)인 소주에는 삼백여 개에 이르는 다리가 있다. 멀리 경사(京師:황도)에서 항주까지 중원의 남북을 잇는 수천 리 수로(水路)도 이 풍교 밑을 지난다.

하늘에 천당이 있고 땅에는 소주와 항주가 있다는 하유소항(下有蘇杭)의 소주. 태호 북동쪽에 위치한 이곳은 오왕 합려(闔閭)가 도성을 쌓으면서 시작된 이천 년 도읍지다. 검을 아끼던 부왕 합려를 위해 아들 부차(夫差)는 어장검을 비롯한 천하명검 삼천 자루를 이곳 검지(劍池)의 연못 속에 묻었다던가.

소주는 월의 미인 서시에게 빠져 망국의 한을 품은 채 가슴에 비수를 꽂아야 했던 부차의 오나라이기에 그 안타까움도 더하다.

월왕 구천이 바친 경국지색(傾國之色) 서시와 오왕 부차가 즐겨 찾았다는 태호가 내려다보이는 상산(象山)의 그윽한 숲 속이라면 그 슬픈 이야기가 아직 남아 있을지도 모른다.

소주에는 원림(園林)이 많다.

'강남의 원림이 천하의 갑(甲)이라면 소주의 원림은 강남의 관(冠)이다' 는 말이 있는 소주다. 그런 손꼽히는 정원들은 대개 고관이나 부호들의 몫이다.

풍정원(楓靜園).

소주제일상(蘇州第一商) 엄생(嚴生)이 사는 곳이라 엄가장으로 불리기도 하는 소주에서 몇 번째 안에 드는 원림이다. 안팎을 가득히 메운 단풍나무로 덮인 장원으로, 졸정원과 더불어 소주의 원림이 강남의 관이라는 말을 실감케 하는 원림이다.

유상이 사군과 함께 면포를 구입하러 간 곳은 바로 성안 서북가(西北

街)에 자리 잡고 있는 풍정원이었다.

총관의 안내를 받아 장원 안으로 들어가니 수십 채의 고루전각과 괴석이 있는 연못 하며, 마치 황제의 휴양지를 상상하게 할 만한 호화롭고 엄청난 규모의 정원이라 사군은 그저 입만 딱 벌렸다.

두 사람은 이내 빈관에 안내되었다.

"어떠냐, 굉장하지?"

유장이 빙그레 웃으며 물었다.

"예, 엄청나군요."

"내가 이 집을 찾는 이유는 소주에서도 이 집 물건이 제일 좋기 때문이지. 화진가실(貨眞價實)이라는 말 그대로, 이 집에서 파는 물건에는 속임이 없고 가격도 싸단다."

"이런 큰 집을 가진 사람도 면포 장사를 하나요?"

"핫핫핫! 천하에 이런 집을 가질 만한 사람은 세 종류지. 그 하나는 왕후장상이고, 둘은 탐관오리, 그리고 마지막으로 거상(巨商)이란다. 이 집 주인 엄생은 면포와 비단으로 은자를 모은 사람이지. 내가 듣기로 젊었을 때 천하에 그의 발길이 닿지 않는 곳이 없을 정도로 부지런했다고 하더구나. 목숨까지 잃을 뻔한 몇 번의 위기도 있었지만, 노력만큼이나 운도 좋았는지 지금은 이렇게 거부가 된 사람이다."

"만약 주인 어른과 비교를 한다면 어느 정도인가요?"

전 같으면 어려워서 감히 입에 올리지 못할 질문이었지만, 요 며칠 같이 여행하면서 상당히 스스럼이 없어진 상태였기에 가능했다.

"나도 소흥부에서는 몇 째가라면 서러워할 만한 재력가라 자부하지만 엄 대고(嚴大賈)에 비하면 태양과 반딧불이의 차이라 할 수 있을 정도지. 아마 본인도 자신의 재산 정도를 정확히 알 수 없을 것이다."

"그럴 수도 있나요?"

"당연하지. 물건으로 쌓아놓고 있는 것이 많다고 생각해 보거라. 물건 값이란 시황에 따라 수시로 변하게 마련인데 아마 그걸 집계하는 동안 그 가치가 또 변해 있을 것이다. 소장하고 있는 서화나 보물들도 마찬가지지. 임자를 만나면 예상보다 몇 배를 더 받을 수 있을 게 아니냐? 그런 물건이 많을 때는 감히 전체 가치를 결정하기도 쉽지 않지. 엄 대고는 소주 일대의 면포는 거의 독점적으로 사들인단다. 다른 상인들은 일단 엄 대고가 거래를 끝낸 후에야 물건에 손을 댈 수 있지. 하지만 면포 가격이 어제 다르고 오늘 다른데 어떻게 정확한 가격을 매길 수 있단 말이냐?"

유장이 미소를 띠며 자세히 설명을 해주었다.

"어떻게 그런 독점이 가능하지요?"

이문이 있는 곳에 경쟁이 있음은 너무도 당연한 이치였다. 그런데 독점이라니…….

"파는 사람들의 입장에서도 엄 대고에게 잘못 보였다가는 판로를 잃고 말 게다."

"다른 상인들에게 팔면 되지 않나요?"

"세상일이란 그렇게 간단치 않다. 만약 엄 대고가 아무개와는 거래를 하지 않겠다고 한다면 어찌 되겠느냐? 여태 그런 말을 한 적은 한 번도 없었지만 다들 분수를 알기에 그에 맞추어 거래를 하는 것이다."

"하지만 그런 사람들끼리 모여서 따로 하면 되잖습니까?"

"하하하, 그럼 이런 가정을 해보자. 몇 군데 면포장(綿布匠)들이 엄 대고가 아닌 어떤 상인들과 거래를 했다. 그런데 그 상인이 잘못되어 망했다면 면포장들은 판로를 잃는 셈이지. 물론 엄 대고가 먼저 망할 가능성도 있겠지만, 재산이 엄청난 그가 그렇게 될 정도라면 중원 면포 거래상들은 모두 망한 후가 될 가능성이 많지. 거꾸로 상인들의 입장에서도 엄 대고를 무시하고 자신이 몇몇 면포장들과 거래를 했다고 치자. 그런데 이번에는 그 면포장들이 망했다면 그와 거래하던 상인은 더 이상 소주에서 물건을 구입할 곳을 잃게 되고 말겠지. 그게 바로 장사에 있어 안정성이라는 것이다. 직거래로 이문을 많이 볼 가능성도 있지만 그만큼 안정성이 떨어진다는 말이다."

수확한 면화에서 씨를 분리하는 알핵(軋核)의 과정을 마치면 거기서 실을 뽑아내 연사(鍊絲)로 만든다. 다시 그 실로 면포(綿布)를 짜는데, 엄생은 그렇게 만들어진 소주 일대의 면포를 사들여 각지에 파는 중간상 역할을 하는 것이다.

"이문이 많다면 한 번쯤 모험을 해볼 수도 있지 않겠어요?"

"네 말도 일리는 있지만 말 그대로 모험이다. 세상일이란 언뜻 보기에는 제멋대로 돌아가는 것 같아도 사실은 서로 아귀가 맞물려 있다. 면포장들은 연사를 구입해야만 그것으로 면포를 뽑아낼 수 있지 않느냐. 그런데 연사를 만드는 연사장(練絲匠) 또한 엄 대고와 껄끄러운 관계에 있는 면포장과는 거래를 하고 싶어하지는 않을 것이다. 그 또한 걸림돌이 되겠지."

"결국 돈이 돈을 버는 셈이로군요."

"유전능사귀추마(有錢能使鬼推磨)가 무슨 뜻이더냐. 돈이 있으면 귀신에게 맷돌도 돌리게 할 수 있다는 것이 아니냐? 무슨 일이든 위에 올라서기까지가 어렵지, 일단 어느 정도 반열에 오르면 어떤 일이라도 막힘이 없는 법이다."

사군은 그제야 이해가 될 것 같기도 했다. 하지만 소주는 중원 면포의 중심지라 할 수 있는데 이런 곳의 모든 면포를 엄 대고가 독점할 수 있다니 그저 놀랍기만 했다.

그런 그의 생각을 읽었는지 유장이 덧붙였다.

"사람들이 엄 대고를 높이 평가하고 그와 거래를 하는 것은 단순히 막대한 재산을 소유했다는 이유만은 아니다."

유장은 빙그레 웃으며 여운을 남기는 말을 했다.

"잠시 후에 나와 함께 그의 방에 들어가 보면 엄 대고가 어떻게 장사를 하는지 알 수 있을 것이다."

그는 사군과의 말을 그렇게 맺었다. 혼자 잠시 뭔가를 골똘히 생각하는 눈치였기에 사군은 더 이상 질문하지 않았다. 아마도 오늘 거래할 수량이나 조건 등에 관한 것이 아닐까 하는 생각이 들었다.

무료해진 사군의 눈이 빈관의 창밖을 향했다.

정원에는 온갖 이름 모를 기화이초(奇花異草)들이 저마다의 미태(美態)와 향기를 뽐냈고, 꽃밭 뒤에는 최소한 반백 년은 모두 넘었음 직한 단풍나무들이 벽을 이루며 서 있었다.

'응?'

나무 주위에서 인기척이 느껴졌다. 미약하지만 고른 숨소리. 석가장에서 들었던 매복자들의 숨소리와 흡사했다. 빈관 손님들의 시야에는 보이지 않지만 나름대로 번을 서서 지키는 모양이었다. 혹시라도 빈관 손님들이 위해(危害)라도 당한다면 주인 된 입장으로 고개도 들지 못할 터이니 지켜주는 것은 당연한 것으로 보였다.

흥미가 생긴 사군은 유장 몰래 천이통을 전개해 주변을 살폈다.

'헉!'

하마터면 놀라 소리를 지를 뻔했다.

지붕 근처며 연못가 등, 곳곳이 매복자들로 천라지망(天羅地網)을 이루고 있었다. 가히 용담호혈이라 할 만한 경비 태세였다. 갑자기 겁이 난 사군은 얼른 천이통을 거두고 조용히 자리를 지켰다.

잠시 후 시비가 와서 두 사람을 엄생에게 안내했다.

유장을 따라 엄생의 집무실로 간 사군은 적잖이 당황했다. 말이 집무실이지 방 가운데는 허름한 탁자 하나가 있고 안쪽에 엄생이 쓰는 일인용 장방형 탁자가 놓여 있었는데, 죄다 어디서 쓰던 것을 갖다 놓은 듯 형편없이 낡아 보였기 때문이다. 벽 쪽에는 각종 서류가 쌓인 책장이 있는데 방의 치장을 위한 것이라고는 화분에 심어진 몇 개의 난(蘭)과 벽에 걸린 두 개의 족자가 전부였다.

"헛헛헛, 어서들 오십시오. 제가 다른 손님을 맞느라고 멀리서 오신 손님을 너무 기다리게 하는 실례를 범했습니다."

엄생은 말과 함께 유장과 사군에게 자리를 권했다.

육십은 되었을까. 예상과 달리 엄생은 편안한 이웃집 아저씨와 같은 분위기를 풍기는 사람이었다. 그런데 그는 흔한 면포로 만든 옷을 입고 있었다. 그나마 해 입은 지 몇 년은 족히 되어 보이는 허름한 옷이었다.

"하하하, 엄 대고를 찾으시는 분들이야 모두 먼 곳에서 오신 분들일 터이니 어찌 제가 그걸 나무랄 수 있겠습니까."

유장도 예의를 차리며 인사하고는 그가 권하는 의자 앉았다.

사군은 그의 뒤에 반 보쯤 떨어진 곳에 섰다. 다소의 여유가 생긴 사군은 방 안을 자세히 둘러보았다.

족자 중 하나에는 '도주사업(陶朱事業) 단목생애(端木生涯)'라는 글이, 하나에는 '이의제리(以義制利) 금옥만당(金玉滿堂)'이라고 써 있었다.

'도주' 란 춘추전국시대 월왕 구천을 도와 오(吳)를 무너뜨린 월의 재상 범려를, '단목' 이란 공자의 제자인 자공을 말한다.

범려는 월왕을 도와 오에게 무너진 나라를 다시 일으킬 만큼 탁월한 사업적 재능을 보였고, 자공은 상인이면서도 제후들로부터 상당한 예우를 받았던 사람으로 알려져 있었다.

'도주사업 단목생애' 란 범려처럼 사업을 잘하기를 바라고 자공처럼 존경을 받으며 살고픈 마음을 드러낸 것으로 보였다.

많은 돈을 벌기 바라는 '금옥만당' 이라는 글에 오직 의(義)로써 이익을 다스리겠다는 '이의제리' 라는 글을 더한 것으로 보아 유교적인 덕목으로 장사를 한다는 것이니, 엄생은 휘주상방으로 보였다. 중원에 여러 상방이 많기는 하지만 이렇듯 유교적인 덕목을 내세우고 장사를 하는 곳은 휘주상방뿐이었다.

'음, 엄생은 휘주상방(徽州商幇) 사람이구나.'

사군은 내심 고개를 끄덕였다. 그제야 그는 잠시 후면 알 것이라는 유장의 말뜻을 기억했다. 엄생의 얼굴이 다시 보였다.

"이 젊은이는 처음이군요."

자신을 보는 사군의 시선을 의식했는지 엄생은 유장과 사군을 교대로 보며 말했다.

"예, 지난번까지 데리고 다녔던 아이가 병이 나서 이 아이를 데려왔습니다. 아직 장사는 시켜보지 않아 잘 모르지만 회계는 제법 잘 아는 아이입니다."

"흠, 재간이 있어 보이는 아이입니다."

그러더니 그는 사군을 향해 물었다.

"자네는 이름이 어떻게 되는가?"

엄생과 사군의 눈이 짧은 시간이나마 허공에서 맞부딪쳤다.

'헉!'

사군은 내심 가슴이 철렁한 충격을 맛보았다. 세상 모든 것을 담아낼 듯한 깊은 눈이었다. 사군은 황급히 눈을 내리깔며 대답했다.

"사군이라고 합니다."

"흠, 사군이라… 충심이 깃든 이름이로군. 좋은 이름이야. 혹시 유 대고께서 박절히 대하거든 망설이지 말고 내게로 오게나. 핫핫핫!"

그 말에 유장과 사군의 안색이 동시에 변했다.

비록 농담으로 보이는 말이지만 언중유골(言中有骨)이라는 말이 있지 않은가. 유장은 혹시 그가 사군을 자신에게 달라는 말을 돌려 한 것인가를 알 수 없어 난감해했다.

엄생의 그런 말은 실례임이 틀림없지만 그렇다고 그의 요청을 거부할 수만은 없는 것이 유장의 입장이었다. 사군을 내주는 것이 아까운 것이 아니라 그런 과정 자체가 체면을 상하는 일이기 때문이다.

"핫핫핫! 농(弄)입니다, 농. 허, 이거야, 유 대고 앞에서는 농도 마음 놓고 하지 못하겠으니……."

그런 유장의 내심을 읽었는지 엄생은 황급히 손사래를 치며 자신의 말을 거두었다. 그제야 유장의 안색이 펴졌다.

"농이라니 다행입니다. 아까운 아이이기는 하지만 엄 대고께서 굳이 원하신다면 내드리지 못할 것도 없지요. 하하하!"

그제야 유장도 점잖은 엄생의 인품을 기억하며 같이 웃어주었다.

"잘 키우십시오. 나중에 한몫할 아이입니다."

엄생이 사군을 돌아보며 말했다. 두 사람의 눈이 다시 마주쳤다.

'으음!'

이번에는 유장이 감탄했다. 자신의 눈길을 이토록 손쉽게 받아내는 젊은이는 처음인 것이다.

사군은 얼굴을 붉혔다. 엄생과 같은 대상인이 칭찬을 해주는 말이기에 황송한 마음까지 들었기 때문이다.

"이곳에 숱하게 왔었지만 엄 대고께서 사람을 칭찬하는 것은 처음 봅니다. 이 아이가 아주 쏙 마음에 드신 모양입니다. 핫핫핫!"

유장의 말에 엄생이 다시 사군을 보며 말했다.

"사군이라고 했나? 언제라도 소주에 들를 기회가 있으면 반드시 내 집에 들러주게. 절대 섭섭히 대하지는 않을 걸세."

사군은 대답도 못하고 그저 허리를 굽혀 인사하고 다시 얼굴을 붉혔다.

"허, 저리도 숫기가 없어서야. 쯧쯧."

보다 못한 유장이 혀를 차며 거들었다.

"지난번에 말씀하신 면포는 좋은 놈으로만 골라 잘 추려두었습니다. 이미 짐을 꾸려두었으니 나가실 때에 총관이 내어드릴 것입니다."

"핫핫핫, 고맙습니다. 다시 감사를 드리지요."

유장은 그렇게 말하며 품속에서 두툼한 종이 한 장을 꺼내 엄생에게 건네고는 말을 이었다.

"다음에 와서 가져갈 것들입니다. 염치 불구하고 이렇게 부탁을 드립니다."

"염치라니요. 항상 제 물건을 구입해 주시니 그저 감사할 따름입니다. 잠시 후면 점심 먹을 시간이니 함께하면서 좋은 말씀을 많이 들려주십시오."

엄생은 그렇게 말하며 종이를 펼쳐 유장이 건넨 품목을 살폈다.

"흠, 역시 유 대고의 안목은 남다르시군요. 이렇듯 좋은 물건만 빼 가시니 제가 다른 곳에 팔 물건이 남아나지 않는군요."

삭제

"헛헛헛, 이런 물건이야 아무리 멀더라도 이곳이 아니면 구입할 수 없는 품질의 것이 아닙니까? 그러니 제가 엄 대고를 찾을밖에요. 이게 다 엄 대고께서 본인을 아껴주시니 가능한 일이겠지요."

엄생이 엄살을 떨자 유장은 그렇게 대답하며 만면에 미소를 거두지 않았다.

소주가 멀다 할 수는 없겠지만 소흥에서 이틀 거리인 항주에도 면포를 파는 중간상들이 많으니 유장의 말이 틀린 말은 아니었다. 두 사람은 연신 서로를 칭찬해 가며 말을 이었다.

사군은 내심 두 사람이 나누는 말을 유심히 듣고 있었다.

소주의 거상 엄생과 소흥의 상인 유장의 대화는 듣는 것으로도 충분히 공부가 되었다. 수백 번 거래를 하였으니 따로 오갈 내용이야 없겠지만 오늘 사군이 배운 것은 대화를 하는 방법이었다.

단순한 인사말 같지만 엄 대고는 은근히 자기 물건 중에서 최고 품질의 것만 유장에게 준다는 암시를 했고, 유장도 이에 질세라 품질이 좋은 것을 구할 수 있기에 멀리 이곳까지 와서 물건을 사는 것이 아니냐는 말이었다.

검소해 보이는 엄생의 거처를 보니 식사도 조촐하게 대접을 하겠구나 생각했지만 그건 사군의 오산이었다. 예상 밖으로 식사는 빈관에서 해야 했는데, 산해진미(山海珍味)라는 표현이 부족할 정도로 푸짐한 상이 준비되어 있었다.

유장은 익숙한 듯 맛있는 음식을 골라 배를 채웠다. 처음에는 조심을 하던 사군도 에라, 모르겠다 하는 심정으로 게걸스러운 식성을 과시했다. 몇 순배의 술이 돌아 취기가 오르자 엄생은 자신의 거처로 돌아갔다.

"이렇게 호화스러운 장원에 사시는 분이 자신의 거처는 왜 그렇게 초라하게 해놓고 살지요?"

사군의 머리 속에 내내 맴돌던 의문이었다. 아예 전체적으로 소박하게 살던가.

"전에 내가 물어본 적이 있었다. 그랬더니 호화스러운 장원은 자신의 안사람과 노부모, 그리고 자식을 위한 것이라고 대답하더구나. 노부모는 잘난 아들을, 안사람은 부자인 남편을, 자식은 부자인 아비를 두었으니 당연한 일이라고. 하지만 자신은 그런 돈 많은 아들이나 마누라, 부모를 두지 못했으니 당연히 검소하게 살아야 한다고 말하더구나. 그리고 자신을 먹여 살리는 고객들은 당연히 편하게 모셔야 하지 않겠느냐고 덧붙이더구나. 핫핫핫."

그제야 사군은 고개를 끄덕였다. 하지만 그런 고객이라면 허름한 방으로 초대를 하지 말았어야 하는 것이 아닌가?

"아까 그 곳은 그렇게 좋은 방이 아니던데요?"

"누구나 그곳에서 면담을 나눌 수 있는 것은 아니다. 상당히 많은 양을 사 가는 사람이라야 하고, 뿐만 아니라 거래가 오래된 단골에 한해 그곳으로 초대를 한단다. 그래서 이곳 풍정원에 오는 손님들은 어느 곳에서 면담을 했느냐에 따라 중원 상계에서 자신의 비중을 짐작한다고 말하지. 웬만한 손님들은 엄 대고가 이 빈관으로 나와 맞는단다. 얼핏 보기에는 주인이 손님을 찾으니 큰 대접을 받는 것 같지만 기실 이 풍정원에서는 그 반대지."

“그렇군요.”

“사실 네가 처음 온 사람이 아니었다면 오늘 식사는 아까 그 방에서 간단한 소채를 곁들인 것으로 끝났을 자리다. 나도 그동안은 계속 그 방에서 식사를 했지. 하지만 오늘 네가 처음 온 것이기에 푸짐하게 한 상 차려 대접한 것이지. 이곳을 찾는 상인들이야 푸짐한 한 끼 식비가 없어 먹지 못하는 것은 아니지만 수행원들은 그렇지 않다는 것을 잘 알기 때문이야. 네 덕분에 나도 잘 얻어먹었다. 핫핫핫.”

유장은 사군을 보며 한마디 덧붙였다.

“내 생각에는 엄 대고가 너를 잘 본 것 같구나.”

사군은 그제야 모든 것이 이해되었다. 엄생의 마음 씀씀이가 새삼 고마웠다. 정말 처음 먹어보는 산해진미였다.

“일이 꼬였으니 어찌해야 할지 모르겠습니다.”

엄생의 앞에 서 있던 중년인이 송구스런 표정으로 고개를 숙이며 말했다.

“허허허, 역시 일은 사람이 하지만 결과는 하늘이 내린다는 말이 맞구나. 그토록 공을 들였던 일이 장강신투에 의해 틀어지다니…….”

일이 잘못되었다고 말하면서도 여전히 웃는 얼굴이었다.

잠시 침묵을 지키던 엄생이 말을 이었다.

“그냥 버려두어라. 제갈세가라면 장강신투라 해도 쉽게 꼬리를 감추기는 쉽지 않을 것이고… 설사 그렇게 된다고 하더라도 물건이 강호로 다시 나오는 것은 시간문제일 뿐이다. 장강신투의 그간 행적으로 보아 직접 장보도를 들고 보물을 찾겠다고 나서지는 않을 것이다. 그는 장보도를 지니고 있다는 것이 무슨 뜻인지 충분히 알 만한 자다. 아마도 빠른 시일 내에 다른 사람의 손에 넘기겠지. 장보도가 다시 나타난다면 조만간 무림에 어떤 움직임이 보일 것이다. 그런 쪽으로 조사를 계속해라. 어차피 물건을 넘겨준 이상 절대 직접 개입해서는 안 된다.”

“알겠습니다.”

그렇게 대답한 중년인은 엄생의 말이 더 이상 이어지지 않자 조용히 머리를 숙이고 물러갔다.

그가 보이지 않자 엄생이 표정을 굳혔다.

‘대단한 놈 같아 보였는데…….’

그는 유장이 수행원으로 데려왔다는 사군이라는 일꾼에게서 느꼈던 기도를 떠올렸다. 도무지 녀석의 깊이를 종잡을 수 없다는 것이 그를 의아스럽게 했다.

겉으로 드러나는 기도는 불과 이십여 년 정도의 공력에 불과해 보였지만, 엄생이 감각으로 느끼긴 것은 그것을 훨씬 상회하는 정도였다. 그런 경지라면 한낱 면포점의 일꾼 따위로 있을 아이가 절대 아니었다.

“허, 참!”

엄생은 고개를 설레설레 저었다.

조사라도 해보고 싶었지만 지금은 그런 일까지 일일이 신경 쓸 정도로 한가하지 않다는 것이 아쉬웠다.

유장 일행이 그곳을 출발한 것은 다음날 아침이었다.

엄생은 물건을 유장이 끌고 온 배에 실어 상당하(上唐河)를 통해 풍교진(楓橋鎭)까지 날라다 주었다.

그가 이토록 배려하는 것은 풍교진에는 상세(商稅)를 받는 관리들이 나와 있기 때문이다. 그들은 외지 상인들에 대해서는 심하면 물건의 절반까지 세금으로 가로채는 경우가 있기 때문에 엄생은 그것을 염려했던 것이다.

옷깃에 노란 단풍이 그려진 옷을 입은 사람은 풍정원 사람이었기에 이곳에서는 관리들조차 그들에게는 함부로 굴지 못했다.

물론 엄생의 수하들이 관아에 전언(傳言)만 넣어도 아무 일이 없겠지만 이렇듯 요란하게 수하들을 시켜 일을 처리하는 것 또한 그의 교묘한 점이었다. 소주 일대에서 자신의 세를 과시하는 한편 상대에게 큰 은혜를 베풀고 있다는 느낌을 갖도록 하려는 것이기도 했다.

유장과 사군은 다섯 명의 보표들과 함께 배를 인수해 길을 나섰다.

"지금부터는 정신 바짝 차려야 한다."

"명심하겠습니다."

사군도 긴장 가득한 어조로 대답했다.

소주에서 소흥까지는 항주로 간 후에 그곳에서 전당강을 건너 물길을 따라가면 끝나는 여정으로, 수로로 가는 중에 가장 조심해야 할 곳은 전당강을 건널 때이다.

그 일대에는 백일귀들라 불리는 강상(江上) 강도들이 득실대기 때문이다. 큰 객선이나 소금배를 이용하면 비교적 안전하지만, 이런 소선으로 지날 때는 그들이 보기에 알맞은 먹이가 될 수도 있기에 상당한 주의를 요한다.

늘 해왔던 것처럼 유장은 이번에도 만에 하나 습격받을 경우를 대비해 배에 활과 화살은 물론 장창까지 준비했다. 큰 도적을 만나면 어쩔 수 없지만, 전당강에는 주로 소규모 수적들이 득실대니 이 정도면 상당한 방비가 될 수 있어 짐을 가득 싣고 도강하는 상인들의 필수품이기도 했다.

이런저런 골치 아픈 일을 피하려면 가능한 빨리 소흥에 도착하는 것이 가장 좋은 방법이기에, 서너 명이면 충분할 사공이지만 속도를 빨리하기 위해 노를 늘여 십여 명이나 태웠다.

"마지막 관문이로군."

유장은 혼잣말로 중얼거렸다.

이번 여정은 출발부터 어쩐지 기분이 좋지 않았던 유장인지라 그저 최대한 빨리 도착하려는 생각뿐이었다.

소주부 역내인 전당강 맞은편의 서흥역(西興驛)에만 도착하면 그런대로 안심할 수 있었다. 강폭이 칠팔 리에 이르는 전당강을 건너는 일이었지만 가장 주의를 기울여야 할 때이기도 했다.

"지금이 가장 위험한 때이니 모두들 최대한 힘을 내어 노를 젓게나!"

긴장한 탓인지 유장의 목소리가 올라갔다. 사공들도 그 말뜻을 알기에 조금도 꾀를 피우지 않고 부지런을 떨었다.

강폭을 반쯤 지나왔을 때였다. 갑자기 쾌속선 두 척이 나는 듯이 달려왔다.

강에서 떼를 지어 다니는 쾌속선이라면 수상(水上) 검문을 하는 관선이나 수적들이라고 봐도 무방하다. 하지만 관선들이라 해도 손을 내밀 것이고, 수적이라면 칼을 들이밀 것이니 상인들에게는 어느 쪽도 즐거운 손님은 아니다.

놀란 사공들은 노 젓는 속도를 더욱 빨리했다.

하지만 수적들 또한 이런 배들의 특성을 감안해 적절한 공격 방법을 쓰고 있었다. 돌연 정면에서 또 한 척의 쾌속선이 나타나 막아섰다. 그들은 모두 활에 시위를 먹이고 쏠 준비를 하고 있었다. 유장의 안색이

흙빛으로 변했고, 사공들도 어찌할 바를 몰라 했다.

"섯거라!"

말소리가 들릴 거리 정도가 되자 쾌속선마다 갑판 위로 도검을 든 자들이 나타나 고함을 질러댔다. 유장의 배가 급히 방향을 틀었지만 수적들로부터 달아난다는 것은 누가 보더라도 이제는 불가능했다.

"어서! 어서!"

마음이 다급해진 유장은 연신 사공들을 독촉했다. 보표들도 활과 장창 등을 갑판에 날라 싸움을 준비했다. 사군도 긴장하고 수적들의 움직임에서 눈을 떼지 못했다.

핑! 핑! 핑!

쾌속선에서 먼저 화살이 날아왔다.

"으악!"

"커억!"

수적들이 쏜 활에 사공 둘이 나자빠졌다. 놈들은 집중적으로 사공들을 노리고 있었다. 노를 젓는 사공들의 수가 줄은 데다 겁까지 집어먹고 있으니 배의 속도가 금방 떨어졌다.

휙휙휙휙휙!

보표들도 따라오는 쾌속선들을 향해 화살을 날렸다. 이쪽으로 화살을 날리려던 수적 하나가 비명을 지르며 물 위로 떨어지는 것이 보였다.

"사공들은 들어라! 노를 놓으면 모두 살려주겠다!"

수적들은 그 정도 반격은 예상했는지 조금도 개의치 않고 따르며 사공들을 회유하기 시작했다. 그 말에 사공들은 서로 얼굴을 마주 보며 동요하기 시작했다.

“노를 놓는 놈은 모두 벤다!”

하지만 보표들의 조장인 사내가 검을 뽑아 들고 사공들을 위협하자 사공들은 파랗게 질려 노를 계속 저었다. 그럼에도 배의 속도는 이내 현저하게 떨어졌고, 잇따른 화살세례에 호위 무사 둘과 사공 둘이 또 죽었다. 그러자 채 반 각이 지나기도 전에 쾌속선들은 유장의 배 좌우로 바싹 붙었다.

“이보시게, 어딜 그리 바삐 가시나.”

그는 전당강 백일귀 중에서도 악명이 높은 독안귀수(獨眼鬼手) 황위(黃威)라는 자였다.

철컥! 철컥! 철컥!

그의 말이 끝나기 무섭게 쾌속선에서 갈고리 세 개가 날아와 유장의 배 난간에 걸쳐졌다. 보표들은 얼른 화살을 날려 그들을 저지하려고 했다.

“크억!”

“컥!”

“으악!”

수적 셋이 비명을 지르며 쓰러졌다.

세 명만 남은 보표들은 마지막 화살을 날리고는 검을 뽑아 들었다. 그들이 이토록 결사적으로 싸우는 이유는 수적들은 보표들을 무조건 죽여 버린다는 것을 잘 알기에 선택의 여지가 없기 때문이었다.

무공을 모르는 유장과 사공들은 모두 선실 안으로 달려들어 가 숨었다.

“이놈들!”

사군은 그렇게 소리치며 주먹을 불끈 쥐었다.

불끈 용기가 치솟았다. 그의 머리 속에는 주인 어른을 보호해야 한
다는 생각만 가득했다. 사군은 죽은 보표의 검을 주워 들고 재빨리 난
간으로 달려가 갈고리에 연결된 밧줄 하나를 끊어버렸다. 처음에는 겁
이 나 다리가 후들거렸지만 일단 검을 쥐니 아무 생각이 없었다.

"이놈!"

수적 둘이 난간을 넘으며 박도로 사군을 베어왔다.

사군이 보기에 허술하기 짝이 없는 수법이라 가볍게 옆으로 피하며
한 놈의 허리를 쓸고 잇따라 또 한 명의 정수리를 내리 그었다.

"크악!"

"큭!"

두 명의 수적들은 그 길로 세상을 하직했다. 하지만 미처 그들이 죽
어가는 것을 지켜볼 틈도 없이 또 다른 배에서 올라온 수적들이 그를
향해 달려들었다.

"저놈을 죽여라!"

황위가 입에 거품을 물고 소리쳤다.

이미 배 난간을 넘은 수적들이 동료들의 죽음에 격분해 사군을 향해
우르르 달려들었다. 보표 셋이 십여 명의 수적을 감당하기는 했지만
칠팔 명이 동시에 달려들자 사군은 적잖이 당황했다.

"이놈, 죽어랏!"

그들이 박도와 환도 등을 휘두르며 교대로 공격을 해오자 사군은 당
황해 어쩔 줄 모르며 밀렸다.

'침착하자! 침착하자!'

연신 그렇게 되뇌며 마음을 다잡으려 했지만 계속 뒤로 밀려나는 것
은 어쩔 수 없었다.

아무리 많은 상대라 해도 근거리에서 직접 공격할 수 있는 자들은 서넛에 불과하다는 고노의 말이 기억났지만, 포위망을 형성해 밀어붙이는 수적들을 보니 겁이 나는 것은 어쩔 수 없었다.

사군은 마음을 다잡았다.

"하앗!"

돌연 뒤로 물러서기만 하던 사군이 기합성을 넣었다.

"으악!"

"크아악!"

순간적으로 번쩍 하며 섬광이 오가는 순간 두 명의 수적들이 괴로운 비명을 지르며 나뒹굴었다. 놀란 수적들이 주춤하자 사군의 검이 잇따라 펼쳐지며 또다시 두 명을 벴다.

사실 수적들이라고 해봐야 먹고 살기 힘든 인근의 어부들이나 농민들이 어구(漁具)나 농구(農具)를 놓고 무기를 잡은 것에 불과했다. 그들이 무공을 십수 년 배운 사군의 상대가 될 리 없었다.

그렇게 되자 제법 무공이 있는 황위를 비롯한 세 명만이 남아 주춤거리며 사군을 상대하는 형세가 되었다.

"으아악!"

"큭!"

사군의 분전에 용기를 낸 보표들은 기세에 밀린 수적들을 잇달아 쓰러뜨렸다.

"이놈이!"

황위는 노기충천했다.

희생이 너무 컸다. 이래저래 놈의 검 아래 죽은 수하들이 벌써 십여 명이 넘고 있었다. 새파란 애송이라 수하들에게 맡겨놓고 있었는데 눈

깜짝할 사이에 몇 명이 쓰러지자 그만 눈이 뒤집혔다.

그는 항주의 큰 무도관에서 검술 사범 노릇을 한 적도 있었다. 그 당시에도 명문정파의 당주급은 된다는 평이 들었을 정도의 무공이었다. 지금 데리고 있는 수하들 중에는 그의 제자들도 몇이 있었다.

파팟!

황위의 면도(緬刀)가 번뜩였다.

"훗!"

갑자기 섬전과도 같은 날카로운 도기(刀氣)를 느낀 사군은 얼른 등을 활처럼 휘어 몸을 뺐다. 그의 목줄기를 노린 것은 황위의 면도였다. 엉겁결에 피하기는 했지만 그게 끝이 아니었다.

싸악!

면도가 이번에는 사군의 정수리를 쪼개왔다. 누가 보기에도 경쾌한 도법이었다. 다른 수하들은 그의 실력을 믿는지라 뒤로 물러나 호위들과 싸우는 동료들을 도우러 갔다. 보표들의 기세에 다른 수적들이 밀리고 있었기 때문이다.

사군은 가슴이 철렁했지만 한 발을 축으로 몸을 틀어 아슬아슬하게 면도를 피하며 황위의 가슴을 향해 검을 떨쳐 냈다.

'이키!'

황위는 깜짝 놀라 면도를 거두며 뒤로 물러섰다. 기선을 잡은 사군은 삼밀가지검법을 잇따라 펼쳐 냈다.

"명왕개밀(明王開密)!"

파파파팟!

사군의 검이 좌우로 비스듬히 교차하며 황위를 쓸어갔다. 현란한 검광이 허공을 번득이며 황위의 전신을 압박해 갔다.

‘이놈이!’

깜짝 놀란 황위는 황급히 뒷걸음치며 공세를 피했다.

비록 어디 내세울 만하지 않은 허름한 검술 도장이지만 그래도 사범까지 지냈던 황위였기에 그 덕분에 중원 여러 유파의 웬만한 검술은 파악하고 있었다. 하지만 사군이 펼치는 검술은 그로서도 난생처음 보는 검법으로, 팔방풍우(八方風雨)와 비슷하기도 했지만 그보다 훨씬 날카로운 예기가 느껴졌다.

보표들을 밀어붙이던 수하들 중 세 명이 그가 뒤로 밀리는 것을 보고 다시 그를 돕기 위해 달려왔다.

“천마앙복(千魔仰伏)!”

사군이 갑판을 박차고 하늘 뛰어오르며 황위를 쪼개갔다.

“으헛!”

상대가 허공으로 뛰어오르는 순간 심상치 않은 기운을 느낀 황위는 감히 맞부딪칠 생각도 하지 못하고 검이 베어오기도 전에 재빨리 뒤로 몸을 뺐다. 경험상 저런 정도의 빠르고 날카로운 초식을 전개하는 상대와 부딪쳐서는 득을 보지 못한다는 것을 잘 알기 때문이다.

팟! 팟! 팟!

사군은 쾌검이라 해도 부족하지 않을 빠르고 날카로운 초식을 전개해 황위를 밀어붙였다.

‘이런 놈이 지키는 물건을 나더러 빼앗으라니, 왕칠, 이 개자식!’

그는 몸을 이리저리 틀어 사군의 공격을 바쁘게 피하면서 내심으로는 이번 정보를 제공한 왕칠에게 연신 욕을 퍼부었다. 어쩌면 지금 자신이 상대하고 있는 놈이 상검수(商劍手)가 아닌가 하는 의심까지 덜컥 들었다.

상검수란 중원의 큰 상방에서 자체적으로 화물을 보호하기 위한 목적으로 양성한 검수들로 무공과 상업을 동시에 교육받은 자들이다. 상검수들의 무공은 무림의 일류고수들과 비견될 정도인데, 중원의 큰 상방에서도 대개 백여 명 정도 보유하고 있는 희귀한 상인들이다. 만일 지금의 상대가 그런 존재라면 전당강 백일귀의 한 두령에 불과한 황위로서는 벅찬 상대가 아닐 수 없다.

그게 사실이라면 황위가 욕을 퍼붓는 것은 당연했다.

쐐액!

사군의 검이 또다시 공기를 갈랐다.

물러서는 그들을 보며 힘이 난 사군이 계속 공세를 퍼부었지만 때마침 달려온 황위의 수하들 때문에 잠시 일방적이던 싸움은 겨우 팽팽한 균형을 유지했다.

'이상해!'

수하들 덕분에 숨을 돌리고 반격의 기회를 노리던 황위는 문득 이상한 것을 발견했다.

빠르고 현란한 초식에 비해 상대에게서는 검기(劍氣)가 거의 느껴지지 않았기 때문이다. 그는 초식에 빠름[快]과 날카로움[銳]은 있을지언정 무게[重]가 곁들여져 있지는 않다는 것을 간파했다.

'정말 이상한데?'

저 정도의 초식을 전개하는 놈치고 내공을 제대로 쌓지 않은 놈은 드물었다. 하지만… 의심을 하면서도 거리낌이 있어 감히 맞부딪치지 못하고 있던 그는 기회를 보다가 상대의 검을 마주해 갔다. 혹시나 하는 마음에 그는 모든 내력을 집중해 받아쳤다.

창!

날카로운 금속성과 함께 불꽃이 튀었다.

"으헛!"

순간 사군은 손아귀가 찢어질 것만 같은 아픔에 그만 검을 놓쳐 버렸다.

"으핫핫! 그러면 그렇지!"

아무리 이런 개차반 같은 바닥이지만 동업자 정신이라는 것이 있는데, 되지도 않을 일을 가지고 왕칠이 골탕 먹이려 했을 리는 없는 것이다.

"꼼짝 마라!"

황위는 검을 쭉 뻗어 사군의 목을 겨누었다.

"헛!"

사군이 놀라며 고개를 뒤로 젖히는 순간 황위의 왼손이 뻗어와 그의 명치를 쑤셨다. 충분히 피할 수 있다고 생각했지만 몸이 굳어 말을 듣지 않았다.

"흡!"

사군은 그만 숨이 콱 막혀 그대로 주저앉았다.

뒤 이어 배에 올라 두 사람의 싸움 주변을 겉돌던 수하 하나가 재빨리 달려들어 그를 밧줄로 꽁꽁 묶었다. 그래도 못 미더운지 황위는 사군의 혈도를 몇 군데 짚어두기까지 했다. 그의 무공신위가 신경 쓰였던 까닭이다.

'제길!'

사군은 그제야 자신의 실수를 깨달았다.

경험이 없어 당황한 나머지 내공을 주입하지 않고 초식에만 의지해 공격을 했고, 그런 탓에 내력이 들어간 상대의 공세에 검을 놓치고 포로가 되어버렸던 것이다. 너무 당황해 서둘렀던 것이 화근이었다.

그 틈에 다른 수하들이 두 명으로 준 보표들을 협공해 한 명의 가슴에 칼을 꽂았고, 대세가 글러 버린 것을 안 마지막 남은 한 명은 강물로 몸을 날렸다. 하지만 그도 결국 죽음을 피하지는 못했다. 보표가 뛰어든 곳으로 쾌속선 한 척이 빠르게 다가갔다.

빡!

숨을 쉬기 위해 물 위로 솟구치는 머리를 노(櫓)로 후려치자 그는 다시는 물 위로 떠오르지 못했다. 수적들은 황위의 지시에 따라 사공들까지 베어 죽이고 유장만 남겨둔 후에 시체를 모두 강에 던져 버렸다.

'이, 이게 대체⋯⋯!'

선실에서 끌려 나온 유장은 벌벌 떨었다.

오만 냥어치나 하는 물건은 포기한다 해도 이제는 목숨을 걱정해야 할 판이었다. 자신만 남겨둔 것으로 보아 점포에 연락해 몸값을 받아 내려는 속셈 같았다.

황위는 유장의 배와 쾌속선 두 척을 끈이 달린 고리로 연결해 끌고 갈 것을 지시했다.

이번 싸움으로 십여 명도 넘는 수하들이 죽었기에 손해는 막심했지만, 배 안에 쌓인 엄청난 면포들을 보는 순간 입이 딱 벌어져 모든 것을 잊었다. 다른 수하들도 모두 기쁨에 넘쳐 동료들의 죽음에도 아랑곳 않고 즐거워했다.

"가자!"

그들 역시 제기현 일대에 근거를 둔 수적들이었다.

일을 마친 그들은 유장의 배끼리 연결해 끌고 전당강의 한 지류인 제기강(諸曁江)으로 거슬러 올라갔다.

‘이거 큰일 났구나!’

밧줄에 묶인 채로 갑판 위에 쓰러져 있는 사군은 눈앞이 캄캄했다.

꼼짝없이 죽게 생긴 것이다. 그저 멀뚱거리며 황위가 하는 양만 지켜보고 있었는데 놈이 그에게 다가왔다.

“네가 사군이라는 놈이냐?”

그 말에 사군은 깜짝 놀랐다. 전당강 수적이 자신의 이름을 알고 있다니!

“어, 어떻게 내 이름을……?”

“왕칠에게 물어보거라, 이놈아!”

“예? 예!”

아까는 용기백배해 싸웠지만 지금은 그저 겁에 질려 어찌할 바를 모르는 어린 청년에 불과했다.

“왕칠과는 무슨 일로 원수가 졌느냐?”

어차피 죽을 목숨이라고 생각한 사군은 그와 있었던 사건에 대해 자세히 얘기해 주었다.

“푸하하핫!”

모든 이야기를 듣고 난 황위는 너털웃음을 터뜨렸다.

그제야 왕칠 놈이 이 일을 굳이 자신에게 의뢰했던 이유를 알 수 있었다. 아마도 애송이에게 당한 것이라 어디 내놓고 일을 벌일 수 없었던 것이 분명했다. 덕분에 자신은 횡재수가 생겼지만.

“네놈의 용기와 실력이 가상해 목숨은 살려주고 싶지만 왕칠이 네놈만은 꼭 죽여달라고 단단히 의뢰를 했으니 어쩔 수가 없구나.”

황위는 아쉬운 듯 입맛을 다셨다.

제법 실력이 있어 보였기에 살려두어 부하로 부려볼까 하는 생각도

했지만, 가끔씩 쓸 만한 정보를 건네주는 왕칠을 생각하니 그래서는 안
되겠다고 마음을 굳혔다.

사군의 얼굴이 파랗게 질렸다.

그놈의 쌀 한 말이 원수였다. 그 일로 어머니에게 회초리로 죽도록
얻어맞고 왕칠과 원수를 맺어 이제는 아주 가게 생겼으니…….

"이게 다 네 녀석 때문이로구나!"

뒤에서 듣고 있던 유장이 소리쳤다. 황위는 그가 반항도 하지 않았
고 그럴 위인으로 보이지도 않았기에 묶지도 않고 그저 무릎만 꿇려두
고 있었다.

"닥쳐라!"

황위가 버럭 소리치자 놀란 유장이 자라목이 되어 고개를 숙였다.

"이놈은 선실에 처넣어두어라."

왕칠에게 증거를 제시하려면 목을 따서 갖다 주어야 했다.

놈과 다시 접촉을 하려면 이래저래 며칠은 족히 걸릴 것이니, 공연
히 미리 죽였다가는 혹시 썩어서 지독한 냄새를 풍기거나 얼굴이 알아
보지도 못하게 되지나 않을까 염려한 때문이었다. 수하 둘이 달려들어
사군을 번쩍 들어 선실 안으로 내동댕이쳤다.

쾅!

"어이쿠!"

어차피 죽일 놈인데다 동료도 몇이나 죽인 상대였기에 수하들은 조
금의 사정도 두지 않고 안으로 휙 집어 던지고는 나가 버렸다.

'아이고.'

아무리 배 위라 나무로 깐 선실 바닥 위에 떨어졌지만 그 충격 또한
적지 않았다. 머리통이 윙윙거리고 전신의 뼈마디가 콱콱 쑤셔왔다.

아픔보다 더한 것은 죽음에 대한 공포였다. 막상 죽는다고 생각하니 와락 두려운 생각이 찾아들어 그의 사고(思考)를 마비시켰다. 그저 수적 두목이 자신을 어떻게 죽일 것인가 하는 생각에 두려움에 떨 뿐이었다.

갑판 위의 황위는 유장을 흘낏 보았다.

그는 면포를 빼앗는 것은 물론 소흥부 거부인 유장을 이용해 한 밑천 단단히 뽑을 궁리를 하고 있었다.

'음, 십만 냥? 아니야. 적어도 오십만 냥, 아니, 그 이상도 충분히 받아낼 수 있을 거야.'

꿈 같은 액수였다.

소흥에서 몇 번째 안에 든다는 거부 유장에 대한 소문은 인근 수백 리 안에 사는 사람치고 모르는 사람이 없었다. 하지만 지나는 선객들의 보따리나 털던 그인지라 얼마 정도가 적당한지 선뜻 마땅한 금액이 떠오르지 않았다.

황위는 유장을 인질 삼아 가족들에게 상당한 은자를 뜯어낼 궁리를 하고 있었다.

그런 일은 왕왕 있는 일이었지만, 유장 같은 거물을 사로잡는다는 것은 결코 자주 있는 일이 아니기에 적당한 금액을 정하는 것이 쉽지 않았다. 전당강에 의탁해 먹고 사는 백일귀들에게 유장 같은 거물은 완전히 횡재수나 다름없었다.

'너무 많은 것이 아닐까? 도저히 내지 못할 금액이라면 자칫 관병을 불러들일 수도 있어.'

황위는 고민을 거듭했다.

정말 오랜만에 해보는 행복한 고민이었다. 문득 그의 시선이 볼썽사

납게 꿇려 있는 유장을 향했다.

'그렇지!'

그는 유장의 엉덩이를 걷어차며 말했다.

"이봐, 네놈의 몸값으로 얼마가 적당한지 생각해 둬라! 만일 네놈이 제시한 가격이 내가 생각해 둔 가격보다 적다면 치도곤을 쳐 손을 본 다음에 다시 물을 터이니 그리 알아라!"

그는 수하를 시켜 유장의 손을 뒤로 묶은 후에 사군이 있는 선실에 가두게 했다.

제3장

탈출

선실에는 두 사람만이 있었다.

혈도가 짚힌 사군은 묶인 채 바닥에 내동댕이쳐져 있는 그대로였지만, 손발만 묶인 유장은 피곤에 지친 듯 몸을 움직여 선실 벽에 기댔다. 유장은 사군을 지그시 노려보았다. 이 모든 일이 그로 인해 비롯되었다고 생각하기 때문이다.

"죄송합니다. 저도 까맣게 잊고 있었습니다. 설마 그놈이 이런 식으로 보복을 할 줄은 꿈에도 몰랐습니다."

모든 일이 자신 때문에 벌어졌다는 생각에 그저 죄스럽기만 할 뿐이었다.

유장은 그의 말을 듣고도 아무런 말도 하지 않았다. 딱히 사군이 무슨 잘못을 저질러서 왕칠과 원한을 맺은 것이 아니었기 때문이다.

"휴."

유장은 그저 한숨만 길게 내쉬고는 선실 벽에 등을 기댔다

"나 때문에……."

사군은 한동안 그를 마주 보지 못했다.

'혈도만 풀 수 있다면 어떻게 해볼 수 있지 않을까?'

문득 그런 생각을 했다.

손발이 묶인 마당에 마땅한 방법이 떠오르지 않았다. 하지만 목숨이 걸린 처지라 그는 이런저런 방법을 생각해 보며 계속 머리를 굴렸다. 너무 지쳤음인지 혹은 적당히 출렁이는 배의 요동 때문인지 한순간 사군은 깜빡 잠에 빠졌다.

'쯧쯧, 이런 마당에도 잠이 오다니…….'

유장은 내심 혀를 찼다.

면포를 몽땅 빼앗기는 것은 물론이고 몸값까지 물어야 하게 생긴 유장은 잠을 이루지 못했다. 내일이 될지 모레가 될지 모르겠지만 곧 죽을 녀석이 천연덕스럽게 자고 있은 것을 보니, 한심하기도 하고 일견 측은하기까지 했다. 그나저나 자신의 몸값을 생각해 두어야 하는 숙제를 받은 그는 열심히 생각해 가며 적정한 타협점을 찾으려고 머리를 굴렸다.

유장의 배를 끌고 온 수적들은 그들을 선실 안에 가둔 채 선실 창문까지 모두 가려 방향이나 위치를 전혀 알 수 없도록 했다. 사방은 그저 조용하기만 했고 물 흐르는 소리와 이따금 들리는 강변의 풀벌레 소리만이 어느덧 밤이 깊었음을 말해 주었다.

사군은 꿈을 꾸었다.

"만약 네가 적에게 제압당해 혈도를 짚였다고 치자. 그럴 때는 어떻게 하면 되겠느냐?"

고노가 엄숙한 표정을 지으며 말했다. 이럴 때는 대단한 무공을 가르칠 때다. 주의해서 들어야지.

"할 수 없지요, 뭐."

짐짓 한번 틀어보는 것도 중요하다. 그래야 계속 대우를 받으며 무공을 배울 수 있기 때문이다.

"멍청한 녀석. 혈도를 풀어야지!"

"진기의 유통이 막혔는데 그걸 무슨 수로 풀어요? 방법이 있나요?"

무척 놀라는 척해야 기분이 우쭐해져 잘 가르쳐 준다.

"험, 운 좋은 줄 알아라. 오직 밀종(密宗)에서만 배울 수 있는 것이 해혈대법(解穴大法)이다."

"고노는 자기가 가르치는 것은 무조건 최고래요."

"흥! 이 녀석아, 나는 십성까지 익히고도 중원에서 적수를 찾지 못했다. 만약 십이성의 대성을 이룰 수 있다면 네 녀석이 무림맹주 자리를 노린다 해도 나는 결코 놀라지 않을 것이다."

휘잉!

강바람에 배가 출렁 하며 크게 흔들렸다.

"휴우!"

유장은 길게 한숨을 내쉬었다.

그는 아직도 자신의 적당한 몸값을 결정하지 못했기에 불안해하고 있었다. 게다가 바깥은 완전히 가려져 있어 어딘지도 모르는 터라 배가 일렁거리는 것이 그를 더욱 불안하게 만들었다.

조금씩 흔들리던 배는 바람이 세지면서 점점 크게 흔들거려 안에 탄 사람으로 하여금 배가 위태롭게 기우뚱거린다는 생각마저 갖게 했다.

"이놈아, 지금 태평하게 잠을 자고 있을 때가 아니지 않느냐!"

혹시 바닷가인지도 모른다는 생각에 혹시 배가 뒤집힐까 걱정이 된 그가 사군을 향해 소리쳤다.

"예, 옛!"

그 바람에 사군은 화다닥 잠에서 깨어났다.

주변이 어두컴컴한 것에 놀라던 그는 사방을 둘러보고는 자신이 선실 안에 갇혀 있다는 것을 떠올렸다. 손과 발은 여전히 뒤로 묶여 있었다. 죽음에 대한 공포가 다시 그를 엄습했다.

'어머니!'

눈이 시큰했다.

막상 죽는다고 생각하니 가장 먼저 떠오르는 얼굴은 역시 어머니였다. 유장과 함께 소주를 다녀온다는 말도 전하지 않았으니 설마 아들이 수적들에게 붙잡혀 객사했으리라고는 꿈에도 생각지 못하실 터였다. 자신이 먼저 죽는다는 것에 그저 죄스럽고 미안하기만 했다.

예향의 얼굴도 떠올랐다.

등을 돌린 그녀에 대한 원망이 아직 완전히 없어진 것은 아니지만 어쩌면 그 길이 예향에게 더 나은 길일 것이라는 생각이 들었다. 여자를 책임지기는커녕 제 목숨 하나도 간수하지 못하는 것이 자신의 처지였다.

'그래, 행복하게 잘살아라.'

마음속으로 그렇게 빌어주었다.

"배, 배가 아무래도 이상하구나!"

유장은 무척 불안한 사방을 두리번거리며 말했다.

사군은 누운 상태였고 유장은 벽에서 등을 일으켜 앉아 있었다. 그는 배의 요동이 점점 거세지자 무척이나 겁을 집어먹은 모습이었다. 배가 바람에 움직이고 있기는 했지만 그리 호들갑을 떨 정도로 대단한 건 아니었다. 하지만 손발이 묶여 있어 중심을 잡기 힘들었기에 선실 안의 두 사람이 느끼는 강도는 일렁거림을 불안해하기에 충분했다.

휘이잉! 휘이이잉!

처얼썩!

바람 소리가 점점 거세지더니 물결치는 소리가 무척 크기 들려왔다.

쿵!

배가 어디엔가 부딪치는 소리가 나며 크게 흔들리자 두 사람은 선실 안을 굴렀다.

쿠당탕!

"어이쿠!"

유장의 입에서 비명이 터져 나왔다.

누워 있던 상태의 사군은 선실 바닥을 한두 번 구르는 것으로 그만 이었지만 손발이 묶여 등을 기대고 있던 유장은 저만치 내동댕이쳐졌 다.

"빌어먹을! 오늘 밤에는 비가 올 모양인데."

선실 밖에서 누군가 투덜대는 소리가 들려왔다. 아마 번을 서는 수 적인 모양이었다. 그러자 동료로 짐작되는 다른 사내가 그 말을 받았 다.

"그러게 말이야. 그래도 다른 놈들은 계집을 끼고 술판을 벌이고 있 겠지? 불쌍한 우리 다섯만 이렇게 밖에 세워놓고."

"시끄럽다. 우리도 내일이면 충분히 놀 수 있을 터인데 무슨 불평이 그리도 많아!"

조장인 듯한 사내가 나서며 소리쳤다.

"조장 어른, 우리도 교대로 나가 목이나 축이고 와도 되지 않겠습니까? 설마 우리 본거지나 다름없는 이곳 노림촌(蘆林村)에서 무슨 일이야 있겠습니까?"

처음 투덜거렸던 사내였다.

"평소에는 두 명만 서지 않았습니까? 선실 안에 가둔 놈들이야 문도 잠가둔 데다 혈도까지 제압해 꽁꽁 묶어놨으니 안심해도 좋을 것입니다."

다른 사내가 얼른 그를 지원했다. 조장도 그 말이 일리가 있다고 여겼는지 잠시 대답이 없었다.

"조장님, 정 불안하시면 제가 나가서 술 몇 동이와 간단한 안주거리를 사 오겠습니다."

그가 망설이자 처음 말을 꺼냈던 사내가 말을 바꾸어 그를 구슬렸다.

"얼른 다녀와야 한다."

술버러지 생각에 목이 간질거렸던 조장도 마침내 승낙했다.

사군과 유장도 그들의 대화를 듣고 있었다.

잠시 후, 한 사내가 배를 떠나는 소리가 들려왔지만 다른 생각은 하지 못했다. 그저 누워서 눈만 멀뚱거리던 사군은 문득 해혈대법을 생각했다.

'맞아, 왜 그 생각을 하지 못했지!'

꿈속에서 해혈대법을 가르치는 고노가 나타난 것은 혈도를 풀 방법을 골몰하며 잠에 빠졌기에 무의식중에 그런 것 같았다.

구결을 떠올렸다.

고노는 가르친 초식에 대해서는 수십 수백 번도 더 외우게 했기에 한때는 무공이란 것이 외워서 되는 것으로 오해한 적도 있었다.

구결 암기는 고노가 날마다 점검하는 일과 중 하나였기에 해혈대법의 구결은 금방 기억났다.

일단 혈도를 제압당하면 스스로 풀 수 없는 것은 진기의 흐름이 중간에서 막혀 있어 경혈(經穴)로 지나는 기의 흐름을 방해하는 것이다.

해혈대법은 진기를 경혈로 보내지 않고 인근을 지나는 혈맥(血脈)으로 보내 제압된 혈도 근처를 자극함으로써 막힌 경혈을 뚫어주는 것이 그 원리다. 그런 이치로 해혈대법을 운용하면 단전이 파괴되지 않는 이상 일정 시간이 지나면 어떤 혈도라도 풀 수 있다.

중원의 일반적인 무리(武理)로는 혈맥으로 진기를 보낸다는 것은 상상도 못할 일이지만 밀종의 무리에서는 가능하다.

대주천(大周天)이란 백회혈(百會穴)을 통해 하늘의 기를 받아들이고 용천혈(湧泉穴)을 통해 땅의 지기를 받아들여 두 기운을 조화롭게 유통시키는 것을 말한다.

대주천을 하는 방법은 하단전(下丹田)인 석문혈(石門穴)에서 회음혈(會陰穴)로 진기를 보내 용천혈까지 돌게 한 후 다시 중단전(中丹田)인 옥당혈(玉堂穴)에서 손바닥에 있는 노궁혈(勞宮穴)로 보낸다. 그런 후에 상단전(上丹田)인 인당혈(印堂穴)에서 백회혈로 보내 하늘의 기와 유통시키는 것이 곧 대주천이다.

좌도밀종의 해혈대법은 운기 도중의 진기를 막힌 곳에 충돌시켜 임독양맥을 타통하게 할 정도의 강력한 힘을 가진 돌파력을 만들어 막힌 경혈을 뚫는 방법으로, 사실 완벽한 것은 아니다. 그것은 용천혈을 통과해 온 진기를 사용하는 방법이기 때문이다.

회음혈과 용천혈이 제압된다면 해혈대법도 별 소용이 없겠지만 상대가 항문과 성기 사이의 회음혈이나 발바닥에 있는 용천혈을 제압하는 경우란 거의 없다고 해도 과언이 아니다. 그렇기에 해혈대법은 실전에서 그 효용 가치가 있다.

물론 회음에서 용천에 이르는 경혈을 제압당해도 마찬가지겠지만, 일반적으로 하체의 혈도를 짚는 경우란 여간해서는 생기지 않기에 해혈대법이 유용하게 쓰일 수 있는 것이다.

그렇다고 그런 혈도를 제압당했을 경우에 대한 대비가 전혀 없는 것도 아니다.

바로 단전에 모아진 축기(蓄氣)를 이용하는 방법인데, 그것은 자칫 본원진기(本源眞氣)를 상하게 할 수 있기에 최후의 경우에만 사용할 수 있는 방법이다.

"후우."

사군은 호흡을 가다듬었다.

단전에 전신을 집중하니 진기가 느껴졌다. 서서히 진기의 일주천(一周天)을 시도했다. 따스한 기운이 회음혈을 지나 왼쪽 발바닥의 용천혈에 이르자 기의 흐름이 더욱 강대해지며 그 열기에 도를 더했다. 다시 오른 발바닥에 진기를 보내 진기의 힘을 배가시킨 그는 순간적으로 진기를 전신의 경락을 향해 섬전처럼 토해냈다.

콰르르르릉!

엄청난 기운이 벼락이 치듯 경락을 지나가며 마치 불로 지지는 듯한 아픔을 느끼게 할 정도의 고통을 불러왔다. 사군의 얼굴이 일그러졌다.

"으으."

비스듬히 누워 있는 사군의 고개가 들려지더니 꼭 다문 입이 살짝 벌어지며 신음성이 절로 새어 나왔고, 이마에는 굵은 땀방울이 맺히기 시작했다.

쾅! 쾅! 쾅!

엄청난 힘을 가진 진기는 경락을 휘젓고 다니며 순식간에 막힌 혈도 곳곳을 모두 뚫어버리더니 그대로 백회혈로 올라갔다.

쿵!

커다란 충격이 전신을 뒤흔들었다.

'으으으으.'

순간적으로 너무나 엄청난 아픔에 사군은 고개를 떨어뜨리며 정신을 잃었다.

유장도 그 신음 소리를 들었지만 물결에 이리저리 흔들리는 중이라 정신이 없었기에 사군에게는 조금도 신경 쓸 겨를이 없었다.

어스름 저녁이건만 순식간에 몰려온 먹장구름이 하늘을 덮으며 천지는 일시에 어둠 속으로 빨려 들어갔다.

툭! 툭! 툭!

한 방울 두 방울씩 떨어지기 시작하던 비는 이내 소나기가 되어 대지 위로 굵은 빗줄기가 쏟아져 내렸다.

쏴아아아아.

"어이쿠, 어서 안으로 들어가자!"

갑판에서 번을 서고 있던 조장 표봉은 얼른 선실의 문을 따고는 안으로 뛰어들었고 졸개 셋이 그 뒤를 이었다. 잠깐 사이였지만 모두들 빗물에 흠뻑 젖은 상태였다. 누군가 화섭자를 꺼내 선실 안에 등불을 밝혔다.

"윤가 놈이 올 때가 되었는데……."

표봉은 그렇게 중얼거리며 선실문을 비스듬히 열고 밖을 내다보았다. 윤가는 술과 안주를 사러 가서 아직 돌아오지 않고 있었다.

하지만 엄청난 빗줄기로 바깥이 칠흑처럼 어두워 아무것도 알아볼 수 없자 그는 얼른 문을 닫아버렸다. 강한 바람과 빗줄기가 선실 안으로 들이쳐서 등불을 꺼뜨렸기 때문이다.

"니미럴, 하늘에 구멍이 났나, 웬 빗줄기가 이리도 세게 쳐대냐."

그렇게 중얼거리며 돌아서서 자리를 잡고 앉으려던 표봉은 바닥에 있는 뭔가에 걸려 몸의 중심을 잃고 기우뚱하더니 그대로 나자빠졌다.

쿠당탕!

"아이고!"

표봉의 입에서 비명이 터졌다.

재빨리 손을 짚기는 했지만 여의치 않아 얼굴이 선실 바닥에 부딪치는 강한 충격에 그는 한동안 정신을 차리지 못했다. 수하들은 이 불행한 사태에 아무런 말도 못하고 어둠 속에서 그저 눈만 멀뚱거리다가 얼른 화섭자를 꺼내 불을 밝혔다.

"뭐야!"

정신을 수습한 표봉의 눈에 바닥에 내팽개쳐져 몸을 꿈지럭거리는 사군의 모습이 들어왔다.

"이 망할 자식이!"

표봉의 발이 사군의 등짝과 다리, 머리 등 전신에 꽂혔다.

퍽! 팍!

"억!"

“크윽!”

표봉이 걸려 넘어지는 순간 정신이 막 들려던 사군은 갑자기 이어지는 난데없는 발길질에 영문도 모르고 비명만 내질렀다. 표봉은 몇 대로는 분이 풀리지 않는지 발길질을 계속했다.

퍽! 퍽!

“어이쿠! 악!”

“이놈아, 감히 네놈이 이 표 어르신의 코를 깨뜨려!”

그의 코에서는 핏물이 줄줄 흘러내려 그의 옷을 적시고 있었다. 표봉은 한 손으로는 핏물을 닦아가면서도 발길질을 멈추지 않았다.

퍽!

“큭!”

“일단 지혈을 하셔야겠습니다.”

그런 꼴사나운 모습을 보다 못한 수하 하나가 그렇게 말하자 그제야 표봉은 발길질을 그만두었다.

“잠시 기다려라, 이놈. 네놈에게 이 표 어르신의 귀한 피를 뽑게 한 벌로 그 열 배 백 배의 손해를 안겨주마!”

표봉은 그렇게 말하며 수하들이 안내한 선실 구석의 붙박이 의자에 가서 앉았다.

“아이고.”

처음에는 얼떨떨하게 맞다가 몇 대 맞으니 정신이 번쩍 들었고 이어 엄청난 고통이 몰려오자 사군은 저도 모르게 신음성을 내뱉었다. 연신 발길질을 당하자니 아픔은 물론이려니와 마음속에서 분노가 폭발했다.

‘이 개자식!’

왈칵 분노가 치밀었다.

밧줄만 아니라면 벌떡 일어나 거꾸로 처박아주고 싶을 정도로 속이 부글거렸지만 그저 앓는 소리만 내는 것이 고작이었다.

잠시 후 천으로 콧구멍을 막은 표봉이 다시 일어나 그에게 다가와 발길질을 날렸다. 어차피 그에게는 마땅히 할 일도 없어 무료함마저 느끼고 있던 차였다.

“뒈져라, 이놈!”

픽! 콱! 콱!

아예 죽여 버리려고 작정을 했는지 그는 사군을 콱콱 짓밟았다. 어차피 이삼 일 내로 죽여 버릴 놈이었다.

“씨팔!”

영문도 모르고 당하자니 화가 치민 사군은 표봉에게 밟히면서도 욕설을 퍼부었다.

“어쭈, 이 자식이!”

픽! 콱! 팍! 팍!

아직도 머리통이 얼얼하고 코가 시큰거리는 판인데 다시 욕을 얻어먹으니 표봉은 열불을 참지 못하고 차고 밟고 짓이겼다.

“쁘드득!”

이를 갈았다. 핏줄이 불끈거렸다. 표봉의 발길질이 또다시 등짝에 꽂혔다.

“개새끼!”

순간적으로 분노가 폭발한 사군이 다시 욕설을 퍼부었다.

투투투툭!

가슴속에서 무언가 욱하고 치밀며 불덩이가 지나는 듯한 느낌이 드는 순간 손발을 묶었던 줄이 끊어져 나가며 사군은 벌떡 몸을 일으켰다.

"으헛!"

깜짝 놀란 표봉이 뒤로 한 걸음 물러섰다.

"이 개자식!"

매서운 발길질이 표봉의 턱을 갈랐다.

빽!

너무도 갑작스런 공격이었다. 표봉은 단 한 수의 발길질에 턱이 부서지며 눈을 까뒤집고 자빠졌다. 그의 몸은 한 번 움찔하더니 다시는 움직이지 않았다.

쿵!

"어, 어떻게……!"

수하들이 놀라 소리치며 저마다 허리춤의 병장기에 손을 가져가는 것을 본 사군은 잇따라 발을 날려 그들을 공격했다.

픽! 빽! 빽!

세 명의 수하들은 허공을 갈라 좌우 교대로 머리통에 내리꽂는 그의 발길질을 피하지 못하고 그대로 절명했다. 도하촌 뒷산 공터에서 날마다 고노와 겨루며 밥숟가락 뜨는 것보다 자연스러울 정도로 숱하게 익혔던 발길질이었다.

쓰러지며 입에서 튀긴 핏줄기들이 바닥으로 떨어졌다.

"아니!"

입을 쩍 벌린 유장은 눈을 부릅뜨고 그저 그의 얼굴을 쳐다보기만 했다.

"후아! 후아!"

사군은 연신 가쁜 숨을 몰아쉬었다.

스스로도 방금 무슨 일을 벌였는지 알지 못했다. 분노가 머리끝까지

치미는 순간 갑자기 단전에서 전신으로 숫구치는 엄청난 격류를 느끼며 벌떡 일어서서 상대에게 발길질과 주먹질을 퍼부은 것이 전부였다.

'혹시?'

고노가 떠올랐다.

죽음을 목전에 두고 그동안 모아온 모든 진기를 자신에게 쏟아 부어주고 떠났었다. 그동안 자신의 진기와 융합되지 않고 단전 한구석에 응어리로 남아 있던 고노의 진기가, 돌연 폭발한 분노에 자극을 받아 자신의 것과 섞여 버린 것이 틀림없었다. 자신의 것으로 받아들이려면 제법 시간이 걸릴 것이라던 진기였다.

'고노, 고마워!'

얼굴이 생각날 만도 하련만… 끝내 고노의 모습은 떠오르지 않았다.

쏴아아아아.

빗줄기는 엄청난 기세로 배를 때렸다.

비바람도 예사롭지 않아 배는 출렁이는 물결을 따라 연신 기우뚱거렸고, 등불마저 덩달아 흔들리며 사군의 그림자를 미친 듯이 끌고 다녔다.

한동안 그렇게 서 있었다.

하지만 죽어 나자빠진 사람들 시신을 보고 현실을 인식하는 순간 머리가 텅 빈 듯 아무것도 생각나지 않았다. 주변에는 머리통이 부서져 끔찍한 모습으로 죽어 자빠진 네 구의 시체만이 방금 전 그가 한 일을 말해 주었다.

"괘, 괜찮은가?"

유장이 더듬거리며 말을 붙여왔다. 사실 그는 자신의 밧줄을 풀어달라고 하려는 것이었다. 하지만 사군은 듣지 못한 듯 망연한 눈으로 그렇게 앞만 바라보고 있었다. 그런 그를 본 유장도 더럭 겁이 났는지 한동안 말을 붙이지 못했다.

다시 얼마간의 시간이 흘렀을까?

"이보게, 괜찮은가?"

몇 번이나 마음속으로 연습한 끝에 용기를 낸 유장이 다시 물었다.

"예, 옛?"

사군은 화들짝 놀라며 몸을 움찔했다. 새삼 현재의 상황이 무서운 기억이 되어 깊숙이 파고들었다. 기름 등잔의 흔들리는 불빛에 어른거리는 시체와 핏물은 잔혹하다 못해 한 폭의 지옥도(地獄圖)를 연상케 했다.

"우웩! 웩!"

갑자기 무언가 뱃속에서 치밀어 올라왔다.

"웩! 웩!"

아침 식사 이후로는 밤이 깊은 지금까지 제대로 먹지도 못했건만 그의 구역질은 그칠 줄 몰랐다. 시큼한 신물이 식도를 타고 거꾸로 올라와 입 안을 적셨다.

"우웩!"

선실 바닥에 고개를 처박았다. 몸이 나른해져 오며 온몸의 맥이 모두 풀리고 눈물까지 찔끔거렸다.

"으으으."

한동안 그저 물뿐인 자신의 토사물을 지척에 마주하고 괴이한 신음성을 내며 그렇게 있었다.

"웩! 웩!"

이번에는 유장이었다. 가뜩이나 흔들리는 배 안에서 속이 좋지 못했는데 긴장이 모든 기능을 통제했기에 그런대로 버텨왔던 그였다. 하지만 시체와 핏물이 흥건한 바닥과 토사물을 마주하고 앓는 소리를 내며 처박힌 사군을 본 그는 더 이상 참지 못했다.

"우엑! 웩!"

유장은 토악질을 계속했다. 그도 속이 비었기는 마찬가지였다. 몇 번이나 헛구역질을 해대더니 마침내 지쳐서 선실 벽에 몸을 기댔다. 머리가 어질어질했고 손발을 움직일 기력마저도 없었다. 그저 배가 기우뚱거리는 대로 몸을 흔들고 있는 것이 고작이었다.

쿵!

사군은 바닥으로 몸을 내던지며 손발을 활짝 벌렸다.

등짝이 축축하게 젖어오는 것이 핏물 때문이라는 것을 알았지만 이상하게도 아무런 거부감도 없었다. 지난 일들을 생각하고 또 생각했다. 왕칠을 두들긴 일, 고노가 죽은 일, 포목점에서 회계를 보던 일, 소주로 가서 엄 대고를 만난 일…….

'아!'

후닥닥 몸을 일으켰다.

머리는 헝클어졌고 표봉에게 맞아 터진 코피가 얼굴 여기저기에 번지고 앞섶까지 흐른 데다 수적들의 몸에서 흐른 핏물이 옷을 온통 적셔, 등불에 비친 그의 모습은 괴기스럽기조차 했다.

"주인 어른, 어서 달아나야 합니다!"

그는 다급한 표정으로 소리치며 유장을 묶은 밧줄을 다급히 풀어주었다.

"그, 그렇지!"

그 말에 유장도 화들짝 놀라 몸을 일으켰다.

사군은 선실문을 열고 밖을 내다보았다.

쏴아아아아.

바람은 조금 잦아들었지만 캄캄한 하늘에서 장대비는 끝이 보이지 않을 정도로 무섭게 쏟아졌다.

한참을 노려보니 그런대로 사방이 구분되기는 했다. 배는 강가의 설치된 부교에 밧줄로 묶여 있었는데, 일렁이는 물결에 연신 출렁거리며 쿵쿵 부교를 들이받고 있었다.

"배를 몰고 달아날 수는 없을 것 같습니다."

"그럼 어떻게 하는가?"

"이대로 육로로 해서 가는 수밖에 없습니다."

"놈들이 추격해 오지 않을까?"

유장은 무척이나 불안한 모양이었다.

"방법이 없지 않습니까? 어서 달아나야 합니다. 차라리 이렇게 캄캄할 때가 달아나기에는 더 좋습니다."

사군은 그렇게 말하고는 수적들이 떨어뜨린 박도 하나를 주워 들고 부교로 건너가 연결된 밧줄을 당겨 배를 부교에 바싹 붙였다.

유장이 건너뛰자 사군은 그의 손을 잡고 빗속을 달렸다. 마을 쪽으로 장대비 속에서도 간간이 어른거리는 불빛이 보였다. 두 사람은 강을 따라 하류 쪽으로 내달았다. 일대의 강은 모두 전당강이나 동해로 흐르니 방향을 모를 경우 그렇게 하는 것이 최선이었다.

"헉! 헉!"

길이 어둡기도 했지만 피곤에 지친 유장은 사군의 뒤를 쫓아가는 것도 무척 힘들어했다. 하지만 쫓아올지도 모를 수적들을 생각하니 한시라도 걸음을 늦출 수 없었다. 사군은 그의 손을 잡아끌 듯 하며 내달렸다.

"제길 괜히 나서가지고……."

윤가는 술을 사 들고 오다가 장대비를 만나 나루터가 멀지 않은 길 옆 사당에서 비를 피하고 있었다. 한참을 기다려도 비가 멎을 것 같지 않자 은근히 불안해졌다.

"에라!"

급한 마음이 들자 장대비를 무시하고 나루터를 향해 달렸다. 쏟아지는 폭우 속을 달리기는 싫었지만, 표봉에게 술을 늦게 가져온다고 한소리 들을 걱정이 앞섰기 때문이다. 나루터에 도착해 작은 창문으로 새 나오는 희미한 선실 등불에 의지해 배로 건너뛰어 선실문을 열었다.

"으악!"

쿠당탕!

윤가는 술동이를 내던지듯 하며 뒤로 나자빠졌다.

선실 안은 한 폭의 지옥도였다. 바람에 휘청거리는 유등의 불빛 아래 누구인지조차 알아볼 수 없을 정도로 얼굴이 부서진 시체들이 가득했고, 바닥에는 피가 홍건하게 넘쳐 나고 있었다. 한동안 정신을 차리지 못하고 있던 그는 갑자기 기운을 차린 듯 후닥닥 일어나 마을 쪽으로 뛰었다.

"노, 놈들이 달아났다!"

아무도 듣는 사람이 없건만 윤가는 그렇게 소리치며 내달았다.

잠시 후, 마을 쪽에서 수십 명의 장한들이 두 갈래로 나뉘어 빗길을 달려갔다. 노림촌에서 나가는 길은 그들이 있는 마을 쪽의 길과 나루터 정면의 산을 넘어가는 길, 그리고 강줄기를 따라 내려가는 길뿐이었다. 불빛이 있는 마을 쪽으로는 오지 않았을 터이니 남은 길은 두 갈래였다.

"오십만 냥은 족히 받을 수 있는 놈이다! 반드시 사로잡아야 한다!"

황위는 품 안에 들어온 수십만 냥의 은자가 날아간다는 생각에 악에 받쳤다.

정신없이 퍼마셨던 술기운조차 멀리 달아난 지 이미 오래였다. 뒤를 따르는 수십 명의 수하들도 빗길을 결사적으로 뛰었다. 인근 지리를 훤히 아는지라 어둠 속이라 할지라도 대낮이나 별반 다름없이 달릴 수 있었다. 그들은 오래지 않아 빗길을 질퍽거리며 달아나는 유장과 사군을 발견할 수 있었다.

"서라!"

황위가 달아났던 포로를 다시 발견하고 이토록 반가워했던 적은 없었다.

"이런!"

그 소리를 듣는 순간 유장은 물론 사군도 가슴이 덜컥 내려앉았다. 혼자 달아날까 하는 생각이 머리를 스쳤지만 차마 그렇게 하지는 못했다. 사군은 재빨리 유장의 손을 잡고 억지로 끌고 갔지만 수적들은 이내 바싹 뒤따라와 앞길을 막아섰다. 강물을 쫓아다니며 몸을 살찌운 무성한 잡초들이 이어진 언덕 위였다.

"흐흐흐, 이놈, 어딜 감히 달아나려고 하는 게냐!"

황위가 일갈했다.

사군은 박도를 앞세우고 그들을 노려보았다. 겹겹이 둘러싼 수적들을 보는 순간 그는 내심 절망했다. 도저히 가망이 보이지 않았다. 배 위에서도 황위 하나를 당하지 못해 쩔쩔매다가 결국 포로가 되고 말지 않았던가. 한데 지금 포위하고 있는 수적들은 아까 배를 몰고 공격했던 수적 전체보다 숫자가 많아 보였다. 유장도 사군의 뒤에 서서 벌벌 떨기는 마찬가지였다.

"지금이라도 칼을 버리고 투항한다면 모가지는 곱게 잘라주마. 흐흐흐, 시체도 좋은 곳을 골라 잘 묻어주지."

황위는 징그러운 미소를 지으며 말했다.

사군의 실력을 잘 아는 그인지라 이번 싸움에서 또 몇 명의 수하들을 잃을 수도 있다는 것을 염두에 두었기에 그렇게 말했던 것이다. 수하가 하나라도 더 죽는다는 것은 그리 유쾌한 일은 아니었다.

"개소리!"

사군은 버럭 소리 지르며 침착해지려고 애를 썼다.

그는 포위하고 있는 수적들의 얼굴을 둘러보았다. 문득 유가무상보의 신법을 전개한다면 자신만은 달아날 수 있을지도 모른다는 생각이 들었다. 어차피 엄청난 은자를 보장하는 인질인 유장을 죽이지는 않을 놈들이었다.

"이 정도 가르쳤으니 어디 가서 시원치 않은 놈들에게 목숨을 잃는 일은 없을 것이다."

"정말 그 정도는 되는 거예요?"

"떽! 이놈아, 언제 내가 거짓말을 하더냐?"

퍼뜩 떠오르는 고노의 말. 믿기로 했다.

'그래, 진기도 섞였잖아!'

휘릿!

돌연 사군의 몸이 춤을 추듯 회전하며 수적들을 향해 달려들었다.

"으헛!"

"헉!"

설마 되려 선공을 가할 것이라고 꿈에도 생각지 못한 수적들이 당황해하며 움찔하는 순간 사군의 박도가 허공을 갈랐다.

"커억!"

"으악!"

순식간에 두 명의 수적들이 비틀대며 쓰러졌다.

사군은 공세를 멈추지 않았다. 그의 몸은 미끄러지듯 수적들 사이를 돌았고 그때마다 영락없이 한둘의 수적이 비틀거리며 쓰러졌다.

그제야 정신을 차린 수적들도 병장기를 앞세워 대항하기 시작했다. 하지만 바람처럼 흐느적거리며 사이사이로 파고들어 오는 공격을 막아 내지는 못했다.

"으악!"

"컥!"

또다시 두 명의 수적이 무릎을 꿇었다.

"아니, 저놈이!"

황위의 눈이 뒤집혔다. 영악하게도 녀석은 자신이 있는 반대 편의 수하들만 공격하고 있었다. 게다가 그를 더 놀라게 한 것은 상대의 신법이 자신도 감히 어찌할 수 없을 정도로 날렵하고 매끄럽다는 것 때문이었다.

"으아악!"

"크어억!"

잠깐 사이에 수하 둘이 또 목숨을 잃었다. 이미 상대의 손에 목숨을 잃은 수적은 십여 명에 가까웠다.

"죽어 버린다!"

화가 머리끝까지 치민 황위는 상대의 공격 방향 앞으로 달려가 면도를 휘둘렀다. 순간 사군의 몸이 휘릿 하며 연기처럼 꺼지더니, 어느 틈에 그의 공세를 벗어나 수하를 베고 있었다.

"크웃!"

"커억!"

또다시 두 명의 수적들이 명을 달리했다.

황위가 소리 지르며 그의 뒤를 덮쳤지만, 그럴 때마다 사군은 유유히 그의 손속을 피해 다른 수하들을 공격했다. 보기에는 여유있게 피해 가고 있는 것으로 보였지만, 사실 사군도 황위가 가까이 올 때마다 진땀을 흘리는 기분으로 신법을 전개해 그의 공격권을 벗어나고 있었다.

때로는 물 흐르듯, 혹은 바람을 타듯 비껴가는 그의 신법은 공격을 받는 수하들이나 공격을 하려는 황위 모두에게 있어 벅차기만 했다. 이제 황위의 수하들은 사람의 신형이 번뜩이기만 해도 모두 놀라며 길을 비키기에 바빴다. 어느덧 사군은 거의 무아지경에 빠져 수적들을 공격하고 있었다. 시간이 지날수록 움직임은 더욱 부드러워져만 갔다.

"이놈!"

마침내 기회를 잡은 황위의 면도가 벼락같이 등을 갈라오자 사군의 몸이 미끄러지듯 돌아서며 간발의 차로 면도를 피했다. 황위가 재차 달려들며 정수리를 쪼개왔다. 한데!

"크억!"

순간 머리통에 화끈한 느낌이 든 황위가 비명을 지르며 신형을 멈칫거렸다. 사군이 비끼듯 면도를 피해 박도로 내리그었던 것이다.

하나 남은 황위의 눈에 경악이 스쳤다.

문득 뇌리 속으로 십 년 전 눈알을 잃던 상황이 떠올랐다. 그때도 처음에는 화끈했었고, 그 다음에는 무서운 고통이 찾아왔었다. 하지만 이번에는 고통이 따르지 않았다. 황위는 그게 더 두려웠다.

그의 예감은 틀리지 않았다. 고통이 찾아들기는 했다. 이어 정신이 멍한 상황이 그 뒤를 이어오며 모든 기억들이 일시에 날아가 버리는 기분을 맛보아야 했고, 마침내 무서운 고통이 머리통을 헤집었다.

쿵!

고통은 황위의 신형이 지면 위에 처박히는 순간을 마지막으로 사라졌다.

하지만 사군은 마치 그 일을 모르는 듯 다른 곳으로 몸을 움직여 가며 황위의 수하들을 베어갔다. 그는 마치 얼음판 위를 위태위태하게 움직이는 사람처럼 이리저리 신형을 틀어가며 박도를 휘둘렀고, 그럴 때마다 수적들은 비명을 지르며 도검을 떨어뜨리고는 비틀거렸다.

"으허어!"

수적들이 비실대며 뒤로 물러나기 시작했다. 그들의 눈에는 죽음에 대한 공포가 하나 가득 어려 있었다.

사군은 자신이 황위를 죽였다는 사실을 알지 못했다. 그저 자신을 공격하던 수적의 공격을 맞받아 쳤을 따름이었다. 그런 그의 모습이 더 더욱 상대에게 공포를 안겨주었다. 사실 황위가 꺾이는 순간 졸개들도 달아나려고 했었는데 기회를 잡지 못했던 것뿐이었다. 하지만 이제는 적당한 기회고 뭐고 없었다.

"저놈은 미쳤어!"

“으아아!”

몇 명 남지 않은 수적들이 저마다 괴성을 지르며 사방으로 달아났다. 언덕에 서 있는 사람은 사군과 유장뿐이었다.

쏴아아아아!

바람이 잦아든 지 오래건만 빗줄기는 멈출 줄 모르고 오히려 더욱 거세져만 갔다.

박도를 늘어뜨린 사군의 주위에는 황위를 비롯한 십수 명의 수적들 시체가 쓰러져 있었고, 한구석에 유장이 벌벌 떨며 서 있었다.

지금 그의 머리는 너무나 혼란스러웠다. 여태껏 보아왔던 사군이 아닌 또 다른 사군이 눈앞에 있었다. 밤새워 자신이 정리한 회계 장부를 조마조마한 표정으로 내보였던, 자신의 칭찬 한마디에 얼굴을 붉히며 좋아했던 순진하기만 한 그 사군이 아니었다. 아침마다 가장 먼저 일어나 구석구석 비질을 하던 성실한 그 손에는 피가 뚝뚝 떨어지는 박도가 들려 있고, 순진함을 가득 담았던 그 눈에는 광기만이 서려 있었다.

‘미쳤어!’

이런 광경을 보기는 처음이었다.

유장은 반쯤 얼이 빠진 표정으로 서 있다가 고개를 좌우로 내저었다. 촌구석에 자라 세상 물정은 아무것도 모르는, 그저 남달리 성실하고 회계에 대해 배운 것이 많고 뛰어난 재능을 가진 아이라고만 여겼던 사군이었다. 하지만 오늘 하루에 그가 겪은 일들은 너무나 엄청났다. 전에는 허우대만 멀쩡해 아직 여물지 못한 청년으로만 봤었다. 지금은 아니었다.

갑자기 사군이라는 청년이 두려워졌다.

그는 팔다리를 무섭게 떨었다. 아무리 마음을 다잡으려고 해도 후들거리는 팔다리를 어쩔 수 없었다.

사군은 쏟아져 내리는 빗속에 망연히 서 있었고, 멀찍이 떨어진 곳에서는 두려움이 가득한 얼굴의 유장이 그를 지켜보고 있었다.

갑자기 확 돌아버려 자신을 죽일 것만 같은 착각에 함께 가고싶지 않았지만, 시체들이 즐비하고 수적들이 오가는 이곳에 남아 있는 것은 더욱 두려웠다.

쏴아아!

사군은 한참 동안이나 퍼붓는 빗줄기에 몸을 내맡겼다.

"내가 아니야!"

부정하고 싶었다.

지금 눈앞에 펼쳐진 광경이 현실은 아닐 것이라고 믿고 싶었다. 살인마가 된 기분이었다. 아니, 살인마였다.

다시 속이 메슥거렸다.

"우왝! 우왝! 왝……!"

연신 헛구역질을 해댔지만 나오는 것은 시큼한 위액뿐이었다.

고개를 드니 즐비한 시체들이 눈에 다시 들어왔다. 사군은 그 끔찍함을 도저히 보고 있을 수 없어 바닥에 머리를 처박았다. 몸에서 뜨거운 열류가 솟구쳐 올라왔다.

쏴아아아아……!

온갖 추악함을 씻어내려는 듯 하늘은 장대비를 역수같이 쏟아 부었건만 피로 얼룩진 마음이나 불같이 뜨거운 몸속의 열기까지는 씻어 내려주지는 못했다.

털썩!

사군은 흙탕물 속으로 막도를 내던졌다. 십수 명의 목숨을 빼앗았던 무서운 병기였다.

어느덧 빗발이 약해졌다.

철퍽, 철퍽, 철퍽!

사군은 유장에게 아무런 말도 건네지 않고 그저 강을 따라 진창 속을 걸었다.

문득 욕정이 치밀었다.

지나가는 여자라도 있다면 그대로 안아 눕혀 그 위에 몸을 실어버리고 싶은 더럽고 구역질나는 욕망이었다. 숱한 빨간 입술들이 눈앞에 어른거렸다. 하늘을 뚫고 장대처럼 대지로 내리 꽂히는 차가운 빗줄기도 식히지 못하는 욕정이었다. 비에 젖어 착 달라붙은 바지춤에 하늘을 향해 우뚝 고개를 든 양물이 부르르 떨며 발광을 하고 있었지만 뒤를 따르는 유장은 보지 못했다. 참을 수 없는 욕정은 마침내 고통으로 다가왔다.

"끄아아아아!"

목이 터져라 악을 썼지만 열기는 조금도 가시지 않았다. 넘쳐 나는 육욕에 폭발 직전의 혼돈을 거듭하는 정신을 이를 악물고 다잡으며 빗길을 걸었다. 비라도 없었다면 미쳐 버릴 것만 같았다.

겁에 질린 유장은 그런 사군을 멀찍이서 뒤따랐다. 그는 후들거리는 다리를 다잡아가며 뒤를 따르기 위해 온 힘을 다하고 있었다.

'미쳤어! 정말 미쳤어!'

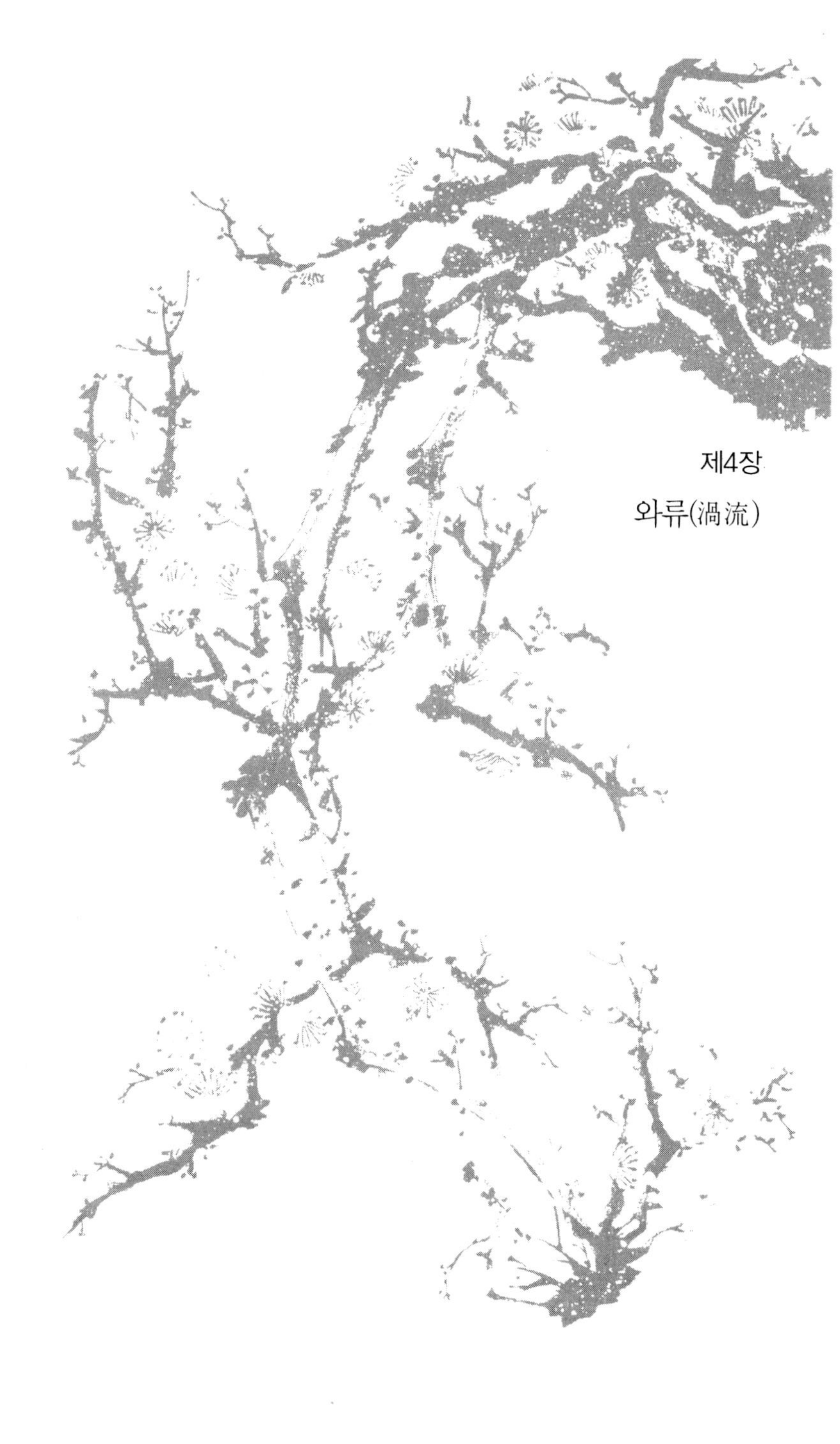

제4장

와류(渦流)

유장과 사군이 포목점에 도착한 것은 그로부터 이틀째 되는 날이었다.

그동안 두 사람은 단 한 마디의 말도 나누지 않았다.

벽이 생겼다.

유장은 사군이 거북해져서 감히 말을 붙이지 못했고, 사군은 자신 때문에 모든 일이 벌어졌다는 생각에 미안해서 말을 붙이지 못했다.

하지만 정작 사군을 더 괴롭힌 것은 유장과의 불편한 관계가 아니라 살인에 대한 죄책감이었다.

'아니야, 그놈들이 먼저 나를 죽이려고 했어!'

사군은 몇십 번이나 그렇게 되뇌며 자신이 저지른 일을 정당화하려고 했지만 소용이 없었다. 심지어는 꿈속에서까지 그날 펼쳐졌던 끔찍한 광경이 떠올라 잠을 이루지 못했다.

'내 잘못이 아니야!'

그런 괴로움을 마음속 깊숙한 곳에 묻어버리려고 애썼다.

다음날 새벽부터 사군은 예전처럼 점포를 청소하는 것으로 하루 일과를 시작했다. 유장이 말하지 않는 이상 그 사건에 대해 입을 다물 작정이었다. 그저 묵묵히 점포 일을 하는 것으로 모든 잘못을 덮으려는 소박한 생각이 전부였다.

하지만 일은 생각처럼 쉽지 않았다.

무엇보다도 유장과의 관계가 너무나 껄끄러워졌기 때문이다. 그날 사군의 무서운 모습을 본 유장은 말을 거는 것조차 어려워했다.

"무슨 일이 있어."

"혹시 사군이 주인 어른의 약점이라도 잡은 것 아니야?"

사군을 피해 점포 구석에서 속닥거리는 점원들의 말소리는 굳이 천이통을 펼치지 않아도 훤히 들렸다. 사군의 마음은 한없이 괴로웠다.

주인과 종업원의 어색한 관계는 묘한 기류를 일으켜 점포 사람들을 궁금하게 했지만 아무도 그 일을 입에 올리는 사람은 없었다.

"사, 사군, 이것 좀 날라줄래?"

"저, 이걸 갖다 드려야 하는데……."

점원들은 사군에게 일을 시키는 것은 물론 말을 붙이는 것조차도 어려워했다.

점포 내에서 상행에 관한 일을 언급하는 것은 철저히 금기로 되어 있기도 했지만, 최고참인 한씨는 물론 다른 종업원들도 예전처럼 그에게 쉽게 대하며 말을 붙여오지 못했다. 살인자만이 풍길 수 있는 그런 것인지는 몰라도, 사군의 몸에서 느껴지는 감히 범접하기 어려운 기운 때문이었다.

유장은 돌아온 후에도 백일귀들과 있었던 일에 대해서는 입을 열지 않았다. 사군도 입을 닫았기에 사람들은 무슨 일이 일어났는지도 몰랐다.

무사히 돌아온 사군 일행을 보고 정작 놀란 사람은 바로 오진상이었다.

새가슴인 그는 혹시라도 일정을 누설한 사실이 알려질까 잔뜩 겁을 집어먹었다. 한동안 불안에 떨던 그는 며칠이 지나도 별일이 없자 그제야 어느 정도 안심하는 눈치였다.

'그래, 내가 나가는 거야.'

그러지 않아도 주인 유장에게는 그저 미안한 마음뿐이었다. 다음날 아침 일찍 사군은 조용히 그를 찾았다.

"점포를 그만둘까 합니다."

유장은 표정을 굳혔다. 갑작스러운 사군의 말에 행여 자신이 무슨 실수라도 했거나 섭섭하게 대한 것이 있나 걱정이 되었기 때문이다. 그만큼 유장은 사군에 대해 긴장하고 있었다.

"아무리 생각해도 저 때문에 주인 어른이 너무 큰 손해를 입으신 것 같습니다. 마음이 편치 않아 도무지 일을 계속하기 어렵습니다."

유장은 그제야 얼굴을 풀었다.

"어디 갈 곳이라도 정해두었느냐?"

말리지 않겠다는 말이었다. 내심 섭섭했지만 자신이 유장에게 끼친 손해를 생각해 보니 그럴 수밖에 없겠다 싶었다.

"아직은 아니지만 알아볼 생각입니다."

유장은 잠시 말하지 않고 가만히 있더니 이윽고 입을 열었다.

"사실 따지자면 네가 잘못한 것은 없다. 하지만 너도 알다시피 소흥에서 장사를 하며 월왕회와 악연을 맺어서 좋을 일이 무엇이겠느냐?
당장은 괜찮겠지만 사실 나도 앞으로 또 무슨 일이 일어날까 은근히
걱정을 하던 참이다."

솔직한 말이었다. 사군을 대하는 것이 더 껄끄럽기는 했지만 이 자
리에서 그렇게 말할 수는 없었다. 가슴속 깊은 곳에는 여전히 두려움
이 남아 있었다.

"잘 알겠습니다."

유장은 옆에 놓여진 작은 목궤를 열어 은자 열 냥을 꺼내 사군에게
건넸다.

"이것은 네가 이곳에서 일을 해준 대가로 알거라."

"받을 수 없습니다. 큰 손해를 끼쳐 드렸는데 제가 어떻게 이걸 받
겠습니까?"

사군은 그렇게 말하며 받지 않으려고 했다.

"그 일은 네가 일부러 한 일도 아니고 내 목숨을 구해주기까지 했지
않느냐? 그리고 만약 내가 네 일삯을 주지 않는다면 나중에 남들이 나
를 뭐라고 하겠느냐. 어서 받아 넣어라. 어머님께 갖다 드리면 많이 기
뻐하실 게다."

유장이 다시 은자를 건네자 더 이상 거절하지 못했다.

"고맙습니다."

힘이 빠져나간 말투였다.

"혹시 광휘당포(光徽當鋪)라고 들어보았느냐?"

광휘당포는 휘주상인 기신(奇信)이 주인인 당포로 소흥에서 첫째를
다투는 큰 규모의 전당포였다.

고리대금업을 하기는 했지만 광휘당포는 다른 당포와 비교해 그리

악명이 높지는 않았는데, 그 이유는 당포의 영업 상대가 주로 고관과 부호들이었기 때문이다.

조정에서 관리들에게 매년 지급하는 녹봉은 웬만한 고관이라 할지라도 일 년치 월세를 내기에도 빠듯한 정도인 은자 몇십 냥이 고작이었다. 그러다 보니 굳이 청렴한 관리가 아니더라도 이리저리 뇌물을 대고 하다가 보면 갑자기 돈이 필요할 경우가 많았다. 부호들 또한 귀한 물건을 사고팔 때면 광휘당포를 이용하곤 했다.

그런 고관들이나 부호들이 광휘당포의 주요 고객이었기에 일반인들을 대상으로 하는 다른 당포에 비해 그런대로 악질적이라는 혹평은 비켜갈 수 있었다.

소홍에 살면서 광휘당포를 모르는 사람은 없었다.

"예, 알고 있습니다."

"그곳에 사람이 필요하다는 말을 들었다. 만약 네가 그리 가겠다면 소개장을 써주마."

사군을 내보내는 유장의 속마음도 편치는 않았다.

그날의 끔찍한 일을 자신이 직접 목격하지만 않았다면 쉽게 내보내지는 않았을 재목이었다. 무공이나 회계 실력이나 성실함 하며, 어느 것 하나 나무랄 데가 없는 젊은이인데…….

"그래 주시겠습니까?"

사군은 얼른 부탁을 했다.

일자리를 구한다는 것이 얼마나 어려운 일이라는 것을 이미 겪어보았기 때문이다.

소홍의 거부 유장의 소개장이라면 어디서든 통할 수 있었다. 유장은 지필묵을 준비해 단숨에 소개장을 쓴 후 마르기를 기다려 사군에게 건

냈다.

“고맙습니다.”

유장과의 관계는 한 장의 소개장으로 끝났다.

내실을 물러 나온 사군은 간단한 짐을 챙긴 후에 다른 점원들에게도 작별 인사를 하고 점포를 나섰다. 작업장 사람들에게도 인사를 하고 싶었지만, 이곳에서 유하를 만난다는 것이 껄끄럽게 여겨졌기에 그냥 나왔다.

이곳도 이제 마지막이라 생각하니 눈물이 맺혔다. 몇 달 보내지 않은, 짧다면 짧은 인연이 스친 곳이건만 마치 쫓겨 나가는 듯한 이런 상황이 그를 힘들게 했다.

“개자식!”

자신도 모르게 욕이 튀어나왔다.

‘그래, 그대로 갚아주마!’

사군은 이를 갈았다.

내심 작정한 것이 있었다. 바로 왕칠에게 복수하는 일로, 자신의 모든 것을 앗아간 그 사건을 도저히 잊을 수가 없었다. 사람을 여럿 죽이게 된 이후로 몰라보게 담력이 커져 있어 예전 같았으면 감히 생각도 못할 월왕회 소속의 왕칠을 건드릴 생각이 났는지도 몰랐다.

그 길로 왕칠을 찾아 나섰다.

일은 생각보다 그리 어렵지 않았는데, 뒷골목을 얼쩡거리는 건달 한 놈을 잡아 추궁한 끝에 왕칠의 소재를 알아낼 수 있었다.

월왕회 내부에서도 나름대로 각 패거리마다 성내 모든 거리나 상점을 구분해 영업을 하는데, 십장급인 왕칠이 맡은 구역은 관부에서 그리 멀리 떨어지지 않은 낙화루(洛花樓)라는 객잔 일대였다. 그곳에서 주루와 인근 점포들을 관리하며 세금을 뜯는 것이 그의 일이었다.

그는 꼬박꼬박 세금을 잘 내고 있는 주루의 영업을 방해하지 않기 위해 위층 객실 하나를 무료로 빌려 조용히 생활하고 있었다.

밤새 술을 퍼마신 왕칠이 막 잠에서 깨어나는 오시(午時:낮 12시 전후) 무렵이었다.

쾅!

문짝을 걷어찬 사군이 안으로 들어섰다.

"헉! 누구……!"

아직 비몽사몽간인 왕칠이 깜짝 놀라 침상에서 벌떡 몸을 일으켰다.

"앗, 네놈은!"

사군을 본 왕칠은 깜짝 놀랐다.

그도 유장 일행이 무사히 돌아온 것을 알고는 전당강 백일귀 황위 놈이 실패한 것을 짐작 하고 있었다. 황위의 조직이 거의 괴멸 상태로 갔는지라 아직 자세한 진상이 알려지지 않았기에 그 사건의 전말을 모르고 있었다.

급히 찾아온 오진상을 통해 사군이 무사히 돌아왔다는 것을 듣기는 했지만, 왕칠이 기겁하며 놀란 것은 설마 순둥이같이 생긴 녀석이 감히 이곳까지 쳐들어올 것이라고는 생각도 하지 못했기 때문이었다.

그는 월왕회라는 이름의 무게를 철석같이 믿고 있었다.

"왕칠, 네놈의 모가지를 거두러 왔다."

사군은 어디선가 들은 적이 있는 건달들의 흉내를 내며 음산한 어조로 그렇게 말했다. 아니, 흉내가 아니라 지금의 기분 그대로였다.

"이런 건방진 놈!"

왕칠은 고개를 돌려 얼른 머리맡에 둔 귀두도를 집어 들었다. 순간 사군은 비호같이 침상으로 달려들어 막 몸을 돌리려는 왕칠의 팔을 주먹으로 내질렀다.

빠각!

"으아아악!"

뼈가 부러지는 소리와 함께 왕칠은 듣기에도 섬뜩한 신음성을 내질렀다. 고통이 대단한 듯 크게 떠진 눈은 초점을 잃었다.

다시 '퍽!' 하는 소리와 함께 사군의 발이 이번에는 왕칠의 옆구리를 걷어찼다.

"커억!"

왕칠은 노란 하늘을 보았다. 엄청난 고통에 질끈 눈을 감은 그는 숨이 턱턱 막혀 억지로 호흡을 가다듬어야 했다. 사군은 한 손으로 왕칠의 머리채를 잡아 바닥으로 집어 던졌다.

쾅!

육중한 몸이 바닥에 메다 꽂혔다. 그는 조금도 반항할 기력이 없는 듯 보릿자루처럼 처박혔고, 부러져 나간 오른팔의 뼈가 살을 헤집고 밖으로 나왔다. 보기에도 섬뜩한 광경이었다.

"으으으."

왕칠은 그저 신음성만 흘릴 뿐 조금도 꼼짝하지 못했다.

"네놈이 전당강 백일귀를 사주해 공격한 것을 다 알고 왔다."

사군은 그렇게 말하며 왕칠의 등을 걷어찼다.

뻐걱!

등뼈나 갈비뼈가 부서졌는지 등짝에서는 듣기에도 괴로운 소리가 났다.

"꾸억!"

왕칠은 듣기에도 애처로운 비명을 지르며 저만치 굴러갔다. 오른팔

은 완전히 부러졌는지 너덜거리고 있었다. 사군은 저만치 굴러간 왕칠
에게 다가갔다. 아직 분이 풀리지 않았던 까닭이다.

"이 개자식!"

우악스런 발이 왕칠의 엉덩이를 다시 걷어찼다.

사군은 철저하게 바뀌었다. 끔찍했던 살인의 기억이 그의 성품을 전
혀 다르게 만들었다. 착하고 여리던 심성도 사람을 죽이는 것에 대한
두려움도 모두 사라져 버렸다. 지금 그는 누구라도 만나면 흠씬 두들
겨 패주고 싶은 상태였는데, 그 목표가 왕칠이 되었던 것이 전부였다.

뚜벅! 뚜벅!

아직도 만족하지 않았는지 사군은 다시 그에게 다가갔다. 그리 크지
않은 발소리였지만, 지금 이 순간 왕칠의 귀에는 천둥 소리보다 더 크
게 들렸다.

"내, 내가 그런 것이 아니라 오진상, 그놈이 시켜서……."

그는 황급히 한 손을 들어 사군을 향해 내저으며 그렇게 말했다.

허접하게 생긴 데다 무공이라고는 무(武) 자도 모르는 약골 오진상
이 월왕회 십장에게 일을 시켰다니, 누가 들어도 말이 되지 않을 소리
였지만, 그 정도로 왕칠은 절박했다.

"오진상?"

전혀 예상치 못했던 이름이었다.

"예, 예, 그놈입니다! 놈이 은자 닷 냥을 주며 시켜서 그랬습니다요.
으."

팔이 부러지고 갈비뼈가 몇 개쯤은 나간 상태인 왕칠은 고통으로 전
신에 식은땀을 흘려가며 말하고 있었다. 은자 닷 냥은커녕 구리돈 한
푼도 받은 적이 없었건만 순간적으로 그럴듯하게 꾸며 책임을 전가하

려는 생각에 나온 말이었다.

사군은 말을 잃었다.

오진상의 얼굴이 떠올랐다. 그저 겁 많고 소심한, 하지만 점포 일에 모든 것을 건 듯 묵묵히 일하는 선배일 뿐이었다.

'오진상!'

언제 그 사람에게 실수를 한 적이 있었던가?

하지만 아무리 생각해 보아도 그런 적이 없었던 것 같았다. 항상 형님이라 부르며 그가 시키는 대로 따른 것이 전부였는데…….

"무슨 이유로 나를 죽이라고 시켰다는 말이냐?"

"자, 자신은 그곳에서 일한 지 오래되었는데 찬밥 신세고, 들어온 지 얼마 되지 않은 신입이 대우를 받는다며, 이게 다 사군이라는… 분 때문이라고 했습니다."

왕칠은 고통을 참느라 땀을 흘려가면서도 끝까지 말했다.

목숨이 걸린 문제였다. 무심코 '사군이라는 놈'이라고 말할 뻔했다. 기절하고 싶었지만 그랬다가는 놈이 자신의 등짝을 지끈 밟아주고 가 버릴 것 같았기에 그는 온 힘을 다해 정신을 가다듬으려고 애썼다.

처박힐 때 코가 깨졌는지 코피까지 주르르 흘렀고 정신이 몽롱해 왔지만, 일단은 오진상 놈에게 떠넘겨야 살 수 있다는 생각에 그는 남아 있는 모든 힘을 쥐어짜고 있었다.

'그랬나!'

사군은 그제야 퍼뜩 정신이 들었다.

문득 점포 생활을 가르쳐 주겠다며 처음에는 다정하게 대해주었다가, 언제부터인가 우울한 기색을 보이더니 요즘은 자신과 눈을 마주치는 것도 거북해했다는 생각이 났다. 그런 일로 자신의 목숨을 노렸으니 마땅히 분노가 떠올라야 했지만 오히려 측은한 생각이 들었다.

사군은 잠시 생각에 잠겼다.

오진상의 입장이라면 그럴 수도 있을 것이다. 십 년이 넘게 그곳에서 일해왔다는 그가 들어온 지 한두 달밖에 안 되는 애송이에게 눌려지내야 한다면, 면포점에 자신의 미래를 담고 견마지로(犬馬之勞)를 다했건만 모든 꿈이 날아가 버린 것을 알았다면…….

사군은 머리를 저었다.

문득 수시로 점포 밖을 내다보며 수심에 잠기곤 하던 그의 얼굴이 떠올랐다. 방 한 칸짜리 작은 집에서 노모를 모시고 아내와 자식 둘과 산다고 했던가.

'휴우.'

긴 한숨이 나왔다.

실컷 분풀이를 하고 나면 가슴이 후련해질 것 같았는데 마음은 오히려 무겁기만 했다. 어머니가 생각났다. 아마 오늘 쉬는 날인 것을 알 터이니 집으로 오기만을 기다리고 있을 것이다. 갑자기 눈이 시큰해졌다.

'제기랄! 복수를 하러 와서 이게 웬 추태인가!'

"왕칠! 과거 일은 불문에 붙이겠다. 앞으로 점포 근처에는 얼씬도 하지 말아라. 그리고 오늘 일을 입 밖에 냈다가는 그 길로 황천행인 줄 알아라."

냉기가 풀풀 흐르는 싸늘한 어조였다.

"예, 예! *끄르르륵!*"

이제 살았다는 안도감 때문인지 왕칠은 목구멍으로 기묘한 소리를 내며 그 내도 기절해 버렸다.

사군은 한동안 성안을 쏘다니다가 광휘당포에 들어가는 것으로 마음을 굳혔다. 성안에 남아 있을 수도 없고, 그냥 돌아가자니 어머니를 뵐 면목이 없었기 때문이다.

광휘당포(光徽當鋪).

일명 전당세가(典當世家)라 불리기도 하는 휘주상인이 운영하는 당포로 성안의 상대로(上大路)에 있었다. 잠시 걸으니 멀리서도 금박이 번쩍이는 당포 현판이 한눈에 들어왔다. 사군은 한참 동안 당포의 정문 근처에서 서성이다가 마침내 용기를 내 안으로 들어갔다.

금옥만당(金玉滿堂).

손님을 맞는 큰 대청 전면 위로 화려한 금박을 입힌 편액이 걸려 있고, 그 아래에는 붉은 얼굴에 번쩍이는 청룡도를 비껴 든 긴 수염의 관우 상이 서 있었다. 그리 크지는 않았지만 화려한 갑옷을 걸쳤고 위엄 있는 표정이 생생히 살아 있는 상(像)으로, 대청 전체에 무게를 더해주기에 충분했다. 값비싼 물건을 취급하는 곳답게 실내에 있는 서화며 탁자 등 각종 장식들도 고급스러운 분위기를 풍기는 것들뿐이었다.

중년 사내가 나와서 허리를 굽혀가며 그를 맞았다.

"어서 안으로 들어오십시오."

사군을 맞은 것은 외석(外席)을 맡고 있는 조평준이었다. 사실 그가 손님을 맞는 사람은 아닌 것이, 그의 업무는 관청이나 동업자 등 당포 바깥의 영업적인 업무를 담당하는 일이었다.

당포가 비록 물건을 맡고 돈을 내주는 단순한 일을 하는 것 같지만 사실 안을 들여다보면 그렇지도 않다.

당포에도 하는 업무에 따라 직위가 여러 단계로 나누어져 있는데, 경영자 격인 관사(管事) 아래에 외석(外席), 내결(內缺), 외결(外缺), 중결(中缺), 학결(學缺)이 있고, 그 외로 당포의 안전을 책임지는 호위 무사들과 잡부들이 있다.

마침 일을 보러 나가던 외석 조평준이 당포 입구에 들어서서 멈칫거리는 그를 보고 말을 건넸던 것이다.

"저, 일자리를 알아보려고……."

사군은 조평준의 눈치를 보며 조심스런 어조로 말했다.

"일자리?"

조평준은 그제야 허리를 펴고 사군을 쳐다보았다. 순박한 듯하면서도 어딘가 묘한 기운이 풍겨나는 청년이었다.

"따라오게."

잠깐 위아래로 훑어보던 조평준은 사군을 안채로 데려갔다.

그곳은 광휘당포의 관사 기신의 거처였다. 기신의 집무실은 의외로 단출했다. 활짝 열려 환한 빛이 들어오는 둥근 창문 밖으로 잘 꾸며진 정원이 보였는데, 그곳을 통해 내실 안팎을 오가는 사람들을 한눈에 볼 수 있었다.

사군은 긴 나무 탁자를 앞에 두고 기신과 마주했다. 하늘색 비단 장포를 걸친 기신은 작은 몸집에 단단한 인상을 주는 체구였는데 광대뼈가 툭 튀어나와 언뜻 보기에도 꼿꼿하고 결단력있는 성품임을 연상케 하는 풍모였다.

사군은 허리를 굽혀 정중하게 인사했다.

"이거, 소개장입니다."

말과 함께 유장이 써준 소개장을 기신 앞에 내밀었다. 하지만 그는 소개장을 거들떠보지도 않았다.

"종잇장에 써놓은 것보다 더 정확하게 볼 수 있는 현품(現品)이 바로 내 눈앞에 있는데 그까짓 것이 무에 필요한가. 자네 입으로 직접 설명을 해보게."

사군은 움찔했다.

용기를 내 이곳에 찾아온 것은 유자의 소개장을 믿었기 때문이다. 그런데 그게 소용이 없다니…….

"그 집에서 몇 달 일했는가?"

제일 앞장에 유장의 이름이 있는 것을 보기는 했던 모양이었다.

"석 달 하고 사흘을 일했습니다."

정확하게 자신이 일한 날짜를 말할 수 있었던 것은 자신이 보수로 받은 은자가 하루에 얼마로 계산되었나를 따져 본 적이 있었기 때문이다.

그 말을 들은 기신의 입에 미소가 번졌다.

"삼 개월이라… 맛도 제대로 보기 어려운 기간이지. 하지만 계산은 정확한 젊은이로군. 했던 일은?"

사군은 자신에 대한 간략한 소개와 그동안 맡았던 일에 대해 말해주었다. 그의 말을 듣고 있던 기신의 눈빛에 돌연 힘이 들어갔다.

"유장 어른이 자네를 이곳에 추천한 이유가 무엇이라고 생각하는가?"

사군은 언뜻 대답하지 못했다. 하지만 자신을 지그시 보고 있는 기신의 눈과 마주치자 재빨리 그럴듯한 대답을 생각해 냈다.

"무공이 제법이니 긴히 쓰일 곳이 있을 것이라고 하셨습니다."

"그래?"

그런 대답을 예상치 못했던지 흠칫하던 기신은 고개를 끄덕였다. 포목점에서 회계 일을 맡았다 하고는 무공 때문에 이곳에 추천했을 것이라 대답하니 당연한 반응인지도 몰랐다. 하지만 기신의 내심은 달랐다. 다만 약간 놀랐을 뿐······.

"혹시 전당강 백일귀 황위를 죽였다는······?"

마치 사군을 탐색하려는 듯한 눈매였다.

"그렇습니다!"

망설이지 않았다.

어차피 밝혀질 일이기도 했거니와 황위의 이름까지 대는 것을 보니 숨길 수도 없다. 그때를 떠올리면 아직도 숨이 막혔다.

"흠!"

기신은 가볍게 숨을 들이켰다.

황위는 전당강에서 이름을 떨치는 백일귀들인 전당삼귀(錢塘三鬼) 중의 일 인으로 절강 일대에서는 그런대로 이름이 있었다. 그를 죽일 수 있을 정도의 실력이라면 결코 가볍게 평가할 무공이 아닌 까닭이다. 잠시 뜸을 들이던 기신이 말을 이었다.

"이곳에 찾아왔을 때는 하고 싶은 일을 정해두었겠지? 그래, 자네가 원하는 직책이 무엇인가?"

무공을 밑천으로 호위 무사를 하겠다는 것인가, 아니면 회계 경험을 바탕으로 업무를 맡겠다는 것인가를 묻는 질문이었다.

"당포의 일을 배우려고 합니다."

사군은 생각할 것도 없다는 듯이 대답했다.

"흠, 그런가?"

기신은 뭔가 힘이 빠진 듯해 보였다.

"그렇다면 말이 이상하지 않은가? 자네는 무공이 쓰일 곳이라는 말을 듣고 이곳에 왔는데, 정작 하고 싶은 일은 당포의 업무라니. 핫핫핫!"

그제야 사군도 문득 자신이 했던 말을 깨닫고는 얼굴을 붉혔다.

"아무 일이나 맡겨만 주신다면 열심히 일하겠습니다."

"사실 우리 당포에서 일을 배우겠다는 자들은 많지. 하지만 나에게 당장 필요한 것은 웬만큼 무공을 소지한 보표(保鏢)일세. 쓸 만한 무공의 소유자들을 찾기란 쉽지 않거든. 어쨌든 좋네. 그 문제는 차차 생각해 보기로 하지. 집으로 돌아가 있게."

"예?"

"당포란 돈을 취급하는 곳일세. 불쑥 일하겠다고 찾아온 사람을 무턱대고 고용할 수는 없지 않은가? 다 마찬가지지만 우리 당포에서도 사람을 고용하는 절차는 그리 간단치 않네. 먼저 그 사람의 신분과 신용, 평판 등에 대해 면밀한 조사를 마친 후에 합격해야 가능한 일이네. 그렇지 않고 즉석에서 채용을 했다가 문제라도 생기면 당포에 막대한 손해를 끼칠 수도 있지. 일단 고용을 한 후에도 당포에서 정한 포규(鋪規)를 지키지 않으면 즉시 해고하는 것이 우리 업계의 일반적인 관행이네."

그제야 사군은 얼굴을 폈다. 집으로 돌아가라는 말에 깜짝 놀랐던 것이다.

인사를 마친 그는 당포를 나섰다.

문득 유하의 얼굴이 떠올랐다. 여러 차례 깊은 관계를 맺었건만 이상하게도 깊은 정이 가진 않았다. 유하를 떠올리면 생각나는 것은 부드러운 살결과 풍만한 젖가슴, 그리고 여인의 은밀한 비처(秘處)의 유혹 등이 전부였다.

'내가 나쁜 놈인가?'

사내로서 책임질 일을 하고도 회피하는 것 같아 심한 자책감마저 들었다. 아직 해가 떨어지려면 멀었건만 그의 발길은 자신도 모르게 유하의 집으로 향했다.

작업장 일을 마친 유하가 돌아온 것은 그로부터 두 시진은 족히 지났을 무렵이었다.

사군은 그동안 아이와 놀아주고 밥을 먹인 후에 재우기까지 했다.

자는 얼굴을 보니 아이가 불쌍했다. 문득 어린 시절 밭일을 나간 어머니를 기다리며 하루 종일 무료하게 집을 지켰던 기억이 떠올랐기 때문이다.

"동생!"

유하가 눈물을 흘렸다.

그날 밤 사군의 손길은 거칠었다. 옷을 벗겨가는 투박한 동작에서 뭔가를 느끼는 그녀였지만 그렇다고 캐묻지는 않았다.

"아!"

살짝 벌어진 유하의 입에서 이내 신음성이 흘러나왔다.

사군의 거친 손길은 여체를 다른 날보다 더 빨리 달구었다. 지금 그녀가 애타게 그리는 것은 외로운 몸과 마을을 달래줄 뜨겁고 다정한 사내였다.

사군은 마치 그동안의 괴로움을 풀어내듯 마음껏 유하를 유린했다. 지금 절실히 필요한 것은 굳어버린 심장을 다독여 줄 따스하고 부드러운 여자였다.

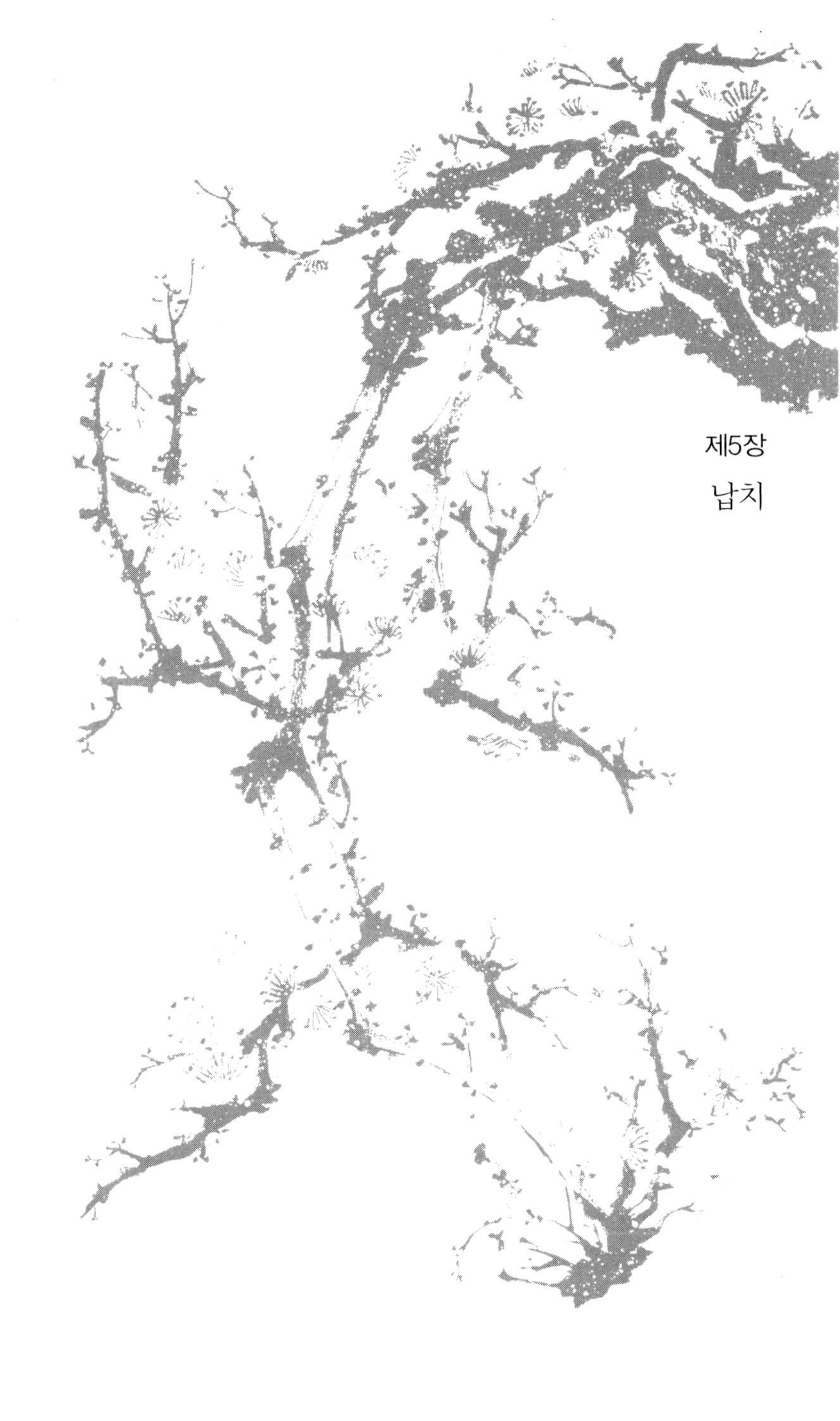

제5장

납치

예향은 석가장 안방마님의 시녀 역할을 톡톡히 해냈다.

마님은 그런 그녀를 어여삐 여겼는지 밤에는 항상 처소로 불러 잠이 들 때까지 말을 나누었다. 하지만 어느 정도 생활에 익숙해지자 날마다 떠오르는 사군 생각에 예향의 마음은 편치 않았다. 따지고 보면 예향은 그 댁에 팔려 온 노비도 아니었고, 그저 의녀가 올 동안 돌봐달라는 부탁을 받은 것이 전부였다.

'돌아가야 해.'

마침내 예향은 용기를 내기로 했다.

"마님, 저……."

막상 입을 열었지만 말이 나오지 않았다.

"무슨 할 말이라도 있는 게냐?"

"저……."

"망설이지 말고 말해 보거라."

예향을 아끼는 마님은 부드러운 어조로 말했다.

"저… 집으로 돌아가고 싶어요."

"그게 무슨 소리냐? 누가 널 섭섭히 대하더냐?"

"그게 아니라……."

잠시 뜸을 들이던 그녀는 이곳에 오게 된 사연을 얘기했다.

"뭐라고? 그럼, 너는 노비로 팔려 온 아이가 아니라는 말이냐? 허, 멀쩡한 농가의 딸자식을 데려오다니!"

그녀는 예향이 노비로 팔려 온 아이가 아니라 잠시 아픈 그녀를 위해 의녀가 올 때까지 돌보아주러 왔다는 것을 모르고 있었다.

"저희 마을에선 이 댁에 큰 은혜를 입고 있는지라……."

"그게 무슨 소리냐? 그거야 도하촌 사람들이 일을 열심히 했기 때문이지. 공은 공이고 사는 사니라. 잘 알았다. 너를 돌려보내는 것이 아쉽기는 하지만 내가 내일 즉시 집으로 돌아갈 수 있도록 해주마."

안방마님은 단호한 어조로 말했다. 내심으로는 아들 석호인이 아비의 눈을 피해 또 못된 짓거리를 꾸민다고 짐작했지만 그렇다고 내놓고 말할 수는 없었다. 공연히 일이 벌어지기 전에 어서 돌려보내는 것이 상책이라고 생각한 그녀는 자신의 작은 욕심을 접었다.

"마님, 고맙습니다!"

예향은 뛸 듯이 기뻐했다. 마을로 돌아가면 부모님은 물론 열흘에 한 번씩 돌아오는 사군 오라버니도 만날 수 있을 터였다.

다음날 안방마님은 침모에게 말해 그녀를 마을로 돌려보낼 것은 물론 그동안 일한 수고비까지 두둑하게 챙겨서 보낼 것을 지시했다.

예향은 열 냥이나 되는 엄청난 은자를 받아쥐고는 뛸 듯이 기뻐했다. 예향은 난생처음 받아보는 엄청난 금액의 은자를 행여 잃어버릴까 품속에 꽁꽁 넣어두고 석가장을 나섰다.

'부모님이 무척 좋아하실 거야.'

열 냥의 은자를 보고 기뻐하실 부모님의 얼굴이 눈에 선했다.

먼저 군 오라버니가 일한다는 유씨 포목점으로 갔다. 지리를 잘 모르기에 물어물어 찾아간 길이었다. 하지만 점포가 워낙 커 안이 들여다보이지도 않았고, 공연히 죄를 짓는 것만 같아 가슴이 두근거려 가까이 가지도 못하고 멀거니 서 있는 것이 고작이었다.

돌아서는 발길은 그저 쓸쓸하기만 했다. 문득 좋은 생각이 떠올랐다.

'아! 한 냥 정도는 군 오라버니를 위해 멋진 영웅건(英雄巾)을 사야지.'

자신이 사준 영웅건을 쓴 사군의 모습이 눈에 선했다.

좋은 물건을 사려면 성에서 나가기 전에 사두어야 했다. 그녀는 행여 남이 볼세라 골목 어귀로 가서 한 냥을 꺼냈다. 비단으로 된 영웅건을 사려면 그 정도는 필요할 것 같았기 때문이다.

점포에 가서 이것저것 한참을 고르던 예향은 마침내 마음에 드는 물건을 찾았다. 백색 바탕의 평범한 비단으로 된 것이었지만 이상하게도 마음에 쏙 들었다. 계산을 마친 그녀는 곱게 접은 영웅건을 품속에 갈무리했다. 가슴에 사군의 따스한 체온이 전해지는 느낌이었다.

'군 오라버니도 무척 좋아할 거야!'

선물하는 자신의 모습을 연상하니 공연히 얼굴이 뜨거워졌다.

성문을 나선 발걸음은 날아갈 듯 가벼웠다. 길에는 오가는 사람들이 적지 않았다. 노새에 쌀가마를 싣고 가는 노인, 대나무를 수레 하나 가득 싣고 끙끙대며 앞뒤에서 끌고 당기는 사람, 머리에 뭔가를 가득 이고 바쁘게 종종걸음을 걷는 아낙, 모두가 자주 보아왔던 익숙한 풍경이었다.

성문에서 제법 걸어나오니 멀리 강줄기가 보이고 다리 건너 옹기종기 집들이 늘어선 것이 눈에 들어왔다.

도하촌.

예향이 자라고 살아왔던 마을. 눈앞이 흐릿했다. 부모님의 손길과 같은 익숙하고 따스한 느낌에 나오는 눈물이었다.

'됐어. 다 왔어.'

걸음이 절로 빨라졌다.

석호인과 함께 이 길을 나설 당시에는 두려움에 떨며 지나왔던 길이었건만, 품속에 그동안 수고비로 받은 은자까지 두둑하니 지금은 금의환향(錦衣還鄉)을 하는 기분이 들었다. 멀리 마을 뒤쪽으로 푸르게 늘어서 숲을 이룬 뽕밭도 눈에 들어왔다.

나무들에 가려 눈에 보이지는 않지만 잠화고낭무를 추었던 뽕밭 앞쪽의 공터가 눈에 선했다. 그날을 얼마나 기다렸었던지⋯ 예향은 그런 생각들을 하며 더욱 걸음을 빨리했다. 어쩌면 마을 어귀에 부모님이 나와 계실지도 몰랐다. 그때였다.

갑자기 예향의 뒤에서 사내들의 음담패설이 들려왔다.

"그년 참 엉덩이가 좋구나."

"크하하핫! 한 번 콱 눌러주면 제법 용을 쓰겠는데."

"젖가슴은 또 어떤가? 팽팽한 것이 상상만 해도 오금이 저려오지 않는가? 핫핫핫핫!"

'어맛!'

가슴이 철렁했다.

　화들짝 놀란 예향은 감히 돌아볼 생각도 못하고 그저 걸음만 빨리했다. 오가는 사람들이 없는 것은 아니었지만 그자들은 전혀 개의치 않는 듯 말을 함부로 하고 있었다. 심장은 벌렁거렸고 다리가 후들거리는 것은 물론 품속 깊이 넣어둔 은자도 걱정이 되었다. 문득 놈들이 그걸 노리고 뒤를 쫓아왔을지도 모른다는 생각까지 들었다.

　"이봐, 같이 놀다가 가면 어때서 그리 급하게 서두는 게야?"

　"허, 그년 참 바쁘기도 하지. 하지만 인생살이에 운우지락(雲雨之樂)을 즐기는 일보다 더 급한 일이 무에 있다고 그리 급하게 서두는 게냐?"

　사내들은 그녀를 쫓아오며 계속 떠들었다. 예향은 너무 놀란 나머지 거의 까무라칠 지경이었기에, 어서 마을로 가야 한다는 생각에 더욱 걸음을 빨리했다. 마을이 멀지 않았건만 그저 아득하게만 느껴졌다.

　"그년 엉덩이도 보기 좋게 흔드는구나. 조이는 힘이 제법이겠는데."

　"엉덩이 실한 것만 봐도 알 수 있지."

　예향은 혼이 달아날 지경이었다. 무얼 조인다는 것인지는 잘 모르지만 아무튼 건달들이 떠드는 말이니 좋은 뜻일 리가 만무했다.

　"어이, 낭자. 우리 날도 더운데 한적한 그늘로 가서 잠깐 쉬었다 가자구."

　걸음을 빨리해 이제는 거의 뛰는 수준이 되어 있었지만 건달들을 떨쳐 내지는 못했다.

　'어머니, 나 어쩌면 좋아!'

　예향은 너무 겁나고 안타까웠다.

　하지만 우려했던 상황은 기어코 벌어지고 말았다.

　"서시 못해!"

별안간 커다란 호통 소리가 그녀의 귀에 들렸고, 그 순간 예향의 몸이 석상처럼 굳어지며 제자리에 우뚝 섰다. 오줌을 지렸는지도 몰랐다.

"이년이!"

누군가 뒤에서 달려들더니 그녀의 팔을 낚아채 몸을 획 돌렸다.

"악!"

예향은 놀라 비명을 지르며 발버둥 쳤지만 우악스런 사내의 힘을 당하지 못하고 질질 끌려갔다.

"하아, 하아."

그저 호흡만 거칠게 나왔다. 소리를 질러야 했다. 사람 살리라는 소리를 크게 질러야 했다. 하지만 목구멍이 꽉 막혔는지 말문이 터지지 않았다. 숨이 막혔다. 목을 쥐어짜듯 몇 번이나 노력한 끝에 마침내 예향은 소리를 지를 수 있었다.

"사람 살려!"

비명 소리는 생각만큼 크지 않아 겨우 들릴 정도였다. 목을 쥐어짰다.

"나 좀 살려줘요!"

목구멍에서 피가 튀어나올 정도로 소리쳤다.

하지만 예향은 누구의 도움도 받지 못했다. 오가는 사람들 모두 그 광경을 보았지만 누구 하나 감히 나서서 말리지 못했고, 오히려 무슨 불똥이라도 튈까 겁을 내 멀찍이 달아나 버렸다. 지금 관도에서 못된 짓거리를 하는 놈들은 성 안팎에서 흔히 볼 수 있는 무뢰배들이라는 것을 알아보았기 때문이다. 그자들은 흉흉한 인상에 저마다 도검까지 차고 있었다. 황법이 무너진 세상이 된 지는 이미 오래였다.

"어서 오지 못하겠느냐!"

모두 다섯 명인 장한들은 재빨리 예향을 끌고 숲 속으로 들어갔다. 숲 속의 작은 공터에는 가마까지 준비되어 있었다. 그들 중 누군가가 헝겊으로 재갈을 물렸다.

"흡! 흡!"

발버둥질까지 쳐가며 반항했지만 장한들은 한두 번 해본 솜씨가 아닌 듯 익숙하게 다루었다.

"컥!"

누군가에게 옆구리를 쥐어박히는 순간 숨이 턱 막히며 몸을 움직이는 것은 물론 소리를 낼 수도 없었다. 그들은 예향의 눈을 가린 것은 물론이고 손까지 뒤로 돌려 묶은 다음 자루를 씌워 가마에 구겨 넣었다.

"만일 시끄럽게 굴면 실컷 두드려 패고 옷을 홀랑 벗긴 후에 다시 묶어 처넣을 테니 알아서 해라!"

두목인 듯한 사내는 겁을 주듯 가마 안을 향해 호통을 쳤다.

그는 월왕회 외당(外堂) 부당주(副堂主) 계진이었다. 그는 겉멋을 좋아하고 간교하기가 그지없었는데, 소흥에서 석호인과 같은 이름 있는 집안의 파락호(破落戶)들과 사귀어 교분을 트는 것을 취미로 삼았다.

무공이 보잘것없는 그가 월왕회 외당 부당주까지 오른 것도 순전히 그런 능력을 높이 산 회주의 뜻이었다. 계진도 노동의 대가라고는 계집이 가지고 있을 열 냥의 은자가 전부인 이런 시시껄렁한 일에 직접 나서고 싶지 않았지만, 중원표국 국주의 아들인 석호인의 부탁이니 어쩔 수 없이 직접 나섰던 것이다.

겁에 질린 예향은 찍소리도 못하고 몸을 웅크렸다.

옆구리를 쥐어박힌 다음 자루에 넣어져 작은 가마 안으로 처박히니, 쉽게 몸을 움직이기는커녕 숨을 쉬는 것도 거북했다. 그저 숨만 헐떡이며 일이 일어났는가를 생각해 보려고 애쓸 뿐이었다.

"목숨이라도 제대로 부지하려면 말대로 따르는 것이 좋을 것이다!"

계진은 마치 다짐을 하듯 우악스러운 한마디를 덧붙였다.

"가자!"

그의 말에 네 명의 장한들이 가마를 번쩍 들더니 소로 위를 나는 듯이 달렸다.

멀찍이 떨어져 그들을 지켜보기만 하던 행인들 중 하나가 허겁지겁 도하촌을 향해 뛰었다. 숲에 가려 무슨 일이 일어났는지 알 수 없었기에 가까이 가서 방향이라도 보아두려고 했지만, 놈들이 무서워 감히 그러지 못하고 멀리서 눈치만 보던 자였다.

'어머니!'

출렁이는 가마 안에서 예향은 혼이 달아날 정도였다.

너무 무서운 것은 물론 입에 재갈이 물려 소리도 지르지 못하고 그저 속으로만 부르짖는 것이 고작이었다. 공포의 시간은 너무나 길었다.

한참이 지나자 그런대로 정신이 돌아왔다.

두려움이 물밀듯이 들이닥쳤고 그저 누군가 자신을 구해주기를 바라는 마음만이 간절했다. 마을이 멀지 않으니 자신이 납치된 일이 마을까지 전해졌을지도 몰랐다.

'군 오라버니!'

예향은 사군을 애타게 부르짖었다.

보고 싶었다. 만약 이 일을 군 오라버니가 안다면 얼마나 상심할까 생각하니 마음이 터져 나가는 듯했다.

"흐흐흐흑!"

그저 눈물만 줄줄 흘리던 예향은 마침내 어느 순간 정신을 잃고 까무라쳤다.

가마가 도착한 곳은 창안포(昌安鋪) 인근의 작은 장원이었다.

누군가 정신을 잃은 그녀를 가마 밖으로 끄집어내 자루에서 빼냈다.

"이년이 은자 열 냥을 둘 곳이라고는 뻔하지!"

한 사내가 그렇게 말하더니 예향의 젖가슴 근처로 손을 쑥 집어넣어 은자가 들어 있는 주머니를 빼냈다. 그는 손을 빼면서도 예향의 젖가슴을 한 번 주물럭거리는 것을 잊지 않았다.

예향은 혼절한 중에 젖가슴에서 느껴지는 이물감에 정신을 차렸다.

'악!'

거칠고 두터운 사내의 손길이었다.

사내의 더러운 손이 가슴 안으로 들어와 자신의 가슴을 주물럭거리고 있는 것을 안 그녀는 까무라칠 듯 놀라 비명을 질렀다. 하지만 입에 물린 헝겊이 비명 소리를 막아버렸다.

"흡, 흡!"

놀란 예향은 몸을 비틀어가며 반항했다.

"흐흐흐."

예향이 발버둥을 치자 그는 재미있다는 듯이 웃으며 한 번 더 가슴을 주물러 주고는 밖으로 나가 버렸다.

"으흐흐흡."

수치심에 몸을 떨며 흐느꼈다.

너무 무서웠다. 앞으로 얼마나 더 엄청난 일이 자신을 기다리고 있을지 짐작조차 할 수 없었다.

얼마가 지났을까.

잠시 후, 인정이라고는 조금도 엿보이지 않는 얼굴의 중년 여자가 들어오더니 눈가리개와 재갈을 풀어주고는 침상 위로 올라가게 했다.

"달아날 생각일랑은 아예 하지 않는 것이 좋아. 허튼 생각을 했다가는 그대로 청루에 팔아버릴 것이니 그리 알아라!"

중년 여인은 생긴 것만큼이나 목소리도 싸늘했다.

"흑흑흑!"

감당 못할 두려움이 폭풍처럼 몰아쳤다. 예향은 그저 눈물만 줄줄 흘렸다.

중년 여인은 그녀를 욕실로 데려갔다.

예향보다 어려 보이는 계집애 하나가 목욕물을 데워놓고는 기다리고 있었다. 어린 계집은 예향이 놀라며 움츠리는 것은 조금도 개의치 않고 익숙한 손길로 옷을 홀랑 벗겼다.

"흠, 제법이구나."

중년 여인은 옷이 하나씩 벗겨질 때마다 드러나는 예향의 몸매를 보고는 흡족한지 연신 고개를 끄덕였다. 마지막 고쟁이가 벗겨졌다.

"아니, 달거리 중이었더냐?"

예향의 몸을 살피던 중년 여인이 놀라며 물었다. 같은 여자이지만 부끄러움에 바닥만 쳐다보고 있던 예향이 고개를 끄덕여 대답을 대신했다.

"언제부터였냐?"

대답하지 않았다. 사실 달거리는 거의 끝나가고 있었다. 하지만 그 말을 하면 안 된다는 생각이 퍼뜩 들었던 까닭이었다. 중년 여인은 매섭게 뺨을 후렸다.

"짝!"

"악!"

"언제부터였냐고 묻지 않느냐?"

"어, 어제부터……."

거짓말에 익숙하지 않는 그녀였기에 순간적으로 얼른 대답하지 못하고 있었다.

"도련님께 말씀을 드려야겠구나."

이런 일에 익숙한 듯 중년 여인은 아무렇지도 않은 듯한 얼굴로 나가 버렸다. 어린 계집은 그녀를 나무로 둥글게 짜인 탕 안으로 들어가게 하는 대신 밖에 두고 몸을 씻겼다.

"엉엉엉!"

예향은 그제야 크게 소리 내어 울었다.

"흑흑흑!"

한 번 터지기 시작한 울음은 걷잡을 수 없었다. 예향은 가슴에 쌓였던 두려움과 괴로움, 그리고 서러움을 그렇게 펑펑 우는 것으로 쏟아냈다.

"야, 그만 울어! 시끄러워! 사내와 자는 일이 그렇게 울고 짤 정도로 대단한 일인 줄 알아? 난 일 년 전부터 그랬다. 처음에 좀 아프기는 했지만 이제는 좋기만 하더라! 나보다 나이만 더 처먹었지 아무것도 모르면서 무슨 큰일이라도 당하는 것처럼 질질거리며 짜고 있어!"

옆에서 목욕을 거들어주던 계집아이는 예향의 우는 소리에 짜증이 난다는 듯 벌떡 일어나 소리쳤다. 분명 자신보다 나이가 아래로 보이는 어린 계집이 그런 소리를 하자 예향은 어이가 없어 눈물이 그렁그

렁해 올려다볼 뿐이었다.

"흐흐흐흑!"

예향은 대꾸도 못하고 그저 울기만 했다.

"에이!"

어린 계집은 신경질적으로 뜨거운 물을 쫙 끼얹었더니 여기저기 씻겨 주었다. 계집의 감시 아래 방으로 돌아온 예향 앞에 중년 여인이 다시 나타나더니 싸늘한 어조로 말했다.

"이제부터는 도련님 말씀을 잘 들어야 한다. 달거리를 한다고 말씀 드렸더니 사나흘 후에 다시 오시겠다고 하셨다. 앞으로 제대로 뫼시지 않고 함부로 굴었다가는 나중에 단단히 혼날 줄 알거라!"

중년 여인은 다짐하듯 말을 하고는 이내 나가 버렸지만 어린 계집아이는 여전히 옆에 남아 그녀를 감시했다. 이런 경우 가끔은 목을 매거나 자해를 하는 여자도 있기에 그것을 예방하려는 것이다.

예향의 부친 예철(睿哲)이 그 소식을 들은 것은 일이 벌어진 지 얼마 지나지 않아서였다.

마침 예향을 알아본 같은 마을 사람이 황급히 달려와 그 소식을 전 했던 것이다. 도검을 찬 무뢰배들의 기세에 감히 나서지 못했다며 미 안해했다.

예철은 급히 동네 장정 십여 명을 불러 모아서 예향이 납치되었다는 곳으로 가 인근을 샅샅이 뒤졌다. 예철은 공터 바닥에서 가마 자국을 찾아낼 수 있었다.

하지만 그것이 전부였다. 이런 일은 관아에 신고를 해보았자 소용이 없었다.

"꼭 찾아주게, 꼭! 제발!"

예철은 손에 저마다 농기구나 몽둥이를 들고 있는 십여 명의 동네 청년들에게 무릎을 꿇고 눈물로 호소했다.

하지만 촌구석에서 농사만 짓던 그들이 무얼 어떻게 하겠는가. 청년들도 안타깝기는 했지만 그저 미안한 표정으로 눈만 멀뚱거리고 서로를 쳐다볼 뿐이었다.

"제발 부탁하네. 하나밖에 없는 딸년일세! 으흐흐흐."

예철 부부에게 자식이라고는 딸 하나밖에 없었다.

"길이 여러 갈래로 나뉘어지니 대체 어느 쪽으로 메고 갔을지 알 수가 있어야 쫓아가 보기라고 하련만……."

한 청년이 그렇게 말하며 고개를 저었다.

그런데 다른 청년 하나가 머뭇거리더니 나섰다.

"저, 추씨 노인에게 의뢰를 해보면 어떨까요?"

봉이라는 청년이었다.

"추씨? 추씨가 누군가?"

예철이 고개를 번쩍 들고 되물었다. 지금 그는 지푸라기라도 잡고 싶은 심정이었다.

"운전포(韻田鋪) 부근에 사는 노인인데 포쾌 출신이라고 하더군요. 현직에 있을 때에는 꽤 유명했다고 합니다. 제가 아는 친구 놈이 그곳에 사는데, 어떤 사건이든 생기는 즉시 추씨 노인이 직접 나서서 족집게처럼 잡아내기에 그곳에는 도둑이나 강도가 없답니다."

"그게 사실인가? 그럼 부탁함세. 어서 달려가서 모시고 와주게."

예철은 허리춤을 뒤적이더니 전낭(錢囊)을 꺼내 통째로 그에게 넘기며 말을 이었다.

"동전이 몇십 문 정도는 들어 있을 것일세. 얼마 되지는 않겠지만 노인을 모셔오는 데 보태게."

봉이 청년의 두 손으로 감싸 쥐고 상정하다시피 하는 말이었다.

"알겠습니다. 제가 얼른 다녀오겠습니다."

봉이는 전낭을 품속에 넣고는 재빨리 강변으로 달려갔다. 배를 빌려 타려는 것이다. 같이 따라왔던 청년들 중 두 사람이 그의 뒤를 따랐다. 혹시라도 남의 마을에 가서 텃세라도 당할까 염려했기 때문이다.

"꼭 부탁하네!"

멀어져 가는 세 청년의 등 뒤에 대고 예철이 소리쳤다.

운전포로 가려면 수로를 통해 창안포를 지나 성 남쪽에 있는 감호(鑑湖)를 통과하면 된다.

멀리 강가로 달려간 청년들이 배에 오르는 것이 보였다. 자신도 따라가고 싶었지만 집에 혼절해 쓰러진 마누라가 어떻게 되었는지 가봐야 했다. 자신에게 시집와 몇십 년을 고생만 한 마누라. 딸자식만 하나 낳고 그 후로 아이가 생기지 않아 항상 죄스러워했던 여자였다. 그저 예향이 년만 잘된다면 그것으로 되었다며 서로 위안을 했던 부부였다.

'제발 꼭 좀 모셔오게나!'

예철은 두 손 모아 간절히 기도했다.

마을에 도둑이 없어졌을 정도의 수완이라면 백주에 몇 명이 떼를 지어 가마까지 동원했으니 충분히 찾아낼 수 있을 것이라고 믿고 싶었다. 아니, 반드시 찾아내야 했다.

봉이를 비롯한 청년들이 추 노인을 모시고 그곳으로 다시 돌아온 것은 그로부터 한 시진 남짓 지났을 무렵이었다. 제법 먼 거리였지만 그토록 빨리 온 것은 청년들이 서둘기도 했지만, 그보다는 추씨 노인 스스로가 빨리 현장에 도착해야 한다며 길을 재촉했기 때문이다.

"쯧쯧, 이렇게 휘젓고 다니면 어떻게 한단 말인가? 사건이 일어난 현장을 보존해 두는 일이 얼마나 중요한지 아는가?"

환갑이 넘었다는 추 노인은 아직도 오십 대 정도의 장년인으로밖에 보이지 않았다.

평범한 체구에 약간 마른 듯한 몸매로 오가다가 흔히 만날 수 있는 그저 그런 나이 많은 이웃집 아저씨로 보였다. 하지만 눈빛만은 살아 있어 그를 데려온 청년들조차 감히 맞받지 못할 정도의 날카로운 안광을 발했다.

추 노인은 허리를 숙이고 숲길 근처를 샅샅이 뒤졌다. 마치 개미굴이라도 찾는 듯한 그의 모습에 청년들은 서로 마주 보며 대단하다는 표정으로 눈빛을 교환했다.

숲길은 세 갈래로 갈라져 있었다. 한참 동안 일대를 살피던 그는 그 중 길 하나를 가리키며 고개를 끄덕였다.

"이쪽으로 가면 어디가 나오는가?"

"창안포가 나옵니다."

"흠, 소홍부 건달들이 죄다 모인다는 곳이로군."

"그쪽으로 끌고 간 것 같습니까?"

봉이가 물었다.

"가마를 들고 가려면 아무래도 길 옆을 걷지 않을 수 없네. 자네들이 일대를 휘젓고 다니기는 했지만 일정한 방향으로 쓰러진 풀의 흔적은 창안포로 난 길에만 있지. 그만하면 충분하지 않은가?"

"아!"

추 노인의 설명에 청년들은 모두 고개를 끄덕였고 얼굴에 희색이 돌았다. 한참을 헤매고도 아무런 단서조차 찾지 못했는데, 잠깐의 조사로 쉽게 결론을 내는 그를 보고는 믿음이 생긴 까닭이었다. 그가 이곳에 오기 전까지는 추 노인의 명성에 반신반의했던 것이 사실이었다.

"일단 납치된 소녀의 부모를 만나보아야겠네."

추 노인은 그렇게 말하며 대로 쪽으로 나갔고 청년들은 뒤를 따랐다.

도하촌 입구에 도착한 추 노인은 예철을 만났다.

모든 상황을 전해 들은 그는 마음속에 짚이는 것이 있었다.

경험으로 보아 조사 대상이 확정된 이상 놈이 확실하다면 꼬리를 잡는 것은 그리 어려운 일이 아니다. 그는 목격자를 불러 납치해 간 놈의 인상착의를 대강 들은 후에 자리에서 일어섰다. 이제는 부지런히 발품을 파는 일만 남은 것이다.

창안포는 언제나 시끄럽다.

바다로 흐르는 강줄기를 따라 줄지어 늘어선 청루에서 지분 냄새와 함께 헤픈 웃음소리를 흘려 보내는 여인들이나, 대낮부터 술에 취해 고함치며 거리를 활보하는 술주정뱅이가 아니더라도 창안포는 충분히 시끄럽다.

골목 이곳저곳에서 서넛씩, 때로는 십수 명씩 무리를 지어 편싸움을 하는 무리들, 만만한 행인을 보면 시비를 거는 각정이 패들, 하나라도 더 팔아보려고 큰 소리로 손님을 끄는 좌판 장사꾼들의 고함 소리, 그런 것들조차도 창안포를 시끄러움으로 몰아넣는 일부일 뿐이다.

석호인의 이름은 소홍부, 특히 온갖 지저분한 사건들이 하루에도 수십 수백 건이 벌어지는 이곳 창안포에서 그리 낯설지 않았다.

맛도 제대로 내지 않은 소흥주를 마셔가며 오후 내내 창안포 저잣거리를 돌아다닌 끝에 마침내 허름한 길가 노점에서 추 노인은 원하던 말을 들었다.

"그 집으로 가마 하나가 들어가는 것을 보기는 했습지요."

그것으로 충분했다.

'흠, 놈들이 저곳에 자주 모인다는 말이렷다!'

추 노인은 그런 소란에서 잠시 비켜난 조그만 장원을 주목했다.

청홍장(靑紅莊).

소흥에서 한두 달만 굴러먹은 놈이라면 그곳이 석호인과 조춘이 주동이 된 상류 건달패들이 수시로 모여 온갖 못된 작당을 하는 본거지라는 것을 안다.

납치된 지 몇 시진이 지났기에 온전히 구해내는 것은 이미 늦었는지 몰랐다. 하지만 무서움에 떨고 있을 피해자를 생각하면 이제라도 되찾아 부모의 품에 안겨줘야 하는 것이다.

그는 장원을 한 바퀴 돌았다.

예상대로 특별한 경비 상황은 눈에 띄지 않았다. 하기는 잠깐 놀다가 가는 이런 곳에 비싼 은자를 줘가며 줄줄이 무인들을 세워놓을 필요까지는 없을 게다.

휙!

장원 뒤쪽의 담장 주변을 어른거리던 추 노인이 돌연 몸을 펄쩍 뛰어 장원 안으로 사라졌다. 여섯 자는 족히 넘을 담장이라 건장한 청년이라 할지라도 쉽게 넘지 못할 담장이건만, 도무지 환갑을 넘은 노인이라고 보기 어려우리만치 깔끔한 동작이었다.

장원 뒤쪽은 담장을 따라 만든 좁고 작은 정원이 꾸며져 있었다. 추 노인은 서슴없이 정원 맞은편의 건물을 향해 다가갔다. 이미 인기척이 없다는 것을 확인한 연후였기에 그의 걸음에는 거침이 없었다. 건물 벽에 귀를 댄 그는 신경을 집중했다.

말이 장원이지 두 채씩의 집이 동서남북으로 지어져 있고, 중앙은 작은 나무 몇 그루와 조그만 화원으로 꾸며진 장원이었기에, 놈들이 여자를 데려왔다면 정문과 반대 방향에 두었으리라 짐작했기에 뒤쪽으로 들어왔던 것이다.

'흠!'

추 노인의 매서운 눈이 빠르게 사방을 훑었다.

두 채의 건물 중 그가 주시하는 곳은 창문이 작게 난 건물이었다. 강제로 납치를 했다면 탈출로가 될 수도 있는 창문이 큰 건물에 두지는 않았으리라 생각한 것이다. 예상은 적중했다.

"흑흑흑!"

창문을 통해 방 안에서 작게 흐느끼는 소리가 들렸다.

하지만 안을 들여다보기가 쉽지 않았기에 건물을 돌아 정원 쪽으로 접근을 시도하려고 했다. 하지만 그쪽에는 사람이 너무 많았다. 도검을 찬 몇 명의 장한들이 오기는 것을 본 추 노인은 긴장했다. 그들 가운데 제법 출중한 기도를 가진 자가 있다는 것을 느꼈기 때문이다. 하지만 그의 반응은 너무 늦었다.

'응?'

온세명의 안광이 순간적으로 번쩍 빛을 발하다가 사라졌다.

그는 조춘에게서 몇 걸음 떨어진 뒤쪽에 서 있었다. 뭔가 심상치 않은 기운, 방금 전 뒤꼍에서 어떤 소리가 들리기는 했지만 자신의 일과는 무관하다 여기고 신경을 쓰지 않았었다. 하지만 지금 본능적으로 느끼는 것은 강적을 대변했을 때와 같은 무거운 긴장이었다. 온세명은 자신도 모르게 품속의 단극 근처로 손을 움직였다.

'후우, 후우.'

정신을 집중하니 소리가 들려왔다. 미약하나마 거친 숨소리, 상대도 이쪽을 의식하고 긴장하고 있는 것이 틀림없었다.

휘릿!

돌연 온세명이 건물 뒤쪽 담을 향해 몸을 날렸다. 어느 틈에 그의 손에는 단극이 들려 있었다.

'헛!'

벽에 기대 몸을 숨기고 있던 추 노인은 깜짝 놀랐다. 애당초 위험을 감지하고도 몸을 빼지 못한 것은 조그만 움직임조차도 낼 수 없는 상황이라는 것을 느꼈기 때문이었다. 하지만 자신을 향해 쏘아오는 상대를 본 그는 재빨리 담장을 넘어 달아났다.

"서랏!"

온세명도 담장을 넘어 뒤를 뒤쫓았다. 그의 눈에 빠른 속도로 골목을 돌아서는 한 노인의 뒷모습이 잡혔다. 얼른 뒤를 쫓아 골목으로 접어들었지만 눈에 띄는 것은 아무것도 없었다.

"제길."

골목과 골목이 이어진 길을 나서면 저잣거리였다. 상대가 거리를 오가는 인파 속으로 숨어들었다면 추적이 불가능했다.

"웬 놈이었소?"

빈손으로 돌아온 온세명을 보고 조춘이 물었다.

"늙은이였소. 서잣거리로 숨어들어 더 이상 쫓기가 어려웠소."

온세명이 대답했다.

조춘은 덜컥 겁을 집어먹었다. 그러지 않아도 자신에게 원한을 가진 놈들이 많다는 말을 듣고 아비를 졸라 온세명을 호위로 데려 나온 길이었다.

"자객인가?"

"그럴지도 모르겠소. 상당한 무공의 소유자였소."

그 말에 조춘의 얼굴은 더욱 하얗게 탈색되었다.

"어서 돌아갑시다."

조춘은 그렇게 말하며 온세명을 재촉했다.

자신을 호위하기 위해 항상 동행하는 두 명의 포쾌가 더 있기는 했지만 시국이 어수선하니 불안하기는 마찬가지였다. 온세명이 곁에 있기는 했지만, 정작 그가 두려워하는 것은 어둠 속에서 날아올지 모르는 보이지 않는 비도였다.

조춘은 서둘러 청홍장을 떠났다.

그들이 떠난 후 일각이나 되었을까.

추 노인은 다시 장원의 담장을 넘었다. 그곳을 아주 떠난 것이 아니었다. 호위로 보이는 놈이 추격해 오기는 했지만, 호위의 직분이란 자신이 지켜야 할 대상의 주위를 멀리 벗어날 수 없다. 그것을 잘 알고 있었기에, 저잣거리로 달아나는 척하고 인근에 몸을 숨기고 있다가 그들이 떠나는 것을 확인하고는 다시 나타난 것이다.

그는 울음소리가 나는 건물의 문을 열고 안으로 들어섰다.

감시하는 계집아이가 하나 있었는데 낯선 노인을 보고 깜짝 놀라 소리를 지르려고 하는 순간 추 노인이 빠르게 달려들어 혈도를 제압했다.

"네가 예향이냐?"

예향은 그때까지도 무슨 일이 일어났는지도 모르고 눈만 크게 뜨고 있다가 추 노인의 물음에 황급히 고개를 끄덕였다.

"네 아비의 부탁을 받은 사람이다. 어서 가자."

"예?"

예향은 침상에서 벌떡 일어섰다. 여태 흐느끼며 울었건만 갑자기 눈물이 폭포수처럼 쏟아졌다.

"어서 서둘러라! 오래 있으면 나도 장담하지 못한다."

또 무슨 일이 벌어질까 마음이 급했던 추 노인이 재촉했다. 예향은 정신이 없었다. 그저 이제 살았구나 하는 생각밖에 없었다. 서둘러 침상에서 내려와 밖으로 향하던 예향이 돌연 돌아서서 침상을 향했다.

"뭐냐?"

"저것!"

사군을 위해 은자 한 냥을 주고 산 영웅건이었다. 그걸 앞에 두고 한시진을 넘게 서럽게 울어댔었다. 추 노인은 고개를 설레설레 흔들고는 앞장서서 뒷담 쪽으로 가 뒤따라온 예향을 가볍게 안고는 담장을 넘었다.

"어서 가자!"

도하촌은 창안포에서 얕은 산 몇 개를 넘으면 되는 곳에 있었다. 그들은 한 시진도 지나지 않아 마을로 돌아올 수 있었다.

조춘이 그 사실을 안 것은 그날 저녁이었다.

"뭐라고? 그년을 구해갔다고?"

"그렇습니다. 계집년을 지키던 아이의 말에 의하면 반백의 늙은이가 구출해 갔다고 합니다. 그 아이는 혈도를 제압당했더군요."

"앵앵이 말이냐?"

"예, 그 아이가 보았다고 합니다. 다행이 앵앵이는 무사합니다."

앵앵이는 조춘이 심심하면 가끔 안아주는 열네 살 먹은 아이였는데, 그는 말을 잘 따르는 앵앵이를 특별히 귀여워하곤 했다. 그에게 또 다른 맛을 주는 아이였다.

"구출해 갔다면 당연히 도하촌의 부모에게 돌려보냈을 것이 아니냐?"

"그렇습니다. 다시 아이들을 풀어 잡아오라고 할까요?"

그의 오른팔 격인 원효민은 소흥부 건달로 몇 년 전부터 조춘에게 달라붙어 위세를 떨치는 자였다.

"놈들도 긴장하고 있을 터이니 당분간은 그내로 두어라. 자칫 일이 커지면 성안에서 얼굴을 들고 다닐 수 없지 않느냐?"

조춘은 그렇게 말하며 원효민을 만류했다.

지부로 있는 아비 덕분에 소흥부 내에서는 누구에게도 꿇릴 것 없이 당당한 조춘이었지만 아버지인 조풍(曹馮) 앞에서만은 꼼짝하지 못했다.

조풍 또한 전형적인 탐관오리이기는 했지만 무슨 일이든 소문이 나는 것을 극히 싫어했다.

겉으로는 청백리(淸白吏)를 자처하는 터라 관복을 벗으면 항상 남루한 옷을 걸쳤기에, 분위기를 파악한 수하들도 일부러 낡은 옷을 입고 다녀야 했다. 뒤로는 엄청난 치부(致富)를 해대는 조풍이지만 수하들에게만은 청렴하고 결백한 관리 운운하며 행여 자신보다 조금이라도 좋은 옷을 입고 나타난 수하를 보면 '너는 어디서 돈이 생기기에 그런 옷을 입고 다니냐' 며 질책을 했다.

두 얼굴을 보이는 조풍을 잘 아는 수하들이었지만 그의 비위를 맞추기 위해 어쩔 수 없이 헌 옷을 구해 입고 다녀야 했다.

그런 아비를 닮았는지 조춘도 나쁜 소문이 나는 것에 지극히 민감했다.

예향 일만 해도 그가 직접 처리할 수도 있었지만, 은근히 석호인에게 신호를 보내 그가 자발적으로 나서게 만들었던 것이다. 불을 때고 쌀을 씻는 등의 굳은 일은 남을 시키고, 자신은 다 익혀놓은 후에 수저만 드는, 아비의 수법을 그대로 빼닮은 꼴이었다.

'음, 한두 달 기다렸다가 잠잠해지면…….'

조춘은 그렇게 마음먹고 참기로 했다.

한번 염두에 둔 여자는 놓친 적이 없는 그였기에 제법 반반하다는 소문만 돌면 여염집 아낙이나 과부는 물론 처녀들까지도 그의 손을 피할 수 없었다. 데려다 놓고 목욕까지 시킨 계집을 놓쳤으니 속이 쓰렸지만 꾹 참고 천기를 읽으며 때를 기다려 일을 추진할 줄 안다는 것 또한 몇 안 되는 조춘의 장점 중 하나였다.

아비를 판에 박은 행동이었다.

그렇기에 그간 숱한 엽색 행각을 일으켰어도 정작 시중에 소문이 나돈 것은 몇 건 되지도 않았고, 그나마 그의 은근한 입막음으로 모두 흐지부지 되어버렸다. 다만 신경이 쓰이는 것은 익혀놓은 밥도 퍼먹지 못한 이 망신스런 상황을 석호인에게 어떻게 설명하느냐 하는 것이 전부였다.

광휘당포 내실.
"이 지도가 확실한 건지 모르겠군."

기신은 등불에 지도를 비추어 보며 말했다.

그리 오래되어 보이지는 않았지만 신중하게 그어진 것으로 보이는 여러 선들이 거미줄처럼 복잡하게 얽혀 있는 지도였다.

"장강신투의 그간 명성으로 보아 허언(虛言)하지는 않았을 것입니다."

대답을 하는 자는 그들이 장강신투를 만날 때 강에서 각획선을 몰던 자로 광휘당포의 외결(外缺) 조평준이었다.

"하긴, 장강신투와 거래한 지 수십 년은 되었으니 그동안 거래 금액만도 수천만 냥은 족히 될 터인데 백오십만 냥에 신용을 잃으려 하겠습니까?"

"나도 그런 생각이라 과감히 투자를 한 것일세. 그보다도 장보도의 가치를 알고 있으면서도 그리 싼 가격에 넘긴 까닭을 모르겠군."

"위험한 물건입니다. 우리도 총방에서 사람이 올 때까지 기다리고 있을 수는 없을 것입니다. 소문이 나기 전에 어서 보내 버리는 것이 상책입니다."

"엄 대고에게 지원을 요청할 틈도 없으니……."

같은 휘주상방 소속이라 자신이 요청한다면 반드시 도움을 보내줄 것이다. 서로를 도와야 한다는 상방 전체의 규정이 있기도 했다. 그중에서도 엄 대고라면 가장 확실한 보표를 보내줄 수 있을 터였다.

"다행히 이익금을 보낼 날짜가 엇비슷하니 그대로 출발시키되 온세정을 포함시켜 보낸다면 웬만한 위험은 피할 수 있을 것입니다."

"몇 사람을 더 뽑아 보낼 수만 있다면 다행인데… 워낙 엄청난 물건이고 보니 온세정과 마원조로는 도무지 안심이 되질 않아."

기신의 안색은 그리 밝지 않았다.

“은밀히 모집을 계속하고 있으니 몇 명은 더 뽑을 수도 있을 겁니다.”

“하지만 절강에 그만한 실력을 가진 사람이 어디 흔한가? 가장 큰 문제는 우리에게 시간이 없다는 것일세. 장보도를 쥐고 있는 마당이니 자칫 소문이라도 나는 날이면 그날로 광휘당포는 끝장일세.”

“그 점 각별히 명심하고 있습니다. 그리고 이제껏 장강신투의 물건을 인수받아 뒤끝이 좋지 않았던 적은 없었지 않습니까?”

“나도 그 점은 믿고 있네만 세상일이라 알 수 없는 것이니… 그리고 이번 물건은 너무 엄청난 것이라 도무지 안심이 되지 않는군.”

기신의 표정은 어두웠다.

폐궁(廢宮) 장보도(藏寶圖).

강호에 알려지는 순간 수백 수천의 살겁을 일으킬 수 있는 엄청난 물건이다. 장보도를 두고 숱한 소문이 오갔지만 모두 뜬구름잡기라, 사람들의 입에 회자는 되었으되 그 실체에 대해서조차 말이 많은 것이 장보도였다.

그간 세인들의 눈, 귀를 혼란시키는 여러 종류의 장보도가 나타났고, 수백 년을 두고 그와 관련된 숱한 소문이 오갔지만 이번 폐궁 장보도에 대한 소문만큼은 내심 어떤 확신이 있었다.

엄청난 금액에 이르는 금은보화와 절세의 비급에 대한 소문, 그리고 그것을 뒷받침하는 여러 가지 정황 증거들… 잘 들리는 귀가 있어 그것에 대해 웬만큼 알고 있는 사람이라면 누구라도 욕심을 낼 물건이다.

무림인이든, 상인이든, 황제든, 반란군이든… 오랑캐까지도.

그걸 알기에 이토록 불안해하는 것이다.

유하의 집에서 이틀을 더 보낸 사군은 성을 떠나 집으로 향했다.

마을로 향하는 사군의 걸음걸이에는 힘이 없었다. 유하와 불타는 밤을 이틀이나 보냈건만 폭풍 같은 열기가 지나간 자리는 언제나 텅 빈 듯한 공허감과 상실감만이 남았다.

'제길. 그래, 이렇게 대충 살다가 늙어 죽으면 그만이지, 인생이 뭐 별거겠어.'

그렇게라도 합리화시키지 않는다면 견딜 수 없을 것 같았다. 문득 큰 짐이나 올려놓은 듯 목에서 뻐근한 무게가 느껴졌다. 앞뒤로 흔들며 가는 두 팔 또한 마치 다른 사람의 것인 듯 짐스러웠다.

무력감이 찾아왔다. 귀찮았다.

누군가 시비를 걸어오면 아무런 반항도 않고 실컷 맞아주고 싶었다.

이미 늦여름으로 접어든 날씨라 때에 따라 가끔씩은 시원한 바람이 불었다. 하지만 오늘의 바람은 또 다른 짐스러운 존재일 뿐이었다.

어느덧 영은교를 건넜다.

아침이니 어머니는 뽕잎을 따러 나가셨을 터였다. 반군이 성안을 휘젓고 난 이후부터 바느질은 틈틈이 하는 부업이 되었고 뽕잎을 따는 일이 본업이 되었다. 그나마 뽕밭 일이 끝나면 막막한 처지지만 성안 유씨 면포점으로 일하러 간 사군을 믿고 있기에 살아갈 걱정은 하지 않았었다.

마을 입구에 도착한 사군은 망설였다.

아무도 없는 빈집에 들어가기는 싫었다. 마을로 들어서려면 다리를 끼고 오른쪽으로 접어들어야 하건만 그의 발길은 반대 편으로 향했다. 고노에게 무공을 배웠던, 중턱에 작은 공터와 다 쓰러져 가는 초막이 있던 그 산으로 가는 길이었다.

공터는 말 그대로 공허했다.

풀 한 포기 없었던 그 자리였건만 지키는 사람이 없음을 안 풀들은 저마다 적당한 자리를 잡아 끈끈한 생명력을 자랑했고, 초막의 지붕을 덮은 해 지난 마른풀 사이도 예외는 아니었다.

사군은 초막 안으로 들어갔다.

바닥의 건초더미, 허름한 침상, 간단한 취사 도구, 모든 것들은 고노가 살아 있던 그대로 놓여 있었다. 선반 위에 목함이 눈에 띄었다. 필요한 것이 있으면 챙겨 쓰라던 것이었다. 고노의 장례를 치른 후에 까맣게 잊고 있었다.

문득 고노의 냄새를 맡고 싶었다.

안에 무엇이 들었는지 궁금하기도 했기에 목함을 내려 뚜껑을 열었다. 은자가 몇 냥 들어 있었고 빛이 바랜 편지 한 장이 들은 것이 전부였다. 예의가 아니라는 것을 알면서도 호기심에 참지 못했다.

백부님이라고 불러도 될지 모르겠군요.

하지만 그렇게 부르겠어요.

군아를 잘 부탁드려요. 그분의 유일한 혈육이에요. 어미로서 본분을 망각하고 먼저 떠나며 이런 부탁을 하는 것이 염치없다는 것은 잘 알지만, 그래도 믿을 만한 분은 백부님밖에 없군요.

그분을 무척 아끼셨다는 것을 잘 압니다. 군아에게도 그 사랑을 나누어 주시기를 바랄 뿐이에요. 무공을 가르쳐 주시라는 것은 아닙니다. 그 일은 백부님께서 알아서 판단하시리라고 믿어요. 다만 별일없이 무사히 클 수 있도록 지켜달라는 것이 전부예요. 더 어려운 부탁인 것 같군요. 하지만 달리 믿고 맡길 사람이 없으니 염치 불구하고 이렇듯 편지를 남깁니다. 공연히 백부님을 더 번거롭게 해드릴까 염려되니 동생에게 알리지는 않겠어요. 백부님의 천수(天壽)를 방해하는 이런 부탁을 드리게 되어 정말 죄송해요.

용서를 바랄 수도 없겠지요. 하지만 이제 그분이 없는 세상을 산다는 것이 제게 얼마나 큰 고통인지 상상하실 수도 없을 거예요. 군아만 아니었다면 진작 그분 곁으로 갔을 거예요. 모든 것을 아실 터이니 더 이상 드릴 말씀도 없군요. 그저 눈물로 부탁드릴 뿐입니다.

사군은 손을 떨었다.

누가 썼는지 서명조차 되어 있지 않은 편지였다. 하지만 편지를 쓴 사람이 자신의 친모(親母)라는 것과 군아가 자신을 말하는 것임은 의심할 여지가 없었다. 동생이란 지금 자신의 어머니이고…….

그랬던가!

편지의 내용으로 보아 아버지를 사랑했던 친모는 망부(亡夫:죽은 남편)를 잊지 못해 스스로 생을 마감한 것이 틀림없었다.

이렇듯 아들 혼자만 동생 손에 맡겨두고…….

어머니는 아들을 버렸다.

서글펐다.

그저 피치 못해 고아가 되었고 이모가 키우는 것으로 알았었다.

낳아놓고는 나 몰라라 먼저 죽어버리는 것은 왜 인가! 그래도 뱃속의 생명을 죽일 수 없다는 알량한 자비심인가! 무엇 때문에 자신을 낳았단 말인가! 뱃속에 있을 때 진작 죽어버렸으면 이렇듯 괴롭지는 않았을 것이 아닌가! 그랬던가. 어머니에게 그렇듯 짐스러운 존재였던가. 그러니 자신을 두고 혼자 가버릴 생각을 했던 게지.

먼저 돌아가신 아버지를 무척이나 사랑하셨겠지, 살아 있는 아들보다 더.

빌어먹을 세상, 엿 같은 태생!

좋다! 그렇게 쓸모없는 놈이었다면 그런 인생을 살면 될 것이 아닌가!

걱정 마시오! 그렇게 살아주리다!

이모는 또 왜 자신을 거두었다는 말인가. 그냥 못 본 척 부잣집 대문간에나 버리던지 관제묘 앞에 두고 갈 길을 갔더라면 적어도 자신이 미안하지는 않을 것인데.

제기랄!

멀리 떠나 버리고 싶다. 어머니에게, 아니, 이모에게 미안해도 할 수 없다. 친어머니가 자식을 포기하는 마당에 자식이라고 키워준 어미를 버리지 말라는 법도 없지 않는가!

사군은 한동안 두 주먹을 굳게 말아 쥐고 전신을 부들거렸다. 분노에 꿈틀거리는 핏줄기의 비틀림만큼이나 괴로웠다.

피곤했다.

편지를 되는대로 목함에 처박아 넣고는 한구석에 던져 버렸다.

"후후, 하하."

그냥 나오는 공허한 웃음과 함께 바닥에 다리를 쭉 뻗고 드러누웠다. 돌연 피곤이 전신을 덮어오는 것 같아 그냥 눈을 감았다. 익숙하고 편안한 자리인 때문인지 달콤한 잠이 쏟아졌다. 아직 해가 중천에도 이르지 않았건만 절대 놓고 싶지 않은 그 잠을 꼬옥 붙들었다.

놓치면 미쳐 버릴 것만 같은 잠이었다.

집으로 돌아온 지 하루밖에 되지 않은 예향은 부모님의 명에 따라 뽕나무밭에 나가 일하는 대신 마을에 남아 있었다.

지금처럼 손 하나라도 더 필요한 바쁜 시기에 집에서 쉬고 있다는 것이 마음에 걸렸지만, 자신도 아직 일을 할 심경이 아니기에 그러고마 했었다. 예향은 일을 나가지 않고 걱정스레 자신의 곁을 지켜주던 어머니를 안심시키고는 등을 밀다시피 해서 뽕밭으로 보낸 것이 방금 전이었다.

지난 일들이 모두 꿈만 같았다.

"맞아, 꿈이야!"

예향은 갑자기 그렇게 소리쳤다.

절로 입 밖으로 나온 소리였기에 소리친 자신조치도 깜짝 놀랐을 정도였다. 모두 잊고 싶었다. 갑자기 대궐 같은 집으로 불려가 일을 한 것도, 생전 처음 만져 보는 열 냥이나 되는 은자를 받은 것도, 돌아오던 길에 납치되어 큰일을 당할 뻔했던 일도 모두 잊고 싶었다.

꿈이어야 했다.

사군이 보고 싶었다. 하지만 열흘에 한 번씩 쉰다고 했으니 오려면 아직 며칠 더 있어야 했다. 답답한 마음에 집 밖으로 나온 그녀 앞으로 마을 아주머니 한 분이 지나갔다. 늙은 시어머니에게 맡겨둔 젖먹이 아이 때문에 마을과 뽕밭을 바쁘게 오가던 젊은 아주머니였다.

"사군 보았지?"

"예?"

"어머, 아직 만나지 못한 모양이네. 오전에 영은교 다리를 건너는 것을 먼발치에서 보았는데… 예향이 모른다면 대체 어디로 갔지?"

도하촌에서 예향과 사군의 관계를 모르는 사람은 없었다.

예향은 아주머니의 말이 미처 끝나기도 전에 반색을 하고 사군의 집을 찾았다. 하지만 집 안에서는 아무런 인기척이 없었다.

쿵쿵!

"군 오라버니!"

마을로 왔다는 사람이 보이지 않으니 보고 싶은 마음만큼이나 애가 탔다.

도하촌은 작은 마을이라 특별히 갈 곳도 없었다. 종종걸음으로 마을 근처를 이리저리 돌아보기도 하고 다시 사군의 집에서 불러보기도 했지만 여전히 대답이 없었다.

'아주머니가 잘못 보셨나?'

문득 그런 생각까지 들었다. 하지만 한 동네에 산 것이 몇 년이라고, 사군을 잘못 보았을 리는 없었다. 집으로 돌아오자 힘이 빠졌는지 자신도 모르게 몸이 축 늘어져 침상 기둥에 기댔다. 갈 만한 곳을 생각해 보던 그녀는 문득 고노의 거처를 떠올렸다.

'혹시!'

돌연 예향이 눈에서 생기가 돌며 허리가 꼿꼿이 펴졌다.

'하지만 고노도 죽었는데……'

그런 생각이 들자 다시 힘이 빠졌다.

'아니야, 그래도 인사를 드리러 갔는지도 몰라.'

그런 생각에 미치자 예향은 침상에서 벌떡 일어나 허둥지둥 밖으로 나갔다.

어느덧 해가 비스듬히 넘어가고 있었다.

마을 반대 편으로 난 소로를 따라 한참을 걸으니 산 아래 개울물이 나왔다. 제법 민 거리를 걸이왔기에 땀이 났는지라 물속에 발을 담그고 몸을 닦았다. 예쁘게 보여야겠다는 마음에 예향은 개울물 속을 들여다보며 머리도 가다듬고 매무새도 고쳤다. 한참을 매만지고 나니 더위도 가셨고 이내 발까지 시려왔다.

마지막 손질까지 깨끗이 마친 그녀는 공터를 향해 숲으로 난 소로로 천천히 발걸음을 옮겼다. 행여 땀이 날까 걱정이 되었던 까닭에 마음은 급했지만 서둘지는 않았다. 예쁜 모습을 보여주고 싶었기 때문이다.

속마음과 달리 천천히 걷자니 몸만 달아 미칠 지경이었다.

'틀림없이 있을 거야.'

스스로에게 그렇게 믿음을 주며 걸었다.

공터가 기까워질수록 군 오라버니가 반드시 그곳에 와 있을 것만 같은 생각이 들었다.

마침내 숲길이 끝나고 공터가 나타났다.

'아!'

예향은 사지에서 힘이 쭉 빠지는 것을 느끼며 다리를 휘청였다. 공터는 텅 비어 있었다. 사람의 흔적 대신 인기척을 피해 날쌔게 달아나는 토끼 한 마리가 보였다. 군 오라버니가 이곳에 있다면 토끼 따위가 얼쩡거릴 까닭이 없었다.

'없어!'

머리가 텅 비는 것만 같았다.

하늘을 쳐다보았다. 딱히 무엇을 보려는 것이 아니라 눈물이 쏟아질 것 같았기 때문이다.

초가을의 햇볕이건만 여전히 따갑기만 했다. 그런 것 따위는 아무래도 좋았다. 예향은 널찍한 바위 위에 쪼그리고 앉았다. 이 바위에 군

오라버니도 앉았겠지 하는 생각에 자신도 모르게 바위 바닥을 어루만
졌다.

'군 오라버니.'

나직이 불러보았다. 가슴속에서 알지 못할 뜨거운 격류가 몰아치며
눈시울이 뜨거워졌다.

"흑!"

예향은 두 다리 사이에 머리를 파묻고 한참을 울었다. 어깨가 들썩
여지고 뺨을 타고 흐른 눈물이 앞가슴을 푹 적시도록 한참을 그렇게
울자 조금은 후련해진 것 같은 느낌에 그제야 고개를 들었다. 그런
데……

"아!"

눈을 크게 떴다. 너무 울어서 토끼같이 새빨개진 눈이었다.

눈앞에는 사군이 서 있었다.

"군 오라버니!"

예향은 튕기는 듯 일어나 사군의 이름을 부르며 품에 안겼다.

"엉, 엉, 엉, 엉!"

그냥 쏟아지는 눈물이었다.

사군을 보는 순간 그녀의 눈물샘은 괴력을 발휘했다. 예향은 사군의
품에 안겨 가슴속에 미처 내뱉지 못했던 서러움을 정신없이 쏟아냈다.
아직도 자신을 감싸고 있는 정체 모를 두려움을 쏟아냈고, 보고픈 사람
에 대한 그리움을 가득 담아 쏟아냈다.

'음!'

사군은 어찌해야 좋을지 몰랐다.

미음 같아서는 예향이 어깨가 으스러져라 껴안아주고 싶었다. 다시

는 놓치지 않겠다는 맹세를 들려주며 품속 깊은 곳에 꽁꽁 담아두고
싶었다.

하지만… 석가장 별채로 향하던 그녀의 뒷모습이 떠올랐다.

'나쁜 년!'

싸늘하게 몸이 식어오며 분노가 치밀었다.

잊을래야 잊을 수 없는 그 모습. 아무리 귀를 막아도 여전히 들려오
는 쾌감에 젖어 떨던 그 목소리! 지금 가슴에 안겨 있는 예향은 예전의
청순하고 수줍음 많던, 때로는 사랑을 위해 대담하게 달려들던 예쁘고
귀엽던 그 아이가 아니었다.

피가 거꾸로 솟았다.

"비켜!"

사군은 참을 수 없는 분노에 와락 예향을 떠다밀었다.

"악!"

예향은 비명을 지르며 힘없이 나가떨어졌다. 사군을 올려다보는 눈
에는 경악과 불신을 가득 담겨 있었다.

"군… 오라버니."

두려움이 가득 담은 목소리는 떨고 있었다.

"더러운 년!"

사군의 눈동자 역시 붉게 물들어갔다.

헉헉대던 그 소리는 다시 천둥이 되어 머리를 뒤흔들었고, 욱 하니
치밀어 오르는 열화와 같은 분노가 몸을 뒤덮었다.

"왜, 왜 그래요?"

예향은 땅에 쓰러진 충격도 잊고 그저 겁에 질려 그렇게 물을 뿐이
었다.

"퉤! 더러운 년!"

사군은 바닥에 쓰러진 예향에게 침을 뱉어주고는 달아나듯 그 자리를 떠났다. 치밀어 오르는 분노를 더 이상 자제할 수가 없었다. 계속 있다가는 더 큰 일을 터뜨릴 것만 같았다. 갑자기 예향의 옷을 홀랑 벗겨 버리고 싶은 충동까지 일었다.

"군 오라버니. 흐흐흐흑!"

영문을 알 수 없었다.

무슨 일이 있었기에, 무슨 잘못을 했기에… 예향은 공터 바닥에 쓰러져 일어나지 못했다. 머리 속은 텅 빈 듯 아무런 생각도 나지 않았다.

"아니야!"

너무 엄청난 충격이었기에 방금 겪은 상황이건만 부정도 해보았다.

무서웠다. 철천지 원한을 맺은 원수를 대하듯 하는, 단 한 번도 본 적이 없는 무서운 얼굴이었다. 빙당호로를 나누어 먹던 어린 시절의 그 얼굴이 아니었다. 좁은 들길을 손 잡아주며 부끄러워하던 그 군 오라버니가 아니었다.

"흑, 흑, 흑, 흑!"

그저 울음밖에 나오지 않았다. 몸을 비틀어가며 울었고 울음은 이내 통곡으로 변했다.

서러웠다. 옷은 물론 얼굴 여기저기에도 눈물과 흙이 범벅이 되었건만 예향은 땅을 굴러가며 울었다.

예향의 모든 꿈은 산산조각이 났다.

자손등롱을 앞세운 화교선에 올라 사군이 집으로 향하는 새색시의 꿈도, 동네 사람들이 뿌려주는 꽃비 사이를 악대들의 나팔 소리와 축포를 한 몸에 받으며 지나는 꿈도 모두 사라져 버렸다.

"왜 그래요? 왜! 왜! 으흐흐흑, 내가 무슨 잘못을 했다고 그러는 거예요?"

이런 말도 되지 않는 상황을 쫓아버리기라도 하듯 악도 써보았다. 통곡을 터뜨리고 악을 써도 피할 수 없는 현실임을 알았다.

'또 꿈인 게야!'

그렇게 믿었다. 왜 자신을 힘들게 하는 이런 꿈이 자꾸 찾아오는지.

서러움이 북받쳤다.

얼마간을 울었을까. 문득 머리를 스치는 생각이 있었다.

"맞아!"

예향은 바닥에서 벌떡 일어나 있었다.

오해!

오해였다! 군 오라버니는 자신이 납치된 동안 행여 무슨 일이 생긴 줄 오해하고 저렇듯 분노하고 있음이 틀림없었다. 오해라면 풀어야 했다. 절대 그런 나쁜 일은 없었노라고 말해 주어야 했다.

행여 무슨 일이 있었을지도 모른다는 마을 사람들의 의심을 풀어주겠노라고 하며, 모두가 모인 자리에서 자세한 상황을 설명해 준 추씨 노인의 이야기를 듣지 못해 저러는 것이 틀림없었다.

"말해 주어야 해!"

번뜩 정신이 든 예향은 사군이 사라진 방향을 향해 뛰었다. 숲길 사이로 고개를 내민 잡목들의 가지가 팔다리를 스쳐 지나가며 긁으며 작은 상처들을 냈지만 눈길만은 저 아래 마을로 향하는 길을 향했다.

마을 근처를 돌던 추씨 노인의 눈에 고노가 살았던 공터와 초막이 들어왔다. 초막은 한눈에 보기에도 황량한 기분이 드는 것이, 한동안 사람이 살지 않았던 집이라는 것을 알았다.

'당분간 이곳에 머물러야겠군.'

추 노인은 등에 메고 다니던 보퉁이를 내려놓았다.

그가 이곳에 자리를 잡으려는 것은 이유가 있었다. 예향을 다시 빼앗긴 놈들은 자존심이 상해서라도 결코 포기할 것이 아니기에 한동안 주변에 머물러 있으면서 지켜보려는 것이었다. 경험으로 보아 가능성이 무척 높은 상황이었다.

'후후후, 재미있는 일이 있을지도 모르겠군.'

이런 일이 좋았다.

이제 나이가 들어 관청에 남아 있을 수도 없기에 이렇게 사건만 쫓아다니며 인생을 즐기는 그였다. 마을과 거리가 멀어 즉각 대응을 하기가 곤란한 점이 있다는 것이 아쉽기는 했지만 그런대로 당분간 지내기에는 괜찮은 곳 같았다.

추 노인은 초막에 깔린 풀들을 걷어내고 새로 마른풀을 까는 것으로 정리를 시작했다. 그의 눈에 바닥 한구석에 처박힌 목함이 들어왔다. 전에 살던 사람이 나무를 깎아 대충 짜서 만들어 쓰던 것으로 보이는 허름한 것이었다.

추 노인은 혹시 당분간 지내는 데 도움이 될 만한 것들이 들었나 싶어 안을 들여다보았다. 안에는 구겨진 편지 한 장과 은자 몇 냥이 놓여 있을 뿐이었다.

"허, 귀한 은자가 이런 곳에 버려져 있다니……."

문득 이곳 주인이 아직 떠나지 않았을 거라는 생각마저 들었다.

은자를 버려두고 떠나 버린 상황이 도저히 이해되지 않았기 때문이다. 하지만 정작 손길은 은자보다 누런 편지로 먼저 향했다. 누군가 와락 잡아 들었다가 버려둔 것인지 구겨진 흔적이 역력했다. 추 노인은 편지를 펼쳐 들었다.

잠깐이었다.

"억!"

추 노인은 마치 무엇에 놀란 듯 눈을 크게 떴다.

정신없이 걸었다.

허전한 마음에 유하를 안고 싶었지만 이 시각이라면 아직 작업장에 있을 터였다.

버려졌다는 생각이 머리 속을 떠나지 않았다. 어머니도 버리고, 예향도 버리고… 더 이상 버림받기 싫었다.

"엇!"

눈에 익숙한 장원.

자신도 모르게 무우장으로 와버린 것이다.

'묘랑이 있지.'

전 같았으면 감히 안으로 들어갈 엄두는 물론, 이리 올 생각도 하지 않았을 것이다. 하지만 지금은 아니었다.

"여보세요!"

사군은 거침없이 대문을 두드려 사람을 불렀다. 일전에 그를 안내했던 늙은 노복이 그를 알아보고 안채로 안내했다.

"아니!"

묘랑은 정말 놀라는 표정이었다.

예전에 기녀 생활을 한 적이 있었기에 웬만큼 사내들의 마음은 꿰고 있다고 생각하는 그녀였다. 사군 같은 풋내기라면 감히 이곳에 찾아올 생각도, 자신과 있었던 일을 소문 내지 못할 것도 알고 있었다. 사군을 보기 전까지는.

"사람들을 물려주십시오."

사군은 묘랑을 똑바로 쳐다보며 말했다.

묘랑의 놀란 눈동자가 사군을 직시했다.

사실 그런 말을 할 필요조차 없었다. 안채에는 늙은 시비가 하나 있기는 했지만, 지금은 그녀도 반찬거리를 사겠다며 저잣거리로 나가 버렸기 때문이다. 사군을 안내해 왔던 노복은 자신의 거처로 돌아간 상태였다.

'으음!'

묘랑은 마른침을 삼켰다.

전에 그런 일이 있었음에도 이렇듯 찾아온 것만으로 이미 사군의 생각을 읽고 있었다. 대담하게도 녀석은 한술 더 떠 사람을 물리라고까지 말했다. 그 말을 듣는 순간 몸이 뜨거워지며 데워진 콧김이 뿜어져 나왔다.

사내를 가까이 하지 못했던 세월이 수년이 넘었다.

기녀로 보냈던 동안 사내에게 익숙해졌던 그녀의 몸은 날마다 뜨거운 밤을 그리고 있었지만, 자신을 기루에서 건져내 주었고, 지금은 조정의 급사중(給事中:간언을 올리는 낭관) 직책으로 있는 남편의 체면을 생각해 애써 참아왔었다.

그 자제를 허물 뻔했던 사내가 사군이었다.

지난번 일의 전말은 우연히 들렀던 면포점에서 사군의 싱그러운 젊은 육체와 몸을 녹일 듯한 미소를 보는 순간 밤마다 잠을 이루지 못하고 있다가 벌였던 일이었다.

아쉬움에 보내기는 했지만 차라리 잘되었다고 생각했었다. 한데 다시 찾아온 사군이 겨우 잠재워 놓은 뜨거운 가슴에 불을 지핀 것이다.

집 근처로 불씨만 지나가도 불붙을 몸이었다.

"앗!"

묘랑의 입에서 경악성이 터져 나왔다.

주변에 사람이 없는 것을 확인한 사군이 거침없는 태도로 묘랑을 끌어안았기 때문이다. 이어 그녀의 허리를 번쩍 감아 든 사군은 뚜벅뚜벅 안채의 침실로 걸어 들어갔다.

"무서워!"

묘랑의 입에서 그런 말이 나왔다.

하지만 진짜 무서워서 그러는 것이 아닌, 콧소리가 잔뜩 들어가 차라리 사내의 정복욕을 강렬하게 자극하는 말투일 뿐이었다.

사군의 손길은 무척이나 거칠었다.

부욱!

그는 묘랑의 겉옷을 우악스럽게 찢어버리고는 드러나는 젖가리개마저 풀어버렸다. 성숙한 여인의 하얀 젖가슴이 그대로 드러났다.

'헉!'

묘랑은 눈을 크게 떴다.

사군의 눈에서는 마치 미친 사람처럼 분홍색 광망이 퍼져 가고 있었다. 마치 어떤 미약(迷藥)을 먹은 사람 같은 눈동자. 묘랑이 사군의 눈에 비친 엷은 분홍의 광망을 쉽게 알아볼 수 있었던 것은, 한때나마 그의 신선하고 순수한 눈매를 사랑했었기 때문이다.

하지만 묘랑의 생각은 더 이상 이어지지 않았다. 사군이 젖가슴을 주무르는 순간 모든 생각이 달아나며 눈이 절로 감겼기 때문이다.

"으흥!"

묘랑의 입에서 콧소리가 흘러나와 사군의 몸을 더욱 달구었다.

'미안해요!'

묘랑은 멀리 있는 남편에게 진심 어린 사죄를 했다.

하지만 날마다 바늘로 허벅지를 찍어가며 참아왔던 세월이었다. 텁텁한 사내 냄새를 맡는 순간 허물어지는 자신을 도저히 제어할 수 없었다. 아니, 그러고 싶지도 않았다.

"하아!"

마치 무엇이라도 찾아낼 듯 집요하게 젖가슴을 헤집는 손길이었다. 묘랑의 빨간 입술 사이로 뜨거운 신음성이 흘러나왔다.

사군은 분노를 쏟아냈다.

깊이를 알 수 없는 여인의 속 깊은 늪은 모든 분노를 빨아들였고, 부드러운 젖가슴은 얼어붙은 심장을 사르르 녹여주었다.

모든 것을 잊었다. 지금 이 순간 애타게 갈구하는 것은 모든 것을 받아줄 여체일 뿐이었다.

더위가 한풀 꺾인 늦여름이었지만 중천에 떠오른 해는 아직 뜨거웠다. 하지만 그런 더위조차도 침상 위에서 엉켜 버린 두 남녀의 폭발하는 열기에는 그저 무력하기만 했다.

"아흑… 아흑… 아학……!"

끈질기게 묘랑을 가두었던 장벽은 온몸을 번져 오는 지독한 쾌감이 내뿜는 교성과 함께 허공에서 산산이 부서져 버렸다.

이어 맞이하는 것은 전신에 일렁거리는 대해의 파도였다. 그 물결은 그저 부드럽고 살랑거리며, 때로는 젖가슴을 쓸었고, 때로는 검은 수림이 우거진 둔덕을 보듬었다. 사내의 힘찬 본능이 꽃잎을 짓이기고 미지의 동굴을 헤쳐 오는 순간 묘랑은 더 이상 버티지 못하고 거센 격류에 휘말려 버렸다.

"아학!"

낮시간의 사랑이 끝났다.

알 수 없었다.

어떻게 이곳으로 오게 되었는지는 물론, 갑작스레 참을 수 없이 분출되는 욕정을 이해하지 못했다. 어쩌면 유화가 그의 몸에 각인시켜 놓은 흔적인지도 몰랐다.

뜨거웠던 육체만의 사랑이 끝난 자리에 벌거벗은 채 묘랑과 나란히 누워 있던 사군은 가슴을 텅 비워 버린 듯한 공허감에 눈을 감았다. 묘랑의 젖가슴과 비처 속에서 찾아낸 것은 한순간의 쾌락이었을 뿐, 혼자뿐이라는 고독이 다시 파도처럼 밀려와 한기를 더했다.

무우장을 나섰다.

'그래, 여기를 떠나는 거야!'

지금 소흥을 떠나려 하고 있었다, 영원히.

마음이 가벼웠다. 그 길로 광휘당포를 찾았다. 이때쯤이면 결과가 나왔을 터였다.

전 같으면 문으로 들어서는 것조차 쉽지 않았지만 이제는 아니었다. 만약 아직도 자신을 채용하는 일에 결론이 나지 않았다면 소주로 떠나가 버릴 생각을 했다. 엄 대고를 찾아가 볼 생각이었다.

'혹시 채용을 해주면 좋고, 아니면 말고.'

모든 일이 될 대로 되라는 심정으로, 어쨌든 소흥은 싫었다.

그동안 자신을 그렇게 위해주었던 유하마저도 이제는 그저 짐일 뿐이었다.

광휘당포에 도착한 사군은 안내를 받아 기신을 만날 수 있었다.

"보표를 하겠다면 당장 채용해 줄 수 있으신지요?"

예전에 기신을 어렵게 대하던 공손한 자세는 조금도 찾아볼 수 없으리만치 당당했다.

"그럼 보표로?"

기신은 반색을 했다.

지금 그에게는 한 명의 쓸 만한 보표라도 더 구해야 할 말 못할 다급한 사정이 있었다.

이번 호송대에 보낼 보표들은 광휘당포의 최정예로 구성되어야 하기에, 통상 십여 명 남짓으로 구성되던 호송대의 규모를 이십 명 정도로 늘려 보내려는 것이 그의 생각이었다. 하지만 시국이 뒤숭숭해 무공이 웬만한 보표들을 구하는 것이 쉽지 않았다. 그런 차에 사군의 지원은 쌍수를 들어 환영할 일이었다

"예!"

"좋아, 사실 자네에 대한 조사는 이미 끝났네. 월왕회와 좋지 않은 일이 있었더군. 아직 그쪽에서는 자네에게 볼일이 남아 있다고 하더군. 만약 자네가 보표를 하겠다면 내가 월왕회주를 만나 적당한 선에서 타협을 봐주지. 전적인 내 비용으로 말일세."

기신은 사군의 결정에 무척이나 만족한 듯 그렇게 말했다.

광휘당포는 매 육 개월마다 한 번씩 휘주(徽州)에 사람을 보내 이익금을 전달해야 하는 번거로운 일이 있다. 광휘상방의 주요 고동(股東:투자자)들이 모두 그곳에 있기 때문이다. 외관상으로 당포는 주인 격인 관

사 한 사람에 의해 운영되는 것으로 보이지만 사실은 그렇지 않다.

대개 당포들은 위험을 나누어 부담을 피하고 원활한 영업을 위해 투자자인 고동의 수가 세 명 이상인 경우가 많다. 그럴 경우 각자의 지인들을 동원하여 당포의 영업력을 극대화할 수 있는 것은 물론이고, 외부의 압력에도 상당히 탄력적으로 대응할 수 있기 때문이다.

수십 년을 해왔던 일이지만 기신이 불안해하는 것은 근자에 들어 일어나는 각종 민란들로 말미암아 곳곳에 녹림(綠林)의 호걸들을 자처하는 도적 떼들이 들끓기 때문이기도 했지만, 이번에는 또 다른 특별한 일이 있었다.

장보도를 총방으로 보내는 일이었다.

이미 다른 당포에서도 이익금을 보냈다가 털렸다는 소문을 들었기에 기신의 내심은 불안하기만 했다. 장보도의 존재를 알지 못하는 유장이 사군에게 소개장을 써준 이유도 그런 광휘당포의 일반적인 어려움을 예상했기 때문이었다.

'휴우, 다행이야.'

사군의 자원에 기신은 내심 한숨을 내쉬었다.

월왕회와의 문제라면 평소 말썽을 피하기 위해 주는 것이 있으니 해결하는 것이 어렵지는 않았다. 차라리 사군과 같은 무공이 인정된 보표들을 구하는 일이 더 어려운 일인 것이다

"보수는 얼마나 받을 수 있습니까?"

이것도 전 같으면 그냥 주겠다는 대로 받았을 것이다.

"평시에는 매월 은자 닷 냥씩일세. 만약 보표행을 나선다면 매일 은자 한 냥이지. 다만 임무를 완수하고 돌아오는 귀로(歸路)의 경우에는 그 절반이네."

"알겠습니다."

내심 입이 벌어질 정도로 크게 만족했지만 겉으로는 담담한 표정을 지으려고 애썼다.

"오늘부터 당포 안에 숙소를 마련해 줄 터이니 그곳에 묵게. 안전을 위해 정확한 날짜를 말해 줄 수는 없지만 곧 보표행이 있을 걸세. 일단 안에 들어오면 보표행이 끝나기 전까지는 일체 외출이 금지되네. 인사할 곳이 있으면 미리 다녀오도록 하게."

기신이 미소를 지으며 말했다.

그로서는 사군과 같은 상당한 무공을 지닌 보표를 구해서 매우 흡족했다. 사군의 무공에 대해 자세히 알아보기 위해 전당강 백일귀 황위가 사군의 손에 죽은 것이 사실인가는 물론 그날 있었던 일에 대한 확인까지 마친 상태였다.

기신은 종이 위에 뭔가를 쓰더니 사군에게 건넸다.

"내결에게 보이면 선금을 줄 걸세. 먼 길을 떠나는데 어머님께 갖다드려야 하지 않겠는가. 늦었으니 성문이 닫히기 전에 돌아오려면 서둘러야 할 걸세."

사군이 인사하고 내실의 문턱을 막 나서는 순간 기신이 덧붙였다.

"참, 자네가 쓸 무기도 가져오도록 하게."

"알겠습니다."

선불로 받은 은자는 열 냥이었다.

유장에게 받은 열 냥의 은자도 쓰지 않고 그대로 있어 그의 품속에는 모두 스무 냥의 은자가 있었다. 전 같으면 좋아서 길길이 뛰어다닐 엄청난 액수였지만 이상하게도 마음이 차분했다. 병기점에 들러야겠다고 생각하다가 문득 집에서 검을 본 기억이 났다.

‘무기는 그놈을 가져가야겠군.’

제대로 된 장검을 새로 하나 사려면 은자 열 냥은 족히 써야 하니 그
게 아까웠다.

사군이 생각하는 것은 긴 목함 속에 피 묻은 옷과 함께 놓여 있던 고
색창연한 장검이었다. 어머니가 절대 열지 못하게 하는 장롱의 깊숙한
곳에 숨겨놓은 것이었다.

몇 년 전 어머니가 일을 나간 사이에 몰래 장롱을 열었고 그 밑바닥
에 놓여 있는 긴 목함 안에서 발견했었다. 피 묻은 옷을 보고 놀라서
얼른 다시 집어넣고는 감히 묻지도 못했었다. 까맣게 잊고 있던 일이
었다.

은자라도 두둑하니 마음이 좀 풀어지는 것 같았다. 어머니에게 선물
을 사드리고 싶었지만 화를 내실지도 모른다는 생각에 그만두기로 했
다.

도하촌으로 돌아갔다. 저녁에 다시 성안으로 들어오려면 서둘러야
했다.

아직 집에는 아무도 없었다.

장롱에서 목함을 꺼내 뚜껑을 열었다. 옷의 상태로 보아 오래되어
보였지만 깊숙한 곳에 넣어두었기에 아직도 핏자국이 선명하게만 보였
다. 옷을 침상 바닥에 펼쳐 보았다. 수십 번 칼질을 한 것처럼 곳곳이
헤져 있었고, 특히 왼편 가슴 쪽에는 온통 피로 물들어 있었는데 그 중
앙에는 세 치가량의 길쭉한 구멍이 나 있었다.

‘음, 이리로 검이 관통됐군. 심장을 찔렀으니 당연히 피가 샘솟듯 나
왔을 것이고, 피를 이렇듯 흘릴 정도의 상처를 입었다면 끝내 살아나기
는 어려웠을 것 같구나.’

그는 마치 검시의(檢屍醫)나 되는 것처럼 옷의 상태를 살펴가며 추리를 했다.

자신과 무관하지 않은 옷일 것이다. 그가 생각하기에 피 묻은 옷의 임자는 상대의 모함에 걸려 돌아가셨다는 아버님일 가능성이 높았다.

'아차!'

성문이 닫힐 시간이 머지않았다는 것이 생각났다.

그는 상자에서 장검을 꺼내 챙기고는 옷가지를 정리한 후에 장롱에 다시 넣어두었다.

여자들이 쓰는 것처럼 조금 짧고 가벼워 보이는 검이었다.

스르릉!

검을 반쯤 뽑아내니 섬뜩한 한기가 느껴졌다.

오랫동안 쓰지 않았던 검이지만 마치 어제 손을 본 듯 날카로운 생명력이 느껴졌다. 이번에는 검집을 살폈다. 푸른색을 띤 곤옥(崑玉)으로 덮여 있었는데, 곤옥 위에 조그만 은 조각들을 무수히 박아 마치 밤하늘에 떠 있는 별들을 연상하게 했다.

대충 검을 살핀 사군은 서둘러 지필묵을 준비해 광휘당포에서 일하게 된 것과 한동안 상행을 떠난다고 쓰고는 종이 위에 은자 스무 냥을 올려두었다.

제갈강은 확신을 하지 못했다.

'어디인가. 놈의 근거지가 이곳이 맞는가? 아니면 단순히 꼬리를 자르기 위해 나를 이곳으로 유인한 것인가.'

장강신투 본인을 제외하고는 누구도 어느 것 하나 장담할 수 없는 답이었다. 하지만 혼자의 몸으로 중원천하를 뒤질 수는 없는 노릇이기에 일단 소홍에 집중하기로 했다. 그는 아직까지 분노를 삭이지 못하고 있었다. 강호의 두뇌라는 제갈세가의 차기 가주로 내정된 자신이었다.

장강신투가 아무리 유명한 대도라고는 하지만 일개 도적에 불과한 자였다. 그런 자에게 삼십여 명의 정예를 버리고 얻은 물건을 빼앗기다니… 스스로가 생각해도 머리를 땅에 거꾸로 처박고 죽어도 시원찮을 일이었다.

"후우."

한숨만 나왔다.

소홍이다. 어디서부터 시작해야 하는가. 신중하게 생각해야 했다. 장강신투는 그 물건으로 직접 이득을 볼 처지가 아니다. 그렇다면 누구의 의뢰를 받았거나 아니라면 처분을 해야 한다. 의뢰를 받은 경우라면 이미 물건이 의뢰자에게 전해졌을 것이니 이미 시위를 떠난 화살이다.

하지만 그게 아니라면… 놈은 물건을 처분하려 할 것이다. 그나마 제갈강에게 희망이 남아 있는 경우였다.

'누구에게 처분할 것인가?

머리는 계속 바쁘게 돌아갔다.

대개 도둑들은 장물을 주로 당포에 처분한다. 항상 값나가는 온갖 물건들이 들어오고 나가는 곳이니 아무리 값비싼 물건이라 해도 처분하기가 용이했고, 물건의 가치를 제대로 알아보는 전문가들이기에 거래도 쉽기 때문이다. 하지만 무엇보다도 그들이 당포를 선호하는 진짜 이유는 당포와 거래를 틀 경우 여간해서는 꼬리가 드러나지 않는다는 점이다.

출처를 묻지 마라.

투도계의 불문율이다.

당포(當鋪)는 이 규정을 존중해 주는 유일한 합법적인 점포라 해도 과언이 아니다. 대도(大盜)들은 대개 고정적인 거래처가 있다.

장강신투 정도 되는 거물이면 최고급 물건만 손을 대니 당연히 상당한 구매력이 있는 곳과 거래를 할 수밖에 없다.

제갈강은 그 점에 주목했기에 소흥의 모든 당포들을 뒤졌다. 사실 오래 뒤질 일도 없었다. 소흥에 당포가 많기는 했지만, 제갈강이 검토해 본 결과 그런 물품을 취급할 만한 곳은 단 한 곳뿐이었다. 물론 몇 군데 경쟁 업체가 있기는 했지만 당포의 취급 품목, 자금력, 영업 대상 등을 면밀히 분석한 끝에 내린 결론이었다.

당포의 성격과 그동안 장강신투가 훔쳤던 물건들의 품목과 가격을 대비하니 결론을 내리는 것은 그리 어렵지 않았다.

그는 당포가 잘 보이는 주루에 자리를 잡았다. 당포에서 이십여 장가량 떨어진 그 주루는 조금만 신경을 쓴다면 그곳을 오가는 사람들의 동정을 쉽게 살필 수 있는 곳이었다.

'헛지랄을 하고 있는지도 모르겠군.'

제갈강은 주루 창가에 앉아 그런 생각을 하며 술잔을 기울였다.

어쩌면 자신이 헛다리를 짚고 있는지도 몰랐다. 하기는 이런 방법으로 물건의 행방을 뒤쫓는다는 것은 지극히 확률이 낮은 방법일 수도 있었다. 그가 생각한 여러 가지 가정이 동시에 맞아떨어져야만 이곳에 앉아 있은 이유가 있었다. 하지만 달리 방법도 없었다.

"자네, 들었나?"

"뭐 말인가?"

"광휘당포에서 좋은 물건들이 쏟아져 나왔다더군. 가격도 웬만한 모양이던데……."

약간 떨어진 자리에서 들리는 광휘당포의 이름에 제갈강의 귀가 쫑긋해졌다. 그는 술 한 병을 더 시키는 척하며 그들의 행색을 살폈다. 두 사람 모두 값비싼 비단으로 몸을 휘감은 것이 소흥부에서는 제법 한가락하는 자들인 것으로 보였다.

삼층은 그런대로 전망이 좋아 성안에서도 제법 먹고 살 만한 사람들만 들르는 곳이었다.

"그게 사실인가? 금시초문이군."

"나도 우연히 들었네. 몇몇 부호들에게만 은밀히 접촉을 해왔다더군. 그동안 내놓지 않던 귀한 물건들이 많이 나왔다고 하네."

"흠, 나도 한번 알아볼까나……."

"그럼 서둘러야 할 걸세. 이번은 당포를 설립한 이래 최초로 실시하는 특별 염가 판매 기간이라더군. 며칠 남지가 않은 모양이던데."

"허, 내가 그런 중요한 정보를 몰랐다니… 자네를 만나지 않았더라면 좋은 기회를 그냥 흘려 버릴 뻔했군."

근자에 들어 부자들 사이에는 값비싼 보석류를 사두려는 풍조가 만연했다. 내일을 점치기 어려운 세상이니 불안 심리에 시달리는 부자들로서는 일견 당연한 반응이라 할 수 있었다. 부자들은 동전은 은자로, 은자는 보화로 바꾸어 전란에 대비했다.

하릴없이 묵묵히 앉아 창밖을 내다보며 그들의 대화 내용을 곱씹어 보던 제갈강의 안색이 크게 변했다.

‘맞아, 왜 그 생각을 하지 못했지!’

당포에서 장보도를 사들이려면 막대한 자금이 필요할 것이다. 당포
라고 항상 현금을 준비하고 있는 것은 아니다. 장강신투에게 장보도
대금치르려면 충분한 자금이 필요할 것이다.

‘그렇다면…….’

창밖으로 광휘당포를 쳐다보는 제갈강의 눈빛이 한층 날카로워졌
다.

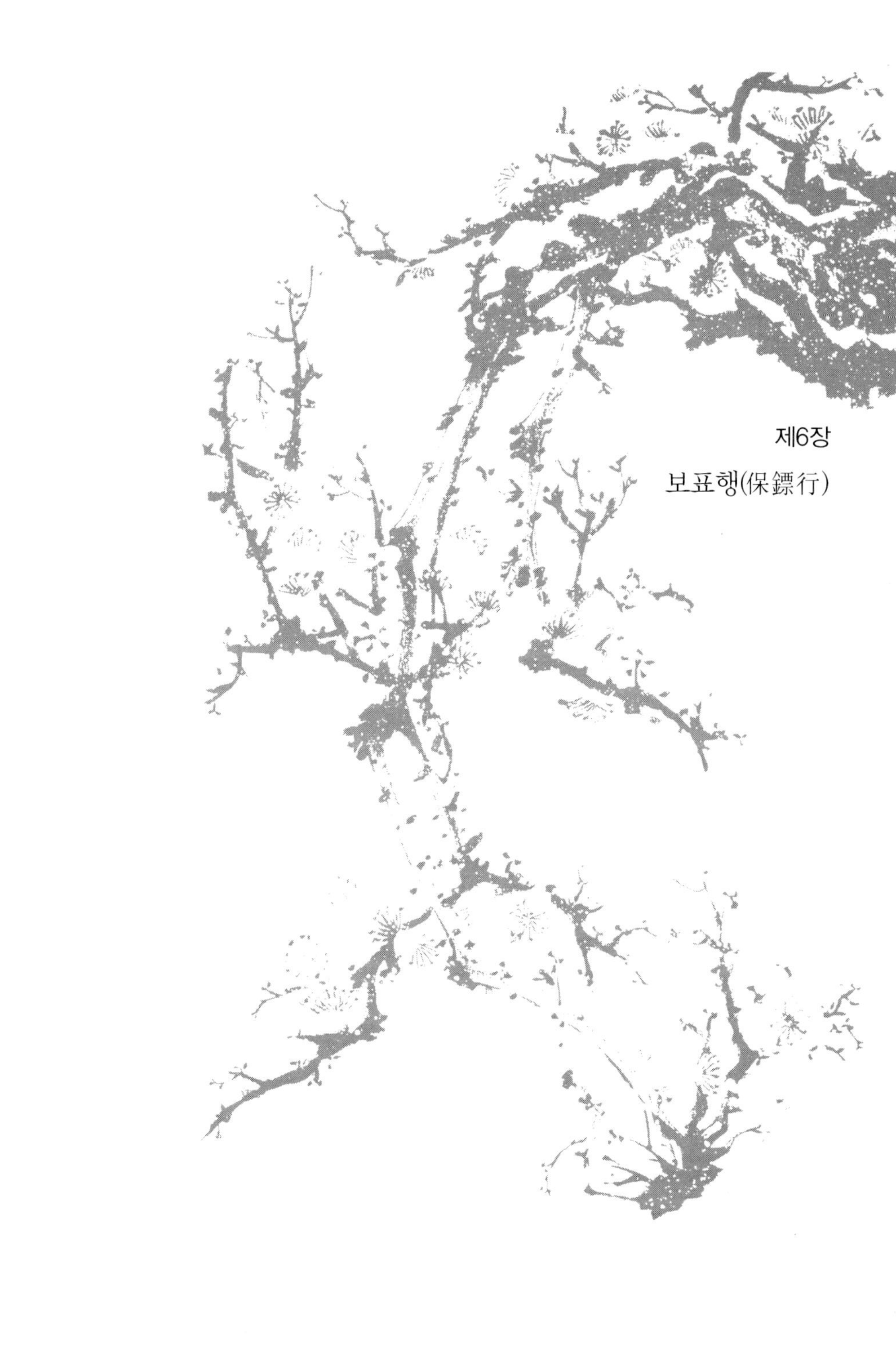

제6장

보표행(保鏢行)

보표들의 숙소는 당포 뒤쪽에 있었는데, 널찍한 정원이 앞에 있는 이십여 개의 방으로 이루어진 작은 건물이었다.

"뭣 하느냐, 빨리 이리 오지 않고!"

사람들이 모여 있고 그들 앞에서 댓돌 위에 올라서 있던 중년 사내가 사군을 보며 말했다. 크지는 않지만 어길 수 없는 그런 힘있는 목소리였다.

사군은 깜짝 놀라 얼른 장한들 뒤로 가서 섰다. 보표들의 집합이라 사군에게도 연락이 갔어야 마땅했지만, 어제 늦게 가입한 그를 일꾼이 몰라보고 말을 전하지 않았던 탓이다.

"온세정이오. 본인이 누구라는 것은 잘 아시리라 믿소. 이번 여행에 을조의 조장을 맡았소. 불만이 있는 사람은 지금 나와주시오!"

그는 무심한 눈길로 댓돌 아래 모여 있는 사람들을 죽 둘러보았다.

낙화검객(落花劍客) 온세정(溫世頂).

절강삼괴의 맏이로 한 번 펼치면 검광이 꽃잎처럼 날아 내리는 것을 연상하게 하는 그의 검법에 빗대어 강호에서는 낙화검객이라 불렸다. 절강 일대에서 그의 말을 가벼이 여길 사람은 없다. 예의를 차리지 않은 거친 말투였지만 아무도 나서는 사람이 없었다. 잠시 반응을 기다리던 온세정이 말을 이었다.

"그럼 본인이 을조 조장을 맡는 것에 이의가 없는 것으로 알겠소. 이제 강 대협께서 말씀을 하시지요."

온세정이 물러나고 강표가 나섰다.

사람들이 모인 자리에서 온세정을 먼저 소개한 것은 온세정의 이름 값을 생각한 예우라 할 수 있었다.

소리장도(笑裏藏刀) 강표(康彪).

강호에서 그 이름을 모르는 사람은 없다. 무공이 그 정도로 대단한 것은 아니지만, 그를 두렵게 여기는 것은 공격할 때도 떠올리는 미소 때문이다.

그저 마음씨 넉넉한 이웃집 아저씨 같은 얼굴로, 그런 사람이 절동(浙東)에서 둘째가라면 서러워할 무인이라는 것이 믿기지 않을 정도였다.

그는 온세정을 향해 가볍게 포권한 후에 사람들을 향해 돌아섰다.

"강 대협께서 알아서 하시리라 믿소."

온세정은 그렇게 말하고는 귀찮다는 듯이 돌아서서 안으로 들어가 버렸다. 하지만 예의 가벼운 웃음을 지은 강표는 사람들을 여섯 명이 한 조가 되게 하여 둘로 나누었다. 사군은 을조에 속했는데, 장검을 멘 여자도 그와 같은 조에 속했다.

"다른 사람들은 모두 아는 사이니 이번에 새로 온 사람만 앞으로 나오시오."

강표는 그렇게 말하며 사람들을 둘러보았다. 여검객을 포함한 두 사람이 앞으로 나서자 사군도 쭈뼛거리며 뒤따랐다.

"각자 소개하시오."

나온 사람들을 둘러보며 강표가 말하자 앞에 서 있던 장한 중 사십 대로 보이는 자가 반 걸음 앞으로 나섰다.

"추운검(秋雲劍) 마원조(馬元무)라 하오. 잘 부탁드리겠소."

그가 사람들에게 일일이 포권을 하자 모두들 고개를 끄덕여 주며 마주 답례했다. 추운검 역시 절동에서는 제법 명성이 있었다.

'어!'

사군은 크게 당황했다.

남들은 모두 그럴듯한 외호 하나씩은 가지고 있었다. 이런 일이 있을 줄 알았다면 구리돈 몇십 문을 쓰는 한이 있더라도 미리 작명소에 가서 멋진 외호를 지어왔을 터였다.

'큰일 났구나.'

인사를 하는 사람은 마원조였지만 정신을 차리지 못하고 있는 사람은 사군이었다. 그는 부지런히 머리를 굴려가며 적당한 외호를 생각하느라고 바빴다.

"흑사낭(黑蛇娘) 연청아(燕靑兒) 인사드려요."

벌써 다음 사람이 자신을 소개하고 있었다.

그녀는 은방울 같은 목소리로 소개를 하며 포권했다. 그런데 마주 인사하는 사람들은 떨떠름한 표정이었다.

그도 그럴 것이, 연청아는 제법 얼굴이 반반했기에 그녀를 잘 모르는 한량들이 가끔 추근거리기도 했는데, 그런 사내들은 여지없이 목숨으로 보상을 해야 했다. 물론 죽은 자들이 여자에게 추근댄 잘못은 있었지만, 그들 가운데는 무공을 모르는 사람도 끼어 있었기에 연청아에 대한 평가는 그리 좋지 않았다.

사람들이 떨떠름한 표정인 것은 너무도 당연했다. 하지만 그녀는 그런 반응에 익숙한지 여전히 생글거리며 인사를 마쳤다.

'어이쿠!'

드디어 사군의 차례였다.

그는 아직도 외호를 결정하지 못하고 있었다. 다급해진 사군은 무공 이름에서 혹시 그럴듯한 이름이 없을까 부지런히 머리를 굴렸다.

'유가무상검? 그건 너무 불문(佛門)의 냄새가 나고, 삼밀가지검객…도 마찬가지고… 제기랄, 미치겠구나!'

등에서 식은땀이 줄줄 흘렀다.

'청룡검? 너무 광오하고… 대수인검? 역시 이상하고…….'

"이봐, 자네도 소개를 해야지. 설마 이름도 없는 것은 아니겠지?"

당황해 어쩔 줄 모르는 그를 보고 강표가 나서서 웃음 띤 얼굴로 한 마디 했다.

"킥킥!"

"끌끌끌."

"큭."

나이도 어렸고 하는 짓도 강호초출로 보였기에 사람들도 사군이 멈칫거리는 이유를 대충 짐작한 모양인지 저마다 소리 내어 웃었다.

"어헛! 조용히들 하게!"

보다 못한 강표가 짐짓 눈을 크게 뜨고 소리쳤다. 하지만 그도 속으로는 웃음을 참지 못했고, 그런 그의 내심이 그대로 표정에 나타났기에 사람들은 더 크게 웃었다.

순간 머리 속에 고노가 생각났다.

"고검(孤劍) 사군(思君)입니다. 잘 부탁드립니다."

사군이 앞으로 나서며 앞 사람들의 행동에 따라 일일이 포권을 해가며 인사했다. 이곳에 모인 사람들 모두 보표만 전문으로 하던 사람들이다. 칼바람이 이는 곳에서 살아남으려면 눈치라도 빨라야 하는 법. 적게는 수년에서 많게는 십수 년 동안 아직 목이 붙어 있는 보표들이니 그 정도 눈치를 채지 못할 리 없었다.

"큭큭!"

"키킥!"

인사를 받는 사람들은 저마다 웃음 띤 눈길을 교환해 가며 사군의 정체를 확인하려고 했다. 그도 그럴 것이 고검이라는 외호(外號)는 물론 사군이라는 이름도 전혀 들어본 적이 없었기 때문이다. 물론 고검이라는 외호도 이 자리에서 급하게 지었다는 것을 짐작하고 있었다.

사군은 연신 땀을 흘려가며 인사를 해야 했다.

"핫핫핫! 자네, 이런 자리는 처음인가 보구만. 이보게들, 이 친구가 우리들 중에서 가장 막내인 모양이니 모두 박수로 따뜻하게 맞아주세나."

그제야 사람들은 손바닥에 불이 나도록 박수를 쳐주었다.

사군은 사방으로 고개를 숙여가며 일일이 답례를 했다. 그제야 마음이 좀 풀리는 것 같고 친근감이 느껴졌다.

"동생, 이 누님도 잘 부탁해."

연청아가 얼굴에 미소를 지어가며 말했다. 유하와 비슷한 또래로 보이는 여자였다.

사군은 추운검 마원조와 같은 방을 배정받았다. 침상만 덩그러니 두 개 놓여 있는 작은 방이었다.

"자네, 강호초출인가?"

마원조는 점잖은 사람으로 보였는데 말투도 품위가 있었다. 검객이라고 하기에는 어딘가 어울리지 않는, 차라리 선비가 더 어울리는 그런 사람이었다.

"그렇습니다."

내심 창피하기도 하고 불쾌하기도 했지만 상대의 연배를 고려해 참았다.

"사람을 죽여본 적이 있는가?"

마원조의 물음에 대답이 망설여졌다. 자칫 살인마로 생각하지나 않을까 하는 생각이 들었기 때문이다. 몇 사람을 죽였는지 기억나지도 않았다. 또렷이 떠오르는 것은 선실 안에서 뇌수와 피를 흘리며 쓰러졌던 네 명의 수적들, 그리고 정신없이 박도를 휘두르고 난 후에 주변에 널브러져 있던 시체들이 전부였다.

대답을 구하는 마원조의 눈길을 의식한 사군은 시인하기로 결정했다. 어차피 밝혀질 일이다.

"…예."

"그럼 되었네."

마원조는 더 이상 묻지 않았다.

"왜… 그러시지요? 무슨 상관이 있나요?"

그럼 됐다는 그의 말이 마음에 걸렸다.

"처음 사람을 죽여본 후에 어떻던가? 그게 이유일세."

손이 떨렸던가? 생각이 나지 않았다. 그의 대답에도 불구하고 사군은 여전히 궁금증이 풀리지 않았다. 마원조는 입가에 작은 미소를 지었다.

"사람을 죽여본 적이 없는 동료가 곁에 있다는 것은 큰 불운이네. 도움을 기대할 수 없다는 말이지. 목을 내놓고 하는 일에서는 그만큼 빨리 세상을 하직할 수도 있다는 말이지."

마원조가 빙그레 웃으며 말했다. 사군은 그제야 그의 질문을 이해했다.

'맞아, 그랬었지.'

수적들을 죽인 이후로 변해 버린 자신을 되돌아보았다. 사람의 실체를 알아버린 듯한, 누구나 죽으면 같구나 하는 그런 막연한 느낌이었다.

"몇 명이나 죽여보았나?"

사군은 움찔했다.

마원조는 그의 눈에서 무엇을 찾기라도 하려는 듯 똑바로 쳐다보았다.

사군도 피하지 않고 마주 보았다. 예전 같으면 당황해 고개를 돌렸을지도 몰랐다. 마원조는 잠깐 동안 그렇게 보더니 말을 이었다.

"사실이군. 나는 자네가 거짓말을 한 줄 알았네. 젊은 사람들은 가끔 객기로 그런 거짓말을 하거든. 고검이라는 외호는 아까 갑자기 지어낸 것인가?"

마원조의 물음에 사군은 얼굴을 붉혔다.

"잘못되었다는 말씀이십니까?"

"하하하, 아마 다들 눈치는 챘을 걸세. 다만 그나마 자네 체면을 생각해 그 정도로 참은 것이지. 하지만 그런 일에 너무 신경 쓰지는 말게. 중요한 것은 앞으로 자네 실력을 보여주는 일일세."

"알겠습니다."

사군은 가볍게 고개를 숙여 대답했다. 마음속에 알지 못할 불안이 가득했다.

무슨 실력을 보여주라는 말인가. 사람을 또 죽여야 한다는 말인가?

그날의 그 불쾌한 기억은 아직도 생생했다.

아니, 그보다는 상대를 쓰러뜨릴 때마다 손끝을 타고 전달되는 야릇한 흥분과 쾌감이 겁났기 때문인지도 몰랐다.

그들이 출발 명령을 받은 것은 다음날 날이 채 밝기도 전이었다.

예상대로 모두의 표정은 무겁게 굳어 있었다. 그도 그럴 것이, 그들이 지나야 하는 휘주(徽州)로 가려면 백일귀들이 설치는 전당강은 물론 상류의 부춘강, 신안강을 거쳐야 하는데, 장강 못지않게 수적들의 노략질이 심해 안전을 보장할 수 없기 때문이었다. 휘주상인들이 가장 두려워하는 것도 바로 그런 수적들이었다.

강표 일행은 성안에서부터 이십여 명은 넉넉히 탈 수 있는 중형 객선(客船)을 타고 수로를 따라 출발했다. 왕복 두 달을 예상하는 긴 여정이었다.

"무사히 배를 타는 것을 확인했습니다."

외석 조평준이 안으로 들어와 말했다.

"무사히 전달되어야 하는데……."

기신의 얼굴은 굳어 있었다.

이번 호송대가 운반하는 것은 단순히 광휘당포의 이익금만이 아니었다. 그렇지 않다면 수천 냥의 비용을 써가며 온세정 같은 고수를 초빙해 보표를 맡길 이유도 없었다. 그를 더욱 불안하게 하는 것은 애초 예정한 이십 명의 보표의 수를 다 채우지 못하고 네 명을 더 끌어넣은 것에 불과하다는 점이었다.

"온세정이 있으니 안심하서도 좋을 것입니다."

"하지만 중원에 어디 그만한 고수가 한둘인가? 아무리 절강에서 이름이 나 있지만 무림 서열로 치자면 중원 땅에서 그의 앞에 세울 고수로 백여 명은 족히 꼽을 수 있을 걸세. 휴, 조금만 더 여유가 있었다면 든든히 대비할 수 있었을 터인데."

"설마 나쁜 일이야 있겠습니까?"

"잊었나? 이번에 총방(總幫)으로 보낸 것 중 가장 귀한 것은 바로 그 물건이 아닌가? 상계는 물론 무림에서도 충분히 탐내고도 남을 만한 물건일세. 비밀이 새 나가지 않았다고 누가 장담하겠나. 비급을 가지고 있다는 이유만으로 죽어간 사람이, 모르기는 해도 이제껏 수백 수천은 될 걸세. 그러기에 이런 걱정을 하는 것이야."

그 물건이란 장보도를 말했다.

낮 말은 새가 듣고 밤 말은 쥐가 듣는 것을 걱정해야 하는 상황이다.

"놈들이 비밀을 알았다면 이곳을 먼저 쳤을 것입니다. 우리 당포가 용담호혈(龍膽虎穴)은 아니지 않습니까?"

"하긴 그도 그렇군. 한데 우리가 너무 욕심을 부린 것이 아닌지 모르겠군. 이런 일이라면 남궁세가에 도움을 청하는 것이 그간의 관례이기는 한데……."

"건곤일척(乾坤一擲)입니다. 만약 이번 일만 성공한다면 휘주상방이 중원 제일의 상방으로 우뚝 서는 것은 필연이라 할 수 있습니다."

조평준이 결연한 표정으로 말했다.

“나도 그래서 이런 선택을 한 걸세. 후일 총방에서 나를 나무란다
해도 각오가 되어 있네.”

말은 그렇게 하면서도 기신의 표정은 여전히 굳어 있었다.

쾌각(快閣).

소흥 사람들에게 짙푸른 물결이 출렁이는 감호(鑑湖)를 고즈넉이 바
라볼 수 있는 가장 좋은 위치의 누각을 꼽으라면 첫손에 드는 것이 바
로 쾌각이다. 감호를 마주한 쾌각은 호수뿐만 아니라 주변에 각종 기
화요초며 진기한 나무들이 심어져 있어, 이곳을 찾는 이들에게 또 다른
즐거움을 선사한다.

이미 초저녁을 훌쩍 넘겨 버린 밤.

고기를 잡는 사공의 배는 교교한 달빛을 타고 호수 위를 누비고, 찰
랑이는 물결은 저마다 별빛을 품어 평화로움만 가득해 보이는 감호다.

희미한 등불이 밝혀진 정자 안에서 중년의 두 사내가 술잔을 기울이
고 있었다. 일견 감호의 평온과 더불어 한 폭의 멋진 그림을 그려낼 만
한 풍경이련만 마주 앉은 사내들 사이에는 그런 여유는커녕 긴장감마
저 감돌았다.

“그 사람이 잘해낼 수 있을지 모르겠군.”

백의를 입은 문사풍의 사내가 말했다.

상대의 모든 것을 한눈에 까발려 버릴 듯한 깊은 눈매를 가진, 약간
마른 듯한 체구에 오십은 넘어 보였지만 그 이상은 아무것도 짐작하기
쉽지 않아 보이는 장년의 사내였다.

“형님도 이번 일의 중대성을 누구보다도 잘 알고 있으니 알아서 처
신할 것입니다.”

회의사내는 앞으로 약간 고개를 숙여가며 말했다.

중년의 강인한 무인의 인상을 풀풀 날리는 사내. 어디선가 본 듯한… 그렇다. 절강삼괴의 둘째 온세진이다. 형님이란 바로 온세정을 말하는 것이다.

"지원대도 출발시킬 준비를 마쳤겠지?"

"각 당에서 무공이 고강한 자들만으로 삼십을 추려 준비를 마쳤습니다."

"흠, 출발일이 언제인지가 궁금하군. 기신이라면 허를 찌르고도 남을 자이니 한시도 방심하지 말고 감시하도록 하게. 아무튼 그 일은 자네가 전적으로 책임져 실패가 없도록 해야 하네."

백의장년인의 단호한 어조에 온세진은 다시 한 번 고개를 숙여 답하고는 화제를 바꾸었다.

"이번 일이 성공적으로 마무리된 후의 구도에 대한 것은?"

"지난번 안창진(安昌鎭)에서 가진 당주급 모임이 있었다는 것은 잘 알고 있을 걸세. 이번 일만 마무리 지으면 어떤 형태로든 그간 숙원했던 일을 진행할 걸세."

"그럼 이제 구홍(丘鴻)의 목을 딸 때가 되지 않았습니까?"

"언젠가는 방주님의 제단에 올려놓을 그놈의 목이 필요하겠지만 지금은 아니네. 타초경사(打草驚蛇)의 우(愚)를 범할 필요가 아직 없다는 말일세."

"월왕회주 구홍 휘하에 있는 수하들 중에 쓸 만한 놈들은 없습니다. 타초경사라는 표현도 과분한 놈들이지요."

"온 호법(溫護法), 우리가 상대할 자들은 그자들만이 아니라는 것을 잊지 말게. 게다가 머리를 찾지 못했어. 반드시 뒤에서 조종하는 놈들이 있을 터인데… 십수 년이 지난 아직까지도 모습을 드러내지 않고 있다니! 하지만 어떤 형태로든 알아낼 것은 알아내고 이루어야 할 것은 이루고 말 걸세. 우리를 음지로 스며들게 한 놈들은 반드시 그 대가를 치를 걸세. 그날이 바로 우리가 양지로 나서는 날일세!"

단호한 어조였다.

온세진(溫世鎭)은 희망을 보았다.

배가 소흥을 떠난 지도 사흘째였다.

전당강의 저녁은 아름다웠다. 배는 힘겹게 강물을 거슬러 올라갔다. 어스름한 석양을 받은 붉은 물결들이 무척이나 곱게도 보이는 풍경이었다. 임무만 아니라면 모두들 갑판에 질펀하게 앉아 술이라도 한잔 걸치며 담소라도 나누기에 적당한 그런 장소요 시간이었다.

도검을 찬 몇 명의 보표들은 항상 선수(船首)에 서서 오가는 다른 배들을 감시했다. 무인들이 타고 있으니 웬만한 수적들은 덤빌 생각을 말라는 일종의 시위로 귀찮은 일을 미연에 예방하려는 조치였다.

지금 선수에 서 있는 사람은 사군과 연청아, 그리고 마원조였다.

"고검 사군 소협!"

연청아는 수시로 그렇게 부르는 것으로 사군이 얼굴을 붉히는 것을 즐겼다.

고검!

갑작스레 지은 외호였지만 고노의 흔적이 남아 있는 이름 같아 싫지는 않았다.

그들이 한 조가 된 것은 이번에 새로 들어온 사람들이다 보니 자연 가까워진 까닭이었다. 사이가 좋은 사람끼리 조를 짜주어야 싸움이 벌어졌을 때 강력한 힘을 발한다는 것이 강표의 신념이었다.

다른 사람과 쉽게 어울리지 못하던 세 사람은 만난 지 얼마 되지 않았지만 자연스레 가까이 지내게 되었다.

온세정도 이번에 새로 합류하기는 했지만 아무래도 격에 있어 많은 차이가 나기에 쉽게 가까워지지 못했다. 게다가 무뚝뚝한 그의 성격 역시 어렵게 대하도록 만드는 데 한몫했다.

"황위를 죽일 정도의 실력이라면 다시 봐야겠는걸."

연청아가 사군을 돌아보며 말했다. 왠지 유하와 같이 있는 느낌이 들어 문득문득 야릇한 감정마저 느끼게 하는 여자였다.

"그를 죽인 것도 몰랐어요."

사군은 애써 눈길을 강변으로 가져가며 말했다. 속마음을 들킬까 두려웠기 때문이다.

"호호호, 사람을 죽이고도 뭘 했는지 모르다니, 정말 재미있는 말이군."

연청아는 젖가슴까지 덜렁대며 웃었다.

하얀 목덜미와 흔들리는 젖가슴이 힐끔 고개를 돌리는 사군의 눈을 스쳐 갔다. 그의 눈빛이 순간적으로 흔들렸다. 하지만 비웃는다는 느낌에 약간 기분이 나빠졌다.

"정말이오."

"연 낭자, 사 소협을 너무 놀리지 마시게."

그가 기분이 상했다는 것을 알았는지 조금 떨어진 곳에서 두 사람의 대화를 지켜보던 마원조가 점잖게 나무랐다. 그 말이 오히려 연청아의 장난기에 불을 질렀다.

"놀리다니요. 그럼 마 대협께서는 동생의 행동이 정상적이라는 말씀이세요? 누구를 죽였는지도 모르다니, 나중에 적과 싸울 일이 있으면 필히 동생 곁은 피해야겠군요. 영문도 모르고 같은 편의 손에 죽고 싶지는 않거든요. 호호호호홋!"

또 젖가슴이 덜렁댔다.

"연 낭자!"

사군의 표정이 변하는 것을 본 마원조가 짐짓 목소리를 높여 나무랐다.

"동생, 농담이야. 얼굴까지 붉히니 미안해 죽겠네."

빨간 입술이 야릇하게 움직였다.

연청아는 양해도 구하지 않고 그렇게 동생이라고 부르고 있었는데, 사군이 별다른 말을 하지 않으니 그 호칭은 자연스럽게 굳어져 버렸다. 사과인지 계속 놀리는 것인지 구분이 가지 않았지만 이번에도 역시 사군은 별다른 대꾸를 하지 못했다.

"주의하게!"

돌연 마원조가 나직이 말했다.

모두 긴장하고 앞을 보니 멀리서 세 척의 배가 빠른 속도로 내려오고 있는 것이 보였다. 배가 날렵하게 생긴 것으로 보아 쾌속선임이 분명했는데, 일대에서 저런 배를 몰고 다니는 놈들은 모두 수적들이라고 보면 틀림없었다. 관선(官船) 중에도 쾌속선이 있기는 하지만, 하릴없이 초저녁에 나는 듯 노를 젓고 다닐 정도로 부지런한 놈들은 아니었다. 모두들 전면을 뚫어져라 감시했다.

"삼, 사십은 족히 되겠는데요."

사군은 혼잣말처럼 말했다.

순간 마원조와 연청아는 서로 눈을 마주치며 놀란 표정을 지었다.

두 사람의 눈에는 배의 형체만 보일 뿐 아직 정확한 인원이 보이지 않았기 때문이다. 하지만 그게 사실이라면 그러고 있을 시간이 없다.

"전방에 쾌속선 출현!"

마원조가 선실 쪽을 보며 크게 소리쳤다.

그 소리에 선실 안에 있던 강표와 온세정을 비롯한 보표들은 저마다 병장기를 들고 갑판으로 달려나왔다.

'음, 사실이구나!'

어느새 쏜살같이 다가온 세 척의 쾌속선을 보며 마원조는 내심 감탄을 터뜨렸다. 자신이 보기에도 그 정도의 수적들이 타고 있었다. 놀라기는 연청아도 마찬가지였다.

"놈들이 활을 쏘고 있소! 무공이 약한 사람들은 모두 몸을 숙이시오!"

강표가 소리쳤다.

휙! 휙! 휙! 휙!

그 말이 채 끝나기도 전에 화살이 허공을 가르는 소리가 들려왔다. 보표들이 타고 있는 배를 공격할 경우, 화살로 전력을 꺾어 기선을 제압한 후 갈고리나 구겸창 등을 배에 걸어 상륙을 시도하는 것은 수적들의 전형적인 공격 수법이었다.

사람들 모두 고개를 숙였지만 강표와 온세정만은 갑판 위에 똑바로 서서 적들을 노려보았다. 그들은 가끔씩 검을 몸을 슬쩍슬쩍 틀어 화살을 피하는 것이 고작이었다.

"후미에도 쾌속선 다섯 척 출현!"

돌연 배 뒤쪽에 번을 서고 있던 보표 하나가 소리쳤다.

"이런!"

강표는 안색이 변했다.

"돛을 내리고 사공들은 모두 선실 안으로 들어가 나오지 말도록 해라!"

겁을 집어먹은 사공들이 우르르 선실로 달려들어 갔고, 선장도 재빨리 닻을 내린 후에 뒤를 따랐다. 상대는 모두 쾌속선이기에 어차피 달아날 방법은 없었다. 온세정도 뒤쪽을 돌아보더니 소리쳤다.

"을조는 나를 따라 후미를 막는다."

말과 동시에 온세정이 비호같이 선미(船尾)로 몸을 날리자 사군을 비롯한 이조에 속하는 사람들은 몸을 숙이고 엉금엉금 기다시피 해서 그의 뒤를 따랐다.

"좋은 검이로군!"

미리 도착해 그들이 오는 것을 지켜보던 온세정이 사군의 손에 들린 검을 보고 한마디 했다.

떼거리로 몰려오는 수적들을 앞에 두고 하기에는 적당한 말은 아니었지만 그만큼 온세정의 표정에는 여유가 있어 보였다.

"전방에 쾌속선 추가!"

몇 척의 쾌속선이 더 나타나자 강표가 소리를 질렀다. 늘어나는 쾌속선의 숫자만큼이나 말투에서 긴장이 가득 배어났다.

온세정의 고개가 절로 배 앞쪽으로 돌아갔다. 사뭇 굳은 표정이었다.

"제기랄, 수적들이 주루에서 술동이 추가하듯 늘어나는 판이니 대체 어떻게 하란 말이야!"

보표 중 누군가가 한마디 던졌다. 평소라면 웃을 수도 있는 말이었지만 지금 그 말에 웃는 사람은 아무도 없었다.

‘쾌속선 한 척에 열두 명 정도니 최소한 백오십 정도는 된다는 말인데, 한 사람당 열은 감당해야 하겠군.’

사군은 바싹 긴장했다.

묘하게도 죽을지도 모른다는 생각도, 두렵다는 생각도 전혀 들지 않았다.

팍! 팍! 팍! 팍!

화살은 계속 날아와 갑판에 꽂혔다.

“악!”

배 난간에 몸을 바짝 붙이고 엄폐를 하고 있던 보표 하나가 등에 화살을 맞고 고꾸라졌다. 앞뒤에서 날아오는 화살이니 선실에 들어가 있으면 모를까 갑판 위에서는 피할 길이 없었다.

“이런, 쯧쯧!”

온세정은 혀를 찼다.

싸워보기도 전에 수하들이 쓰러지니 안타까웠다. 하지만 수전(水戰)이나 다름없는 이 정도의 대규모 공격은 미처 예상하지 못했기에 그도 쾌속선들이 가까이 오기 전에는 뾰족한 수가 없었다. 신호용으로 쓰는 활이 두 개가 있기는 했지만 선수에서 강표 일행이 그걸 쓰고 있어 후미 쪽에는 장거리용 무기라고는 전혀 없었다.

“으아악!”

선수 쪽 멀리에서 수적들의 것으로 보이는 비명 소리가 들려왔다.

“모두 항복해라! 목숨을 살려주마!”

쾌속선 쪽에서 커다란 목소리가 들려왔다. 상대가 물살을 타고 내려오는 중이라 배 사이의 거리가 제법 가까워졌기에 수적들의 대장인 듯한 자의 목소리는 무척이나 크게 들려왔다.

　보표들은 안색이 변해 서로 얼굴을 마주 보았다. 여러 차례 광휘당포의 보표 노릇을 한 경험이 있기는 했지만 이 정도 대규모의 수적들과 마주친 경우는 단 한 번도 없었다. 사실 이런 대규모의 수적들이라면 전당강 백일귀들의 삼 할 정도는 출동한 것으로 보아도 무방하다고 할 정도였다.

　'이상해!'

　온세정은 이마를 좁혔다.

　평범한 배 한 척에 이토록 많은 수적들이 덤빈다는 것은 수적들이 이 배에 뭔가 중대한 것이 실렸다는 것을 알았을 경우다. 그가 알기로 이번 보표행은 출발부터가 철저히 비밀에 붙여진 것이 아닌가? 배에 오른 다음에야 들은 말이지만 강표의 말에 의하면 애초 잡았던 예정일보다 이삼 일 당겨 출발한 것이라고 했다.

　그는 어쩌면 일이 계획대로 돌아가지 않을 수도 있겠다는 걱정을 했다.

　철컥! 텅!

　갑자기 배의 좌우 난간에 갈고리들이 걸리는 소리가 들리더니 잠시 후 수적들의 모습이 나타났다. 그때까지 지켜만 보고 있던 온세정이 비호같이 몸을 날렸다.

　"으아악!"

　"커억!"

　장검과 철곤, 박도 등으로 무장한 수적들은 배에 오르기도 전에 그대로 황천길로 가버렸다.

　어느새 뒤따르던 쾌속선들도 후미에 배를 바짝 붙이고 갈고리며 쇄겸창(鎖鎌槍)을 난간에 걸어 당기곤 쏟아져 들어왔다. 좌우로 배에 올랐던 십수 명의 수적들은 순식간에 목숨을 잃었다. 하지만 배 위의 사정을 모르는지, 아니면 숫자를 믿고 있는지 수적들은 이곳저곳에서 꾸역꾸역 계속 올라와 마치 작은 배를 사람으로 덮어버릴 기세였다.

'정신 차리자!'

사군도 검을 고쳐 잡고 수적들을 상대할 준비를 했다.

바짝 긴장을 하자 자신도 모르게 떨려왔다.

"뒈져라!"

갑자기 수적 하나가 청룡도를 휘두르며 달려들었다. 사군의 바로 옆이었다. 당황한 사군이 움찔하는 중에 갑자기 뒤에서 광채가 번쩍 하더니 공격을 하는 수적의 가슴팍을 스쳤다.

"크악!"

달려들던 수적은 청룡도를 안은 듯하는 자세로 그대로 고꾸라졌다. 연청아가 등에 멘 장검 대신 요대(腰帶)로 쓰던 연검을 번개같이 뽑아 휘둘러 그를 구했던 것이다.

"정신 차렷!"

연청아가 사군을 가늘게 째려보며 말했다. 빨간 입술에서 침이 튀었다.

배 안은 아수라장이 되었다.

"으악!"

비명 소리와 함께 보표 한 명이 뒤에서 공격해 온 수적의 협봉검(狹鋒劍)에 등을 찔려 목숨을 잃었다.

쐐액!

온세정이 달려나가며 수적을 등을 쓸어버렸다. 수적은 외마디 비명을 지르며 쓰러졌다.

‘헛!’

수적 둘이 몰래 공격하려는 듯 뱃전을 넘어와 마원조의 뒤를 노리고 있었다. 그것을 본 사군은 깜짝 놀라 자신도 모르게 달려나가 검을 떨쳐 냈다.

“크악!”

“으악!”

그의 돌연한 공격을 받은 수적들은 외마디 비명을 지르며 차례로 거꾸러졌다.

마원조는 상대하던 수적을 거꾸러뜨리고는 사군을 향해 빙긋 웃음을 지어 보이는 것으로 고마움을 표했다. 검을 잡은 손에 돌연 힘이 들어가는 것을 느껴진 사군은 난간을 타고 넘어오는 수적들에게 달려들어 검을 떨쳐 냈다.

“끄악!”

풍덩! 풍덩!

죽인 것은 한 놈인데, 고맙게도 놈이 죽어가며 휘두른 박도가 아무 생각 없이 뒤를 따라 오르던 동료의 목을 찔러 버려 동시에 두 놈을 죽인 일석이조의 효과가 났다.

“동생, 이젠 잘하는데!”

그의 주변에서 여유있게 연검을 휘둘러 수적을 상대하던 연청아가 흘깃 곁눈질을 하더니 한마디 했다.

온세정과 강표 등은 벌써 십여 명도 넘는 수적들을 거꾸러뜨렸다. 배가 그리 크지 않다 보니 이삼십 명 이상은 안으로 올라오기 힘들었고, 그 정도는 보표들이 상대하기에 적당한 수준이었다.

보표들도 몇 명이 죽어 나가기는 했지만 전체적으로 팽팽한 균형을 유지하고 있었다. 하지만 그 균형이라는 것은 수적들의 입장에서 보자면 목숨으로 때워가며 이루는 균형이라 시간이 흐른다면 수적들이 오히려 씨가 마를 형편이었다.

'이런 제기랄!'

아까부터 쾌속선에서 그 광경을 지켜보던 전당수귀(錢塘水鬼) 원숭갑(袁崇閘)의 안색이 크게 어두워졌다.

그가 보기에 수하들이 놈들을 이길 가능성은 많지 않아 보였다. 직접 배에 오르지 않고 이렇듯 싸움판을 지켜보기만 하는 것은 낙화검객 온세정이 배에 타고 있음을 크게 의식한 때문이었다. 그는 원래 목을 걸어야 하는 도박을 좋아하는 성격은 아니었다.

'음, 아무래도……!'

원숭갑은 고개를 설레설레 저었다.

이번 공격은 전당강에서 부춘강에 이르는 여러 소두목들을 직접 설득해 연합 세력을 이루어 감행했던 것이다. 한데 모두 여섯 개의 대규모 수적 조직이 합세해 공격을 했건만 적들은 요지부동이었다. 둘러보니 다른 소두목들도 온세정이 배에 타고 있다는 것을 알기에 뒤에서 독려만 하고 있지 앞장서서 공격하는 놈들은 없어 보였다.

'저런 괘씸한 놈들!'

이래서야 싸움이 제대로 될 리가 없었다.

화가 치밀어 오른 원숭갑은 버럭 소리를 지르려다 문득 자신도 같은 처지라는 것을 깨닫고는 황급히 말을 삼켰다.

'제기랄. 하긴 다들 모가지는 하나뿐이니.'

이미 이삼 할 정도가 목숨을 잃으니 크게 기가 꺾인 수적들은 배로 올라서기를 수서해 싸움은 싱겁게 되어가고 있었다.

“퇴각하라!”

마침내 원숭갑은 더 이상 견디지 못하고 그렇게 명을 내렸다.

하지만 그것은 실수였다. 그러지 않아도 어느 정도 한가해진 온세정은 어느 놈이 우두머리인가를 확인하려다가 퇴각 지시를 내리는 원숭갑을 발견했다. 그의 눈빛에 살기가 돌았다.

원숭갑의 배와 온세정이 탄 배 사이에는 다른 쾌속선이 한 척 더 있었다. 온세정은 마치 디딤돌을 밟듯 쾌속선을 훌쩍 밟고 건너뛰었다. 그가 갑판에 내려선 것은 원숭갑의 쾌속선이 미처 방향을 틀기도 전이었다.

“헉!”

놀란 원숭갑은 재빨리 그를 향해 박도를 휘둘러 갔다.

“으헛!”

하지만 어느 틈에 온세정의 검이 그의 목줄기에 닿아 있었다. 원숭갑은 재빨리 손에 쥔 박도를 놓았다. 항복이니 목숨은 살려달라는 뜻이었다.

“배를 붙여라!”

말과 동시에 그는 검끝을 원숭갑의 몸에 조금 더 찔러 넣었다. 주변에 수하들도 있었지만 단숨에 배를 건너뛰어 날아 내리는 온세정의 신법을 목격한 터라 감히 도울 생각도 못했다.

“어, 어디로!”

원숭갑은 조금이라도 검끝에서 멀어지려고 고개를 젖혀가며 되물었다.

“저 배로!”

“배를 붙여라!”

수하들은 이제는 죽었구나 하는 표정으로 노를 저어갔다.

생각 같아서는 물속으로 뛰어들어서라도 튀고 싶은 생각이 간절했지만, 아직 원숭갑이 살아 있는 터라 아무래도 눈치를 보지 않을 수 없어 하는 수 없이 노를 저어야 했다. 다른 수적들의 배도 그것을 보고는 황급히 멀어지려 했다.

사군도 온세정의 활약을 지켜보고 있었다. 문득 피가 끓어올랐다. 자신을 우습게 보는 연청아에게 뭔가 보여주고 싶었다.

휘익!

사군은 돌연 몸을 날려 몇 장 밖으로 멀어져 간 쾌속선을 향했다.

"아니!"

"동생!"

마원조와 연청아는 크게 놀랐다.

누구도 예상 못한 갑작스러운 행동이었다. 감히 엄두도 내기 힘든 거리를 그렇게 건너뛰다니! 그저 멍하니 지켜볼 따름이었다. 사군은 사오 장 정도나 되는 거리를 가볍게 뛰어 넘어 쾌속선 위로 날아 내렸다. 칠팔 명의 수적들이 타고 있는 쾌속선이었다.

"이놈! 죽어랏!"

수적 하나가 그를 향해 청룡도를 휘둘렀다.

배에 올라선 사군이 겨우 중심을 잡고 서려는 순간이었다. 순간 사군은 상체를 버들가지처럼 뒤로 휘어 피하고는 다시 반탄력을 받은 듯 일어서며 상대의 가슴에 검을 찔러갔다.

"컥!"

공격해 왔던 수적은 눈을 부릅뜨고 제자리에서 무너졌다.

"헛!"

“아니!”

뒤따라 공격을 해오던 자들은 모두 크게 놀라 멈칫거렸다. 도저히 자신들의 상대가 아니라는 것을 한눈에 알아챘기 때문이다.

“누가 두목이냐?”

사군이 물었다. 하지만 모두 당황해 어쩔 줄 몰라 멈칫거릴 뿐이었다.

“누가 두목이냐!”

벽력 같은 일성.

그 소리에 놀라 움찔거리는 수적들의 눈길이 한 장년 사내에게 가서 꽂혔다. 꼭 대답을 해야 아는가. 사군은 다짜고짜 그자에게 다가가 검을 정면에 겨누었다.

“저 배가 있는 쪽으로 몰아가라!”

“흐흐, 애송이가 겁이 없구나!”

그제야 사군의 얼굴을 확인한 상대가 음산한 웃음을 날렸다.

“애들아, 쳐랏!”

그의 말에 다시 기운을 차린 수적들이 사군을 둘러쌌다.

마원조와 연청아 등은 그 모습을 보고는 애가 탔다. 이쪽 배는 닻을 내리고 있던 상태라 강표의 지시에 따라 사공들이 나와 황급히 닻을 올리는 등 법석을 떨었지만 수적들 또한 노를 저어 멀어져 갔기에 거리는 더욱 벌어지고 있었다. 두 배 사이의 거리는 어느덧 십여 장 정도가 되었다.

“어서 서둘러요!”

그동안 꽤 정이 들었던지 연청아는 발을 굴러가며 사공들을 다그쳤다.

"허, 저 사람, 저리 만용을 부리다니……!"

강표는 물론 마원조까지도 예상치 못한 돌연한 사태에 그저 황당한 표정만 지을 뿐이었다.

어느새 원숭갑을 끌고 온세정이 배로 올라왔다. 그도 배로 돌아오며 사군의 움직임을 보았기에 지금 무슨 일이 일어나고 있는지 알고 있었다.

'멍청한 놈!'

자신이 하는 것을 보고 객기를 부린 것이 틀림없었다. 건너가서 도울까 망설이는 그의 귀에 연청아와 마원조가 나누는 대화가 들렸다.

"생각보다 배짱도 있고 실력도 대단한 친구야."

"그러게 말이에요. 삼사 장이 넘는 거리를 그렇게 단숨에 건너다니, 정말 다시 봐야겠어요."

그 말에 온세정도 놀랐다.

'삼사 장을 가볍게 건너뛰었다……. 음, 어쩌면 강표와 비슷한 실력인지도 모르겠군. 어린 놈이 그 정도라니 정말 놀랍기만 하구나.'

그는 그냥 두고 보기로 했다.

그런 실력이라면 수적들에게 쉽게 당하지는 않을 것이고, 게다가 다른 수적들은 모두 꽁무니가 빠지게 달아나 버린 상태였다.

"하앗!"

그때 사군과 대치해 있던 두목이 기합을 넣어가며 그의 머리를 갈라왔다. 동시에 사군의 좌우에서 기회를 엿보던 두 명의 수적들도 그의 옆구리와 하체를 각각 노리고 달려들었다.

'빌어먹을! 내가 왜 갑자기 이놈들을 포로로 잡겠다는 생각했지.'

아무래도 온세정의 무위(武威)에 호승심을 자극받은 것이 분명했다.

하지만 생각만큼 두렵지는 않았는데, 싸움을 거듭할수록 상대의 허점
이 눈에 들어오기 시작했던 것이다. 사군은 청룡투(靑龍鬪)의 신법을
검법에 응용해 펼쳤다.

"섬(閃)!"

사군은 가볍게 몸을 틀어 공격을 피한 후에 정면에서 공격을 가해오
는 두목의 몸에 바싹 접근했다.

그가 시도한 것은 청룡첩(靑龍貼)이었다. 공격해 오는 상대에게 바싹
다가가 몸을 붙여 상대로 하여금 더 이상 공격할 수 없게 만드는 것으
로, 신법에 자신이 없으면 감히 실행에 옮기기에 부담이 많은 수법이
다.

"으헛!"

사군이 바싹 몸을 붙여오자 크게 놀란 두목이 황급히 뒤로 물러났지
만 사군은 그림자같이 그의 몸에 붙어 움직였다. 합공을 가해오던 수
하들은 그런 상태에서 감히 공격을 가할 수도 없어 어쩔 줄 몰라 했다.

"등(騰)!"

사군의 몸이 공중으로 뛰어올랐다.

어느새 두목의 마혈(麻穴)을 짚은 후였다. 네 명의 수하들이 놀라 허
공으로 병장기를 치켜세우며 막아보려 했지만 사군은 허공에서 한 번
더 몸을 굴러 뒤로 훌쩍 내려서며 횡소천군(橫掃千軍)의 초식을 전개했
다.

카카카캉!

요란한 금속성과 함께 수적들의 무기가 허공으로 솟구쳤다. 당황한
수적들은 황급히 갑판 위에 무릎을 꿇었다.

"살려주십시오!"

“대협!”

빠른 동작만큼이나 입에서 나오는 말과 표정도 급격히 바뀌었다.

“허어!”

“아!”

지켜보던 강표는 물론 연청아, 마원조 등 다른 보표들은 모두 눈을 크게 뜨고는 탄성을 터뜨렸다.

온세정의 눈은 더욱 가늘어졌다.

'음, 놀랍구나. 마치 비호(飛虎)를 보는 듯하니!'

힐끔 강표를 돌아보았다. 강표도 그의 눈길을 의식한 듯 온세정을 돌아보았다.

'당신은 저 아이를 이길 수 있겠소?'

온세정의 눈은 그렇게 묻고 있었다.

'힘들겠소.'

미소를 지은 강표지만 고개를 저어야 했다.

저 정도의 신위라면 자신이 없었다. 문득 청출어람(靑出於藍)이라는 말이 떠올랐다.

온세정의 시선은 다시 사군을 향했다.

어딘가 부족한 듯 보이는 어설픈 동작. 하지만 상대의 빈틈은 여지없이 파고들어 도륙을 낼 때는 마치 지상의 먹이를 채려고 달려드는 독수리의 발톱처럼 날카로웠다. 일견 평범해 보이기도 하지만 저런 동작은 결코 하루아침에 나올 수 있는 것이 아니었다.

'기이한 놈!'

온세정은 새삼 사군의 정체가 궁금해졌다.

수적들을 다그친 사군은 강표 일행 쪽으로 배를 몰아왔다. 사군은 두목의 마혈을 풀어주어 강표 일행이 있는 배 위로 올라가게 했다. 소두목은 모든 것을 포기한 듯 사군의 지시대로 순순히 건너뛰었다.

"자네, 대단하더군!"

강표가 말을 붙여왔다.

원래 그는 개별 행동을 한 사군에게 한마디 할 작정이었지만, 문득 온세정도 같은 일을 벌였는데 사군만 야단칠 수 없다는 생각에 말을 바꾼 것이다. 게다가 사군의 무공에 감탄한 면도 있었다. 뒤 이어 배로 올라온 사군은 그저 머리만 긁적이며 얼굴을 붉혔다. 스스로가 생각해도 좀 과한 행동을 했다는 생각이 들었기 때문이다.

"호호호, 동생의 무공이 그 정도인지 몰랐어. 이 누나는 정말 감탄했다구."

약간은 어색한 분위기였는데 돌연 연청아가 크게 웃음을 터뜨리며 한마디 하자 분위기는 금방 바뀌었다. 연청아는 그런 여자였다. 사군의 눈에 조물거리는 빨간 입술이 스쳐 갔다.

몸이 꿈틀거렸다. 하초가 불끈대는 것이 느껴진 사군은 얼른 난간으로 다가가 강물을 보는 체했다.

"아까는 고마웠네."

마원조도 거들며 나섰다. 사군은 감히 몸을 돌리지 못하고 고개만 돌려 미소 짓는 것으로 인사를 대신했다.

뒤에서 덤벼들던 수적을 막아준 것에 대한 고마움의 표현이었다. 사람들은 그 말만 듣고도 사군이 마원조의 목숨을 구해준 사실을 알았다.

온세정은 자신이 포로로 한 원숭갑의 취조에 들어갔다.

"우리 배에 무엇이 있다고 들었느냐?"

원숭갑은 선뜻 대답하지 못했다.

자신의 말이 가져올 결과는 너무 중대했다. 함부로 입을 열었다가 후에 닥쳐올 상황이 더 두려웠기 때문이다.

온세정은 목소리를 낮추어 다시 물었다.

"우리 배에 무엇이 있기에 너희들이 떼를 지어 덤벼들었는지를 묻고 있는 것이다. 마지막 질문이다."

'헉!'

원숭갑은 부르르 몸을 떨었다. 짧았지만 진한 살기를 가득 머금은 말이었다. 대답이 없으면 한순간에 목이 잘릴 것이다. 듣기로 온세정은 원래 그렇게 소문이 난 놈이다. 귀찮게 구는 것을 지독히도 싫어하는…….

원숭갑의 머리는 무척이나 바쁘게 돌아가고 있었다.

'제길!'

나직한 말투였건만 분근착골(分筋錯骨) 같은 지독한 고통을 주는 고문보다도 오히려 이런 분위기가 그를 더 두렵게 했다. 온세정의 눈이 한층 가늘어졌다.

"미, 민상 영파(寧波) 지역 행두(行頭)라는 자에게 들었습니다. 그 사람이 말하기를……."

원숭갑은 어렵게 입을 열고 있었다.

민상(閩商)이란 복건상방(福建商幇) 사람들을 말한다. 천주(泉州)와 장주(漳州) 일대를 근거로 활동하는 상방으로 상계(商界)에서는 강도들과 상인들이 뭉친 반도반상(半盜半商)의 조직이다.

그런 특징은 상방의 주요 인사들의 면면에서도 드러나는데 파락호, 흉악범, 낙방 서생, 파면 관리로부터 대지주나 지역 명사(名士)를 망라한다. 그들은 밀무역(密貿易)은 물론 해상 강도 짓도 서슴지 않았는데,

필요에 따라 왜구들을 동원하기도 한다.

'민상같은 큰 상방이 하찮은 당포의 이익금을 탐내 대규모 수적들을 동원했을 리는 없고……'

온세정은 내심 한숨을 내쉬었다.

일이 순탄하지 않을 것 같다는 예감이 점점 현실이 되어 다가오고 있었다. 민상들이 노린다면 이번 표물에 관한 정보가 상당히 새 나갔을 가능성이 높았다. 그가 원숭갑을 직접 취조하는 이유는 이들이 어떻게 그걸 알았냐는 것과 자신이 입수한 정보대로 강표가 물건을 가지고 있는지 간접적으로확인하려는 것이다.

"계속해라!"

가늘었던 온세정의 눈이 처음 상태로 돌아갔다.

그때였다.

"이놈, 어디라고 헛소리를 내뱉는 게냐!"

돌연 강표의 검이 번뜩였다.

어느새 원숭갑의 곁에 바싹 다가와 취조 과정을 지켜보고 있던 그였다. 말을 그렇게 했지만 원숭갑의 입에서는 아직 별다른 말도 없었지 않는가. 누가 보기에도 의심을 살 만한 행동이었다.

"끄윽!"

원숭갑은 목을 아래로 꺾었다. 목 주위에 난 가는 혈선이 옆에서도 보였다. 소리장도 강표, 그의 순간적인 암습이라면 그의 검을 피할 수 있는 자는 많지 않았다.

"무슨 짓!"

온세정은 벌떡 일어났다. 어느 틈에 그의 손은 검의 손잡이에 가 있었다.

"엉뚱한 소리로 심기를 어지럽히는 놈일 뿐이오."

강표는 짧은 한마디와 함께 비릿한 미소의 지으며 돌아서서 가버렸다.

'저놈이……!'

온세정은 불끈했다.

하지만 내심 자신이 가지고 있는 정보가 확실하다는 반증도 있었다. 지켜보고 있던 다른 보표들 모두 표정이 굳었다. 그들의 생각에도 이번 표행에는 알지 못하는 뭔가가 있었다. 수적들이 떼를 지어 달려들고, 약탈을 일삼는 민상까지 개입되었다고 했다.

과연 강표는 무엇을 운반하고 있는가.

보표들은 문득 온세정까지 초빙되어 있음을 기억했다.

그는 비싼 보표다. 절강에서 그를 고용하려면 최고의 대가를 치러야 한다. 단순한 당포의 이익금을 운송하면서 온세정을 고용한다는 것은 자칫 배보다 배꼽이 크다는 말이 나옴 직한 멍청한 일이다. 게다가 추운검과 흑사랑을 초빙하는 비용도 만만치 않았을 터였다. 고검이라는 청년 또한 대단한 무위를 보이지 않았던가. 드러내고 말은 하지 않았지만 모두의 표정에 희미한 어둠이 스쳐 갔다. 닥쳐올 위험에 대한 동물적인 직감이었다.

"악!"

또 하나의 비명이 이어졌다.

어느 틈에 강표는 사군이 잡아온 소두목마저 죽여 버렸던 것이다. 기분이 나빠진 온세정은 더 이상 참지 못했다. 무시당한다는 생각도 있었고 강표를 확실하게 추궁해서 정보의 진위를 재확인하고 싶기도 했다.

“강 대협, 살인멸구(殺人滅口)를 하는 이유를 밝히시오.”

“이번 호송대의 대장은 나요. 온 대협은 당포에 고용된 보표일 뿐이니 안전하게 물건만 호송하면 책무를 다하는 것이오. 그것이 계약 조건이 아니었소?”

묘한 웃음기를 띤 강표는 그렇게 말하고는 몸을 홱 돌려 가버렸다.

“으음!”

온세정은 나지막한 신음성을 냈다.

그랬다. 자신은 고용된 보표일 뿐으로 강표의 지시를 받는 것이 계약 조건이었다.

‘틀림없군!’

확신이 섰다.

온세정은 말없이 자신의 방으로 들어가 버렸다. 언뜻 보기에도 노기가 풀풀 배어나는 걸음걸이였다.

남은 보표들은 서로 얼굴을 마주 보았다.

강표의 말이 틀린 것은 아니지만 강표가 운송하는 물건을 안다는 것은 보표들에게는 생사와 직결되는 상황이기 때문이다. 민상이 나서고 전당수괴가 패거리 전부를 모으면서까지 탐낼 물건이라면 지금 강표의 품속에 있는 것은 예사 물건이 아니다. 그렇다면 앞으로 어떤 대단한 자들이 습격을 해올지 모르는 상황이다.

모두의 얼굴에 불안한 기색이 어렸지만 먼저 입을 여는 사람은 아무도 없었다.

“동생, 우리도 안으로 들어가 쉬자고.”

항상 명랑하게 웃으며 분위기를 돋우던 연청아였지만 이 순간만은 그리 편치 않은 얼굴이었다.

'아무래도 힘들어. 과욕인가?'

침상에 자신의 양손을 베고 누운 강표의 얼굴에 그늘이 졌다.

오 분지 일도 지나지 않은 여정인데 벌써 삼 할의 전력을 잃었다. 게다가 온세정을 비롯한 남은 보표들 또한 자신을 의심하는 눈치였다.

'어디서 정보가 새 나갔는가?'

이번에 휘주총방으로 가져가는 것 중에 중요한 것은 당표의 이익금이 아니라는 것을 아는 사람은 세 사람이 전부였다. 외석 조평준, 관사 기신, 그리고 자신이었다. 강표의 머리 속이 복잡해졌다.

자신은 아니고… 누구인가. 외석 조평준, 관사 기신. 두 사람 모두 벌써 수십 년째 당포 일을 해온 사람이다. 굳이 의심을 하자면 못할 바는 아니다. 어차피 상방 전체의 입장에서 보자면 조평준은 고용인이고 기신은 지분의 이삼 할 정도를 투자한 고동 겸 관사다. 사람의 욕심은 한이 없는 것이니 관사나 외석이라 해서… 하지만 그동안의 십수 년을 동고동락해 왔기에 누구보다도 그들에 대해 잘 안다고 생각하는 강표였다.

누구도 도저히 의심할 수 없는, 그러나 누구라도 의심해야 하는 이 상황이 그를 혼란스럽게 했다.

'정말 모르겠군.'

강표는 고개를 저었다.

눈을 감고 잠을 청했지만 쉽게 잠이 오지 않았다. 온세정이든 누구든 간에 자신이 가지고 있는 물건의 실체를 아는 순간 모두 적으로 변할지도 모른다. 예의를 차리고 신의를 지키기에는 너무 엄청난 물건이다.

‘조심해야 할 놈이 또 하나 늘었군.’

그는 수적들과의 싸움에서 돌연 두각을 보인 사군을 의식하고 있었다. 어쩌면 자신이 추진하고 있는 일이 쉬울 것 같지만은 않을 것 같았다.

이미 표사들의 눈빛도 예사롭지 않게 바뀌어 있다는 것을 알고 있기에 한시도 마음을 놓지 못했다. 문득 불안감을 느낀 그는 손을 뻗어 머리맡에 놓아둔 검을 확인했다.

‘내일부터는 정말 힘든 하루하루가 될 것 같군.’

소리장도 강표.

그에게도 꿈이 있었다.

강표는 품속에 장보도를 넣어가지고 떠나온 이후 죽 겪었던 갈등에 종지부를 찍기로 했다.

‘적당한 기회가 오면…….’

견물생심(見物生心)의 의미를 알 것 같았다.

장보도의 엄청난 유혹은 강표가 감당하기에는 너무나 벅찼다.

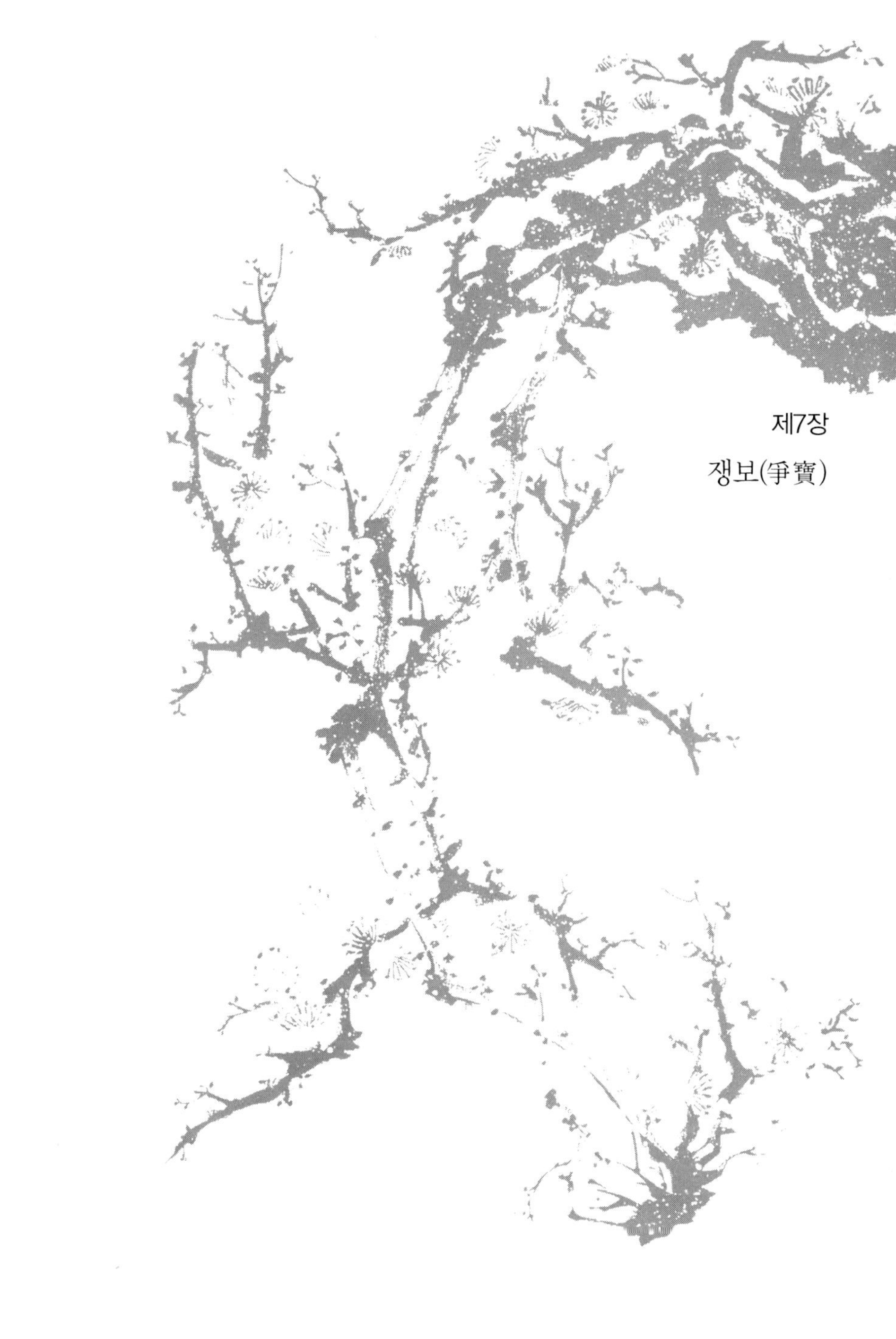

제7장

쟁보(爭寶)

산 위의 비스듬한 평지에 사인교 하나가 서 있고, 그 주위로 교꾼들로 보이는 네 명의 젊은 여자들과 한 명의 노파가 시립해 있었다. 옆면에서 일 장쯤 떨어진 곳에는 백발 노인이 고개를 반쯤 숙이고 있었다.

"놈들을 몇 명이나 죽였다고 하던가요?"

사인교 안에서 청아한 젊은 여인의 목소리가 흘러나왔다.

"포구에서 세어보니 네 명이라고 합니다."

노이니 고개를 들며 대답했다.

"흠, 온세정이 끼었다고 하더니 생각보다 대단한 놈들이로군요."

"사군이라는 애송이도 있는데 무공이 보통이 아니라고 합니다."

"사군?"

"강호초출로 보이고 스물도 채 되지 않은 애송이 놈이라고 합니다. 괴이한 신법을 쓴다는데, 얘기를 들어보니 결코 실력이 강표의 아래는 아닌 것으로 보입니다."

"의외의 변수로군요."

"그렇습니다."

"이쪽에서 사주한 것을 눈치 챌 일은 없겠지요?"

"절대 그럴 리 없습니다. 중간에 선 자도 우리 쪽 사람을 민상 상인으로 알고 있습니다. 그리고 이미 그자의 입을 영원히 막아두었습니다."

"다음 준비는 모두 끝났겠지요."

"지시하신 대로 준비했습니다."

"확실하게 해야 합니다. 명심하세요."

"구룡수호대(九龍守護隊) 칠십에 궁수 삼십이 공격을 가할 것이고, 사방 백 리 안으로 백팔지살(百八地煞)이 천라지망(天羅地網)을 펼치고 있습니다."

"최선을 다해주셔야 합니다. 대명의 국운이 걸린 일이에요."

두 사람의 대화에는 사족(蛇足)이 없었다.

사인교 앞에 부복했던 흰 수염의 노인은 몸을 일으켜 다시 한 번 고개를 숙이고는 숲 속으로 사라졌다. 사인교 속에서 면사로 반쯤 얼굴을 가린 궁장여인이 나왔다. 강바람이 지나며 가냘픈 몸매를 드러내주었다.

"바람이 찹니다."

시립해 있던 노파가 걱정스런 어조로 말했다.

"가끔은 이런 바람을 쐬고 싶었어요."

여인의 눈은 포구에 정박해 있는 강표의 배를 향하고 있었다.

사인교가 있는 곳은 절강이 한눈에 내려다보이는 부양현 학산(鶴山)
의 산정 부근이었다.

배 안에 탄 사람들 모두 말을 잃었다.

강표와 온세정 사이에는 냉기류가 흘렀다. 싸움이 있기 전까지는 보
지 못했던 현상이었다. 말수가 준 것은 두 사람뿐만이 아니었는데, 배
에 탄 사람들 모두 무거운 침묵 속에 각자의 자리만을 지키고 있었다.

배가 부양현 선착장 근처를 지났다.

늦여름을 힘겹게 이끌고 가는 한낮의 뜨거웠던 태양도 서서히 방향
을 틀어 그 열기를 누그러뜨린 미시(未時:오후 2시 전후)의 끝자락이다.

강 건너 선착장을 바라보는 온세정은 깊은 감회에 젖어 있었다.

사형제가 크고 자란 곳.

그 시절 현성(縣城) 안팎 어디도 형제들의 눈길, 발길을 피한 곳은
없었다. 큰 형님의 마지막 당부를 들은 것도 바로 저곳이었다.

"사내란 의리에 죽고 사는 것이다. 훔친 과일로 배를 채우고, 익지도 않은
밀보리를 털어먹고 자란 우리 형제들이다. 내가 가더라도 너희들은 소공자님
을 충심을 다해 보필해야 한다. 어린 시절 다리 밑에서 새우잠을 자고 남이
버린 음식을 주워 먹다가 커서는 온갖 못된 짓만 도맡아 했던 우리 형제들이
다. 그런 우리를 사람답게 만들어주신 분의 일점혈육(一點血肉)이시다."

코끝이 시큰했다.

먼저 가신 큰형님 대신 동생들을 떠맡아 오늘에 이르렀다. 그 형님의
당부에 숨겨진 깊은 사연을 알기에 지금도 그 일에 매달리는 것이다.

'언젠가는 다시 일어서리라!'

온세정은 남몰래 두 주먹을 불끈 쥐었다.

어제의 일 때문인지 배 안은 무겁게 가라앉아 있었다. 모두가 그런 분위기에 눌려 입을 닫고 있었지만 연청아만은 조금의 무게조차도 인정하지 않으려 했다.

"동생, 저기가 어딘지 알아? 바로 부양현이야."

"알고 있어요."

묘한 분위기 탓인지 사군의 목소리는 크지 않았다.

"뭐라고? 언제 저곳에 가본 적이 있어?"

"살았더랬어요."

연청아의 얼굴에 호기심이 잔뜩 어렸다. 곁에서 듣고 있던 마원조도 마찬가지였다. 비록 어제 일로 생각이 많이 바뀌기는 했지만 여전히 사군을 촌놈으로 알고 있었기 때문이다.

"성안에?"

빨간 입술이 조물거렸다.

"아니요."

사군의 말소리에 은근한 열기가 들어 있었다.

"학산 뒤에 서씨촌이 있어요. 몇 년 전에 그곳에 살았어요."

"서씨촌? 처음 들어보네. 되게 촌구석이었던 모양이네."

쿵!

온세정은 흠칫했다.

'서씨촌!'

좀처럼 침착을 잃지 않는 그였지만 서씨촌이라는 말을 듣는 순간 자신의 뒷머리를 강하게 후려치는 듯한 충격을 감당하지 못했다. 점잖게 허리춤 근처를 지키던 그의 두 손이 갈 곳을 잃고 허적허적 옆구리 근처에서 흔들렸다.

'서씨촌!'

총사가 말하는 그곳이었다.

중원천하에 서씨촌이 많기는 하겠지만 부양현에 또 다른 서씨들의 집성촌이 있다는 말은 들어본 적이 없었다. 적어도 부양현이라면 없었다. 자신이 어린 시절을 보낸 곳이었다.

"자, 자네 어머님은……."

온세정은 자신도 모르게 두 사람 사이에 끼어들었다. 하지만 무엇부터 물어야 할지 몰라 말이 헛나왔다.

"예?"

뜬금없는 질문에 사군은 무슨 소리냐는 표정을 지었다.

좀처럼 다른 보표들과 대화를 나누지 않았던 온세정이었다. 지금 그의 표정은 반쯤 혼이 나간 사람을 연상케 할 정도였다.

"아, 아닐세. 부, 부친께서는 지금 무엇을 하시는가?"

말까지 더듬는 그는 속으로 연신 마른침을 삼키고 있었다.

"안 계십니다."

사군 역시 당황했다.

왜 이러는가. 이 사람은 무엇 때문에 내 신상에 관심을 가지는가. 나도 아버지 이름을 모르고 있는데.

갑자기 싸늘하게 가슴을 스쳐 가는 한기를 느꼈다. 출신 내력에 관한 이야기인 한 사군이 즐거울 일은 없었다.

어쩌면 이 사람은 나보다 나를 더 잘 알지 모른다는 생각을 하며 사군은 다시 한 번 상대의 얼굴을 보았다. 하얗게 질리며 더욱 굳어진 표정이었다. 온세정이 말을 이었다.

“어렸을 때 돌아가셨는가?”

그의 목소리가 차츰 안정을 찾아갔다.

“얼굴도 모릅니다. 제가 태어나기 전에 돌아가셨다고 하더군요.”

쿵!

‘틀림없어!’

다시 온세정의 표정이 굳어지며 손끝이 움찔했다.

안색은 누가 보기에도 창백한 중환자의 그것이었다. 항상 사군의 주변에 붙어 있는 마원조와 연청아도 이상하다는 표정으로 그를 쳐다보았다.

온세정은 그제야 자신의 실태를 깨달았다.

“험! 안됐군!”

얼른 표정을 가다듬으며 태연을 가장해 말했지만, 그것 역시 지금 이 자리의 온세정에게 어울리는 말은 아니었다.

“저를 아세요?”

사군은 의아한 표정으로 물었다.

알 수 없었다. 연청아와 가벼운 얘기를 나누던 중 돌연 말을 걸어오는 절강의 대검객 온세정. 더구나 그것이 자신의 집안 얘기라면……

“내가 자네를 어찌 알겠는가?”

어느새 온세정은 평소의 얼굴빛을 회복했다.

사군은 떨떠름한 표정을 지으며 눈길을 돌렸다. 하지만 온세정에게는 아직 확인할 것이 몇 가지 더 남아 있었다.

“자네… 집이 어딘가?”

“도하촌에 삽니다.”

문득 기분이 나빠진 사군은 건성으로 대답했다. 온세정 같은 대검객이 물어오니 대답을 하지 않을 수는 없고.

"오래 살았는가?"

"오 년 정도 살았습니다."

온세정은 입을 닫았다.

'틀림없다!'

소주인(小主人)이었다.

갑자기 몸을 돌린 온세정은 선실로 들어갔다. 눈물이 날 것 같아 더 이상 견딜 수 없었기 때문이다. 그의 걸음걸이는 속마음만큼이나 들떠 있었다.

자신도 이토록 기쁜데 총사께서는 얼마나 더 감격해하실까. 내가 찾아냈다.

가슴이 뿌듯했다.

"그래, 이젠 그 어른도 더 이상 자책하실 필요가 없어! 허허허."

울음이 나올 줄 알았는데 웃음이 나왔다.

이렇듯 쉽게 찾다니. 수백 명이 몇 년을 찾아 헤매도 끝내 알지 못했던 소주인의 생사였다. 아직 모든 것이 확실하게 밝혀진 것은 아니었지만 그렇게 생각하는 것에는 이유가 있었다. 학산 뒤 서씨 집성촌에는 외인을 반겨하지 않았다. 자신이 듣기로 그곳에 십 년 전후로 타성(他姓) 사람이 살았던 경우는 소주인 모자를 빼놓고는 없었다.

'한 번 더 확인을 해야겠어.'

머리 속을 빠르게 스쳐 가는 온갖 생각에 흥분하고 있던 온세정은 다시 선실에서 나왔다. 이런 일에는 실수가 있어서는 안 되었다. 만일 잘못 안 것이라면 총사가 보일 그 실망을 감당할 자신이 없었다.

하지만 그는 이내 다시 발걸음을 돌렸다.

'바보!'

이름이 사군이라고 하지 않았던가.

더 이상 무엇을 확인할 것이 있단 말인가. 그러고 보니 사군이 자신을 소개할 때 먼저 안으로 들어가 버렸기에 듣지 못했고, 배에서 보표들이 그를 부르는 말을 들었을 때는 그저 건성으로 들었다.

'사군이라… 그래, 성을 뺀다면 사군이 맞지. 그곳에서도 사군으로만 불렀다고 했지.'

문득 큰일을 했다는 생각에 몸에서 기운이 풀린 그는 침상 위에 그대로 드러누웠다. 선실 창문으로 학산 정상이 한눈에 들어왔다. 그토록 찾아 헤맸던 소주인을 이곳에서 찾았다는 것은 결코 우연이 아니었다.

'학산 산신령님이 도와주신 게야.'

그렇게 믿었다.

갑판의 분위기도 썰렁했다.

"온 대협이 좀 이상하지요?"

"그렇게 보이는구려."

갑판 위의 연청아와 마원조는 서로 마주 보며 그렇게 속삭였다.

"제게 왜 그런 걸 물었는지 모르겠어요."

사군도 고개를 갸웃하며 끼어들었다.

"알려고 하지 마. 다쳐."

"예?"

"호호호, 쓸데없는 일에 신경을 쓰지 말라는 얘기야, 고검 소협."

연청아는 사군만 보면 뭐가 그리 즐거운지 연신 웃음을 날렸다.

빨간 입술. 웃을 때마다 젖가슴이 덜렁거리는 것을 자신은 알까? 사군은 가슴이 설레었다. 뜨거운 기운이 하체로 몰리는 것도 느꼈다. 그는 애써 자제하려고 노력했다.

또 고검 소협이랬다.

연청아는 기회가 있을 때마다 그렇게 부르는 것으로 사군을 놀리는 것을 취미로 삼았다.

이제는 익숙해질 때도 되었건만 사군은 끝내 얼굴을 붉혔다. 고개를 돌려 버리려다가 연청아의 젖가슴에 눈길이 스친 까닭이었다.

이상했다. 유하와 여러 밤을 함께한 후로부터 생긴 병인지도 몰랐다. 최근 들어 여자만 보면 이상한 생각이 드니, 색마도 아니고 이건 또 무슨 경우란 말인가.

고개를 돌리기는 했지만 여전히 풍만한 연청아의 젖가슴이 머리 속을 떠나지 않고 그를 어지럽게 했다.

동그란 얼굴에 뛰어난 미인은 아니지만 항상 웃음을 잃지 않는 그 얼굴. 여름날의 석류처럼 새빨간 입술을 가진 여자였다.

'이런!'

문득 옷을 벗은 연청아의 몸매가 연상되자 그는 황급히 고개를 저었다.

"동생, 무슨 생각해?"

'어이쿠!'

사군은 행여 자신의 생각이 들키기라도 한 듯 또다시 얼굴을 붉혔다.

'한상 나이시.'

그런 사군을 본 마원조는 빙그레 쓴웃음을 지었다.

자신에게도 그런 때가 있었다. 젊은 여자만 보면 뜨거운 피가 끓어오르던 그런 시절이.

이런 상황을 피하려는 듯 고개를 강으로 돌린 사군의 눈에 헤엄을 치며 뭍으로 가는 한 사내가 들어왔다. 교피(鮫皮:상어 가죽)로 된 옷을 입었고 입에는 분수자(分水刺)를 문 사내였다. 배와는 상당한 거리를 두고 헤엄치고 있었기에 그 사내에게 신경을 쓰는 사람은 아무도 없었다.

그때였다.

"배가 이상합니다."

선장이 강표에게 달려와 보고했다.

"무슨 일인가?"

이상하다는 말에 강표의 미소가 걷혔다.

"속도가 많이 떨어졌습니다. 아무래도 물이 새지 않나 하는 생각이 듭니다. 배 밑바닥을 살펴봐야 하겠습니다."

온세정도 선실문을 박차고 나왔다.

"선장, 배에 물이 들어온다! 무슨 일이냐?"

선장은 급히 선창으로 내려갔고, 사공들을 비롯해 배에 탄 사람들 모두 술렁거렸다.

"누군가 밑창에 구멍을 냈습니다!"

"빨리 배를 뭍으로 대라!"

강표는 밑창에서 지르는 선장의 고함 소리를 듣자마자 사공들을 재촉했다. 뛰쳐나온 선장이 급히 키를 돌렸고 사공들 모두 노에 매달렸다.

'그럼!'

그제야 사군은 분수자를 물고 헤엄을 치던 사내를 떠올렸다.

"싸움 준비를 해라. 아무래도 놈들이 기다리고 있을 것이라는 생각이 드는구나."

온세정이 강변 쪽을 바라보며 나직이 한마디 했다. 모두의 눈이 강변을 주시했지만 아직 아무런 움직임도 보이지 않고 있었다.

사군은 공력을 끌어올려 천안통(天眼通)을 열었다. 보였다. 백여 명도 넘는 인원이 갈대숲 속에 숨어 있었다. 삐죽삐죽 나와 있는 병장기도 보였는데 개중에는 활도 눈에 띄었다.

"백 명도 넘어요!"

사군이 소리쳤다.

"뭣이?"

강표가 놀라 사군을 돌아보았다.

그도 주시하고 있었지만 아무것도 발견하지 못했기 때문이다. 온세정을 비롯한 다른 사람들도 마찬가지였다. 그들은 사군을 이상한 눈으로 쳐다보았다.

"동생, 정말이야? 적이 보여?"

연청아가 눈을 크게 뜨고 물었다.

"예, 활도 상당수 보여요. 갈대숲 뒤에 숨어 우리가 가까이 오기만을 기다리고 있어요."

그 말에 모두의 얼굴이 파랗게 질렸다.

어제 사군의 놀라운 무위를 견식했기 때문에 지금 그의 말은 신뢰를 가질 정도의 무게를 갖고 있었다.

"맞소이다. 장 소협의 말대로 적들이 숨어 있소."

온세정도 이내 매복을 발견했다.

그는 사군의 말에 반신반의하고 있었는데 자신이 직접 확인을 하고 나서는 그의 무공이 생각했던 것보다 더 높다는 것을 인정하지 않을 수 없었다.

'대단하신 분. 그동안 큰 성취를 이루신 것이 틀림없어.'

그런 생각을 하니 한결 더 뿌듯한 마음이 들었다.

강표가 그의 얼굴을 쳐다보았다. 그 일이 있은 후 서로 말도 나누지 않는 사이가 되었지만 위기를 앞둔 순간이니 다시 힘을 합쳐야 하는 것이다.

"이쪽에서 먼저 화살을 쏘는 것이 어떻겠소? 궁수들을 몇 명이라도 먼저 죽일 수만 있다면 한결 수월할 것 같소."

온세정은 침착한 어조로 말했다.

어차피 반대 편으로 배를 돌리기도 틀린 일이라 물고기 밥이 되지 않으려면 상륙을 감행하는 도리밖에 없었다. 보표 하나가 두 개의 활과 화살 몇십 발을 가져오자 온세정이 먼저 시위를 먹여 날렸다.

쐐액!

"으악!"

비명 소리와 함께 갈대숲이 크게 흔들리는 것이 보였다.

멀리 떨어지기는 했지만 비명 소리를 듣지 못한 사람들은 없었다. 남은 한 개의 활을 받아 든 강표도 화살을 날렸다.

"크윽!"

또 한 명이 거꾸러졌다.

화살이 많지는 않지만 이런 식으로 활을 쏘며 간다면 적어도 십수 명은 충분히 거꾸러뜨릴 수 있을 것 같았다. 다들 긴장하고 있었지만 쓰러지는 매복자들을 보고는 적잖이 사기가 올랐다. 사공들의 노력으로 배는 물에 잠겨가면서도 힘겹게 강변으로 향했다.

"와아!"

별안간 갈대숲이 크게 흔들리더니 숨어 있던 적들이 앞으로 달려나왔다. 배에서 화살을 날리자 매복이 들킨 것을 알고는 맞대응을 위해 간격을 좁히려는 것으로 보였다. 이쪽에서는 공력을 실어 날리기에 갈대숲까지 화살을 날려 보낼 수 있었지만, 내력이 달리는 상대는 그럴 수 없었던 까닭이다.

모두 삼십여 명 정도였는데, 그들은 엄폐물도 없는 강변에 서서 일렬로 도열하더니 배를 향해 활을 날렸다. 무수한 화살들이 배를 향해 날아왔다.

"커억!"

"큭!"

이편에서 날리는 화살에 시위를 먹이던 궁수 둘이 또 쓰러지자 대열이 흐트러지려는 기미를 보였다.

"물러서지 마라!"

궁수들의 통솔자로 보이는 흑의인이 검을 휘두르며 그들을 연신 독려했다. 그 말에 궁수들은 다시 대오를 정비해 조금도 물러서지 않고 화살을 날렸다. 궁수들에게는 선택의 여지도 없었다. 만일 뒤로 물러선다면 같은 편의 칼에 맞아 죽는 상황이었다. 화살이 날아오자 보표들은 모두 난간 뒤로 몸을 숨기고 간간이 검을 휘둘러 노꾼들에게 날아오는 화살을 막아주었다.

"고맙군."

그것을 본 강표가 싱글거리며 말했다.

미소를 빼고는 상상도 할 수 없는 그의 얼굴이었다. 궁수들이 배를 향해 화살을 날린 것은 실수라 할 수 있었다. 사실 두 사람은 화살이 거의 떨어져 가고 있었는데, 그들이 날린 화살을 다시 주워 쓸 수 있었기 때문이다.

사군은 몸을 숨기고 있다가 화살이 갑판에 꽂히면 그걸 주워 두 사람에게 갖다 주었다.

거리가 가까워질수록 사람이 화살을 날리는 속도는 더욱 빨라졌고 그럴 때마다 영락없이 두 명의 궁수들이 거꾸러졌다. 이제 궁수들은 칠팔 명도 채 남지 않았다.

배가 가까워지자 궁수들이 뒤로 빠지며 갈대숲에서 도검을 든 무리들이 달려나왔다. 좋은 위치를 선점해 상대가 상륙할 때 일격을 가하려는 것이다.

이제 배와 강변 간의 거리는 오륙 장 남짓할 정도가 되었다.

"하앗!"

검을 뽑아 든 온세정이 기합성과 함께 몸을 날렸고, 잠시 후 그 뒤를 강표와 사군이 따랐다. 마원조나 연청아 등은 배가 강바닥에 닿기까지 기다렸다가 배 밑바닥에서 쿵 소리가 나며 더 이상 나가지 않자 모두 물로 뛰어들어 뭍을 향해 달려나갔다.

"으악!"

"커억!"

곳곳에서 비명이 이어졌고, 사공들은 싸움판을 피해 멀리 다른 곳으로 헤엄을 쳐 달아났다. 수심이 얕은 강물 속에서 온세정은 이십여 명이 넘는 적들에게 둘러싸여 혼신의 힘을 다해 싸우고 있었다. 다행히 강표와 사군이 잇따라 도착해 싸움판에 뛰어들었고, 잠시 후에 연청아와 마원조, 그리고 보표 둘이 합세했다.

도검을 든 자들은 모두 칠십여 명에 이르렀는데, 하나같이 무공이 상당해 어제의 백일귀들과는 확연하게 구별될 정도였다. 그들은 모두 소매 끝에 금색 수실로 여러 마리의 용(龍)을 수놓은 청의를 입고 있었다. 그들 중 몇 사람은 왼편 가슴에도 황룡이 수놓아져 있었다.

사군도 십여 명이 넘는 적들에게 둘러싸였다.

하지만 이미 몇 차례 실전을 겪은 그의 모습은 여느 고수들처럼 당당하기만 했다.

사군은 바람을 탔다.

스스스슥!

유가무상보(瑜珈無上步).

사군의 몸은 나뭇가지를 비켜가는 바람처럼 검광 사이를 이리저리 빠져나가 오히려 상대의 허점을 노렸다. 하지만 아직 경험이 부족했기에 허점을 뻔히 보면서도 신법을 전개하는 것과 동시에 공격을 한다는 것은 쉽지 않았다.

팟!

사군의 검이 전면에서 찔러온 상대의 허점을 노렸지만 청의인 역시 상당한 고련(苦練)을 거친 자들인지 어렵지 않게 그의 반격을 피했다. 하지만 그것으로 충분했다. 어린 것을 보고 쉽게 생각했다가 네 명의 합공에도 끄떡 않고 오히려 반격해 오는 그를 본 청의인들은 순간적으로 움찔했다.

그 잠깐의 틈을 놓치지 않았다.

사군의 손에서 밀종의 절학 삼밀기지검법이 펼쳐졌다.

명왕개밀(明王開密)!

"크악!"

번쩍이는 검광과 함께 청의인 하나가 가슴에서 피를 뿜었다.

"이놈!"

동료의 죽음을 목격한 청의인들은 눈에 불을 켰다. 그들은 거칠고 흉포한 동작으로 사군을 향해 맹공을 퍼부었다. 사군의 무위에 각자 최선을 절기를 떨쳐 내는 것으로 보였다.

파앗!

왼편에서 파공음이 들렸다.

'우웃!'

순간적으로 검기를 느끼고 몸을 틀었건만 상대의 검이 사군의 왼편 어깨를 스쳐 갔다. 적을 하나 죽였다는 생각에 잠깐 방심했던 것이다. 옷깃만 스친 것은 사군의 행운이었다.

다른 곳에서의 싸움도 강표 일행에게 좋은 쪽으로 돌아가지 않았다.

"으악!"

길을 뚫던 보표 하나가 나뒹굴었다.

대여섯의 상대에게 둘러싸여 잠깐이나마 분전을 했지만 더 이상 견디지 못한 것이다. 뒤 이어 또 다른 보표가 목숨을 잃었다. 온세정과 강표도 청의인들 몇을 죽이기는 했지만 불과 칠팔 명에 불과한 숫자였기에 타격을 주었다고 할 수도 없었다. 연청아와 마원조도 살얼음판을 걷는 듯한 위태한 상황이었다.

돌연 사군의 귀에 강표의 전음이 흘러들었다.

"사 소협, 내가 신호를 하면 저쪽 숲 속으로 퇴각하시오."

사군이 유가무상보를 펼쳐 몸을 빼며 슬쩍 보니 야트막한 산등성이가 눈에 띄었다. 평지에서의 싸움이라 불리한 점이 많다는 생각에 장소를 옮기려는 것 같았다. 그런데 돌연 또 하나의 전음이 사군의 귀를 울렸다.

"사 소협, 만약 오늘 서로 간에 무슨 일이 생기면 감호에 있는 쾌각의 서씨 노인을 찾아 오 년 전 사가촌에서 살다가 온 사람이라고 전하시오. 절대 나쁜 일은 아니니 잊지 말고 찾아가시오. 부탁이오."

낙화검객 온세정이었다.

'사 소협?'

사군은 영문을 몰랐다.

비록 전음이었지만 지금 온세정의 말투는 너무도 정중했다. 냉정하기 그지없는 온세정의 입에서 그런 말을 들어온 것은 처음이었다. 대답을 해주고 싶었지만 단 한 번도 전음을 사용해 본 적이 없기에 방법을 배워두었어도 어찌할 바를 몰랐다.

팟!

또다시 날카로운 검기가 귓전을 스쳤다. 잠깐 다른 생각을 한 것이 빌미를 준 것이다.

그때였다.

"지금이다!"

강표의 목소리가 들렸다.

펑! 펑! 펑! 펑! 펑!

잇따라 다섯 개의 연막탄이 터지며 청의인들로 꽉 찬 강변에 잠깐이나마 흐릿한 연기를 피워 올렸다. 앞을 가려주거나 상대의 이목을 닫을 수 있을 정도로 충분한 것은 아니지만, 모두들 이번이 마지막 기회라는 것을 알고 있었다.

"하앗!"

기합성과 함께 삼밀가지검법을 떨쳐 내 상대의 이목을 빼앗은 사군은 산등성이를 향해 신형을 날렸다. 모두들 분분히 산등성이를 향해 몸을 날렸다.

"잡아랏!"

"막아라!"

청의인들은 분분히 검을 휘둘러 막아섰다.

하지만 곳곳에 연막탄이 터져 적잖이 당황한 데다 저마다 최선을 다해 몸을 뺐기에 막아서기에는 역부족이었다. 하지만 모두가 몸을 빼지는 못했다. 광휘당포의 일반 보표들은 모두 죽음을 맞이했다.

모두 비슷한 시기에 몸을 뺐지만 송림이 있는 언덕에 가장 먼저 도착한 것은 사군이었다.

쐐액!

돌연 솔잎이 무성한 소나무 가지 위에서 두 줄기 검광이 허공을 가르며 그를 찍어왔다.

"으헛!"

사군은 크게 놀랐다.

설마 송림에도 매복이 있을 것을 예상하지 못한 그는 방심하고 다른 사람들이 도착하기를 기다리려 하다가 황망히 몸을 굴렸다.

뇌려타곤(懶驢打滾).

파파파팟!

암습자들의 검이 지면을 찢으며 흙먼지와 돌조각이 튀어 올랐다. 흑의인 둘이었다. 그들은 말없이 사군을 노리고 쌍검합격(雙劍合擊)을 전개해 몰아쳤다. 사군이 미처 몸을 일으키기도 전이다.

“크악!”

돌연 암습자 하나가 튕기듯 나가떨어졌다.

온세정이었다. 하지만 그도 나머지 한 명은 어쩌지 못했다.

“아!”

온세정은 눈을 부릅떴다.

겨우 찾아낸 소주인. 그런데 이렇듯 허망하게 보내다니… 흑의인의 검은 사군의 가슴을 여지없이 갈라갔다. 상대의 공격을 피하려다 반쯤 누워 검을 든 손으로 몸의 중심을 잡고 있는 사군으로서는 조금도 방어할 수 없는 상황이었다.

순간,

슈욱!

사군의 왼손이 풍선처럼 부풀어 오르는가 싶더니 붉은 덩어리를 이루며 쏟아져 나가 흑의인의 가슴을 격중시켰다.

청룡대수인(靑龍大手印).

펑!

“커억!”

흑의인은 외마디 비명과 함께 허공에서 이삼 장가량 뒤로 튀어 나갔다. 저만치 널브러진 흑의인의 가슴은 뻥 뚫리다시피 해 시커먼 화염 자국을 남기고 있었다. 사군은 청룡대수인의 위력에 내심 크게 놀랐다.

하지만 정작 더 놀란 사람은 따로 있었다.

“헛!”

온세정은 경악을 금치 못했다.

'저런 수법이 있었는가!'

적어도 강호에 나도는 웬만한 극강의 무공은 모두 꿰고 있다고 자부하는 그였다. 하지만 방금 사군이 펼친 수법은 단 한 번도 듣도 보도 못한 수법이었다. 어느새 사군의 손은 평소의 상태로 돌아와 있었다.

그때였다.

"계속 달아나야 합니다."

뒤를 이어 강표가 경공을 전개해 달려오며 말했다.

연청아와 마군조 등도 달려오고 있었는데, 그들의 뒤에는 수십 명의 청의인들이 바싹 따라붙고 있었다.

쐐액! 쐐액!

돌연 강표가 앞서 달려오는 두 사람을 향해 비도를 뿌렸다.

"아니!"

"앗!"

두 사람은 깜짝 놀라 비명을 지르며 멈칫거렸지만 비도는 그들을 향한 것이 아니라 뒤를 따라붙은 두 명의 청의인들을 향한 것이었다.

창! 창!

가슴에 금룡이 수놓아진 경장을 걸친 청의인들 또한 만만치 않았다. 날카로운 금속성과 함께 강표의 비도는 그들의 검에 의해 가볍게 튕겨져 나갔다. 하지만 그 한 수로 청의인들은 멈칫거리지 않을 수 없었다.

"갑시다!"

강표는 두 사람이 미처 장내에 도착하기도 전에 송림 뒤로 길게 이어진 가파른 산록을 따라 신형을 날렸다. 사군과 온세정도 황급히 그의 뒤를 따랐고 그 뒤로 연청아와 마원조가 바싹 붙었다.

다섯 사람은 각자 배운 최상의 경공을 전개해 정신없이 달렸다.

사군은 연청아와 마원조를 생각해 속도를 조절했고, 그의 바로 곁에는 사군을 보호하려는 온세정이 속도에 맞추어가며 따랐다. 그러다 보니 강표가 앞장서고 그 십여 장 뒤로 다른 사람이 달리는 형국이 되었다. 계속 달리니 흑의인들과의 거리는 갈수록 멀어져 갔다.

"휴우, 이제 좀 쉬어갑시다."

한동안 경공을 전개해 달리다가 뒤따르는 적이 보이지 않자 강표가 커다란 바위 곁에서 신형을 멈추며 말했다. 그런데 미처 그의 말이 끝나기도 전이었다.

쐐액! 쐐액!

"으헛!"

돌연 날카로운 파공음이 들렸고 강표의 몸이 옆 숲 가장자리로 굴렀다.

카캉! 캉!

강표가 있던 자리로 두 개의 비표(飛鏢)가 날아오더니 바위와 부딪치며 불꽃을 튀겼다.

"크윽!"

갑자기 강표는 어깨를 감싸 쥐며 다시 바위 쪽으로 신형을 날렸다. 비표를 피하기는 했지만 숲 속에서 날아온 섬뜩한 검날을 비켜가지는 못했다. 비표는 강표를 유인하기 위한 공격일 뿐이었다. 숲에서 뛰쳐나온 네 명의 흑의인들이 강표를 집요하게 노렸다. 사군 일행이 현장에 도착한 것은 바로 그때였다. 온세정과 사군은 거의 동시에 흑의인들을 공격했다. 하지만 그들은 생명을 도외시한 듯 강표에 대한 공격을 멈추지 않았다.

"억!"

비명 소리와 함께 강표가 휘청 하더니 몸을 숙였다. 흑의인의 검 중

하나가 그의 옆구리를 훑은 것이다. 고수답게 강표는 몸을 수그리면서도 공격을 해온 흑의인의 목에 일검을 떨쳐 냈다.

"으악!"

"커억!"

"큭!"

세 개의 비명 소리가 연이어 터져 나왔다. 강표는 물론 온세정과 사군이 각각 한 명씩을 주살한 것이다.

펑!

갑자기 요란한 소리와 함께 붉은 불꽃이 꼬리를 길게 뽑으며 하늘을 수놓았다.

전권(戰圈)에서 물러선 흑의인 하나가 기습에 실패한 것을 알고 재빨리 화전(火箭)을 발사해 이들의 위치를 알린 것이다. 온세정이 추격하려고 했지만 흑의인은 이내 숲 속으로 종적을 감추었다.

"큰일이오. 아무래도 이 일대에 천라지망이 깔려 있는 듯한 느낌이드오."

강표는 포위를 뚫고 나오며 상처 입은 팔을 어루만지며 말했다. 흑의인들이 그를 집중적으로 노렸기에 몸 이곳저곳에 상처가 적지 않았다. 날카롭게 베인 옷자락 근처에 상당량의 피가 얼룩져 있는 것으로 보아 그리 가벼운 상처는 아닌 것으로 보였다. 사람들은 고개를 돌려 또 다른 부상자가 없는가를 살폈다. 그리고 보니 연청아는 엉덩이 부위 아래에 핏자국이 나 있었다. 창피스러운지 사람들로부터 몸을 반쯤 돌리고 있었는데, 상처 부위가 특별하다 보니 모두들 모른 체했다. 마원조도 어깨에 가벼운 부상을 당한 것으로 보였다.

'쳇!'

누구도 말하는 사람은 없었지만 연청아는 내심 혀를 찼다. 자신도 모르게 얼굴이 새빨개지고 있었다. 이리로 오다가 엉덩이를 찔리기는 했지만 심각한 상처는 아니었다. 뜨끔거리기는 했지만 내놓고 금창약을 약을 바를 수도 없는 부위라 제대로 치료를 못해 은근히 신경이 쓰이기는 했다.

"어서 이곳을 벗어나도록 합시다."

강표의 상처를 지혈해 주고 대충 싸매는 것을 마친 온세정이 강표를 부축하며 말했다.

"끄응!"

온세정이 걸음을 떼자 강표가 가벼운 신음성을 내며 이끌려 갔다. 상처가 터질까 내력도 함부로 끌어올릴 수 없으니 이제부터는 속도가 뚝 떨어질 수밖에 없었다.

"어디로 가지요?"

뒤뚱거리며 그들의 뒤를 따르던 연청아가 물었다.

하지만 누구도 대답해 주는 사람은 없었다. 방향을 제시해야 할 강표가 갑자기 기절했기 때문이었다.

'제기랄!'

온세정은 기절한 강표를 차마 버려두고 갈 수 없어 어깨에 둘러메며 내심 투덜거렸다. 무턱대로 앞으로 나가며 길을 뚫는 수밖에 없었다.

다른 사람에게 맡기고 싶은 심정이었지만 마원조와 연청아는 부상을 입었고 사군은…….

온세정의 얼굴에 이내 땀방울이 흘렀다.

힘든 싸움으로 진력을 소모한 데다 비탈이 심한 산길을 시체나 다름없는 강표를 떠메고 가자니 여간 고역스럽지가 않았던 까닭이다

강가에서 멀지 낳은 산기슭에 사인교가 서 있고 그 옆에 노파 한 명과 노인, 그리고 사인교의 사방을 네 명의 시비들이 지키고 있었다.

"놈들은 황산(黃山) 방향으로 달아나고 있습니다. 해서 천라지망의 축을 그리로 옮기고 있는 중입니다."

노인이 사인교를 향해 공손한 어조로 말했다.

"우리 측의 피해는 어떤가요?"

사인교 안에서 들려오는 목소리는 맑고 낭랑한 젊은 여자의 것이었다.

"궁수들은 다섯이 남았고, 구룡수호대 열여섯이 죽었고, 백팔지살 중 다섯이 당했습니다. 놈들도 현재 강표, 온세정, 사군, 마원조, 그리고 연청아만 남았습니다. 강표에게는 심각한 부상을, 그리고 연청아와 마원조에게도 가벼운 부상을 입혔다고 합니다."

"우리 측의 피해가 늘어날 거예요. 대원들의 사기진작에 각별히 신경을 써주세요. 넓게 펼친 천라지망이라 어쩔 수 없어요. 그런데 강표가 심각한 부상이라면 그자들의 속도가 많이 떨어지겠군요. 우리로서는 다행이라 할 수 있어요."

"그런데 죽은 지살의 시체 하나에서 괴이한 상처가 발견되었습니다."

"그게 무슨 소리지요?"

"가슴에 구멍이 뻥 뚫린 듯한 타격을 입었고 상처 주위에는 불로 태운 듯한 시커먼 잔해가 남아 있었다고 합니다."

"열화장(熱火掌)?"

사인교 안에서 뾰족한 경악성이 터져 나왔다.

"하지만 구멍이 마치 불에 달군 쇠몽둥이로 뚫린 듯한 구멍이었습니다. 불행히도 그가 당하는 장면을 목격한 제자들은 없다고 합니다."

열화장이라면 통구이로 만들 수는 있어도 가슴이 불기둥에 뚫린 듯한 상흔은 남지 않는다.

"당금 중원에 그런 위력을 보이는 장력이 있다는 말은 들어본 적이 없군요. 오래전에 실전된 서장(西藏) 밀종(密宗)의 대수인(大手印)이라면 모를까."

노인은 대답하지 못했다.

"혹시 대수인이 다시 출현한 것은 아닌지 철저히 조사해 보아야겠군요. 일단 시체를 분타로 옮겨두도록 하세요. 제가 한번 봐야겠어요."

"알겠습니다."

백발노인이 떠난 자리에 사인교와 그것을 메는 네 명의 시비들과 노파만 남았다.

"천장파파(穿掌婆婆), 아무래도 파파께서도 천라지망의 한 축을 맡아주셔야 할 것 같군요. 상대가 너무 세요."

"말씀을 거두어주십시오. 소신은 아가씨의 안위를 돌볼 책임이 있습니다. 절대 수락할 수 없는 명령이십니다."

"확인해 보면 알겠지만 지금으로서는 대수인 말고는 달리 생각나는 무공이 없어요. 온세정도 감당하기가 쉽지 않은데 서장의 무공까지 나타난 것을 보면 사군이라는 자의 내력이 한층 의심스러워요. 일 년이 넘게 추진한 일을 겨우 기회를 잡아 추진하는 중이에요. 사소한 잘못으로 모든 일이 한순간에 물거품이 될 수도 있음을 알아야 해요."

"아가씨의 안위를 돌보는 것은 제게 무엇보다도 소중한 일입니다."

천장파파는 요지부동이었다.

“알았어요. 어쩔 수 없군요. 애들아, 황산 방향으로 가마를 틀어라!”

“아가씨!”

“더 이상 입을 열지 마세요. 설마 그 말마저 듣지 않겠다는 것은 아니겠지요?”

“하지만…….”

“명령이에요!”

네 명의 경장소녀들이 달려들어 조심스레 가마를 멨다.

펑!

또 화전이 솟아올랐다.

한밤중에 붉은 불꽃으로 된 긴 꼬리를 늘어뜨리고 별들이 찬란한 하늘로 숏구쳐 가는 화전의 모습은 아름답기까지 했다. 강표 일행이 가는 방향의 백여 장 앞쪽이었다. 오늘 하루만도 벌써 몇 차례이나 목격하는 것으로, 아무리 방향을 바꾸어도 놈들은 귀신같이 알아내 앞서서 화전을 터뜨리곤 했다. 천라지망에 갇힌 것이 틀림없었다.

“제길, 어딜 가도 놈들의 손바닥 안이로군.”

두 손을 베개 삼고 땅바닥에 누워 있던 마원조가 투덜거렸다.

“그러게 말이에요. 불안해서 편히 잠도 잘 수 없으니…….”

노송의 그루디기에 비스듬히 등을 기댄 연청아도 피곤이 산뜩 묻어나는 목소리로 거들었다. 엉덩이의 상처 때문에 그렇게 앉을 수밖에 없었지만 그녀의 자세는 누가 보기에도 웃음이 나올 정도로 기묘했다. 평소라면 한마디 농담이라도 나올 법한 상황이었지만, 어깨를 내리누르는 무거운 중압감에 사람들은 그저 침묵만 지켰다.

온세정과 사군도 마찬가지였다.

두 사람의 이목은 온통 주변의 움직임에 집중되어 있어 그들의 불평에 신경쓸 겨를도 없었고, 겨우 정신을 차렸지만 바닥에 누워 있는 강표는 입을 열 입장이 아니었다. 비록 지혈을 해두었지만 날씨도 덥고 무리한 탓에 강표의 상처에서는 연신 진물과 핏물이 섞여 흐르곤 했다. 그는 이미 상당히 기력을 잃고 있어 보표들을 이끌고 목적지에 무사히 도착할 수 있을지조차도 의심스러워 보였다.

"놈들은 우리가 지치기를 기다리고 있소. 모르기는 해도 날마다 잠을 잘 수 없도록 기습을 가해올 것이오."

온세정이 뒤를 둘러보며 말했다.

"그렇게 생각하는 특별한 이유가 있나요?"

연청아가 의아한 듯 물었다.

"병력이 충분치 않거나 큰 희생을 염려한 때문이겠지. 다시 말하자면 전체가 공격하면 우리를 쓰러뜨릴 수는 있겠지만 그랬다가 다시 놓치면 천라지망이 무너진 꼴이니 영원히 놓쳐 버릴 도박을 할 수 없다는 말이지. 내가 아니라 강 대협을 공격한 것과 같은 맥락으로 우리 걸음을 최대한 느리게 해서 철저히 포위망만을 구축하고 있다가 우리가 지쳤을 무렵에 한순간에 몰아치겠다는 것이 아니겠소?"

상당히 그럴듯한 온세정의 말에 모두들 고개를 끄덕였다.

"아마 밤마다 기습해 올 가능성이 있네. 잠을 자지 못하게 하는 것만큼 효과적인 방법은 없지. 닷새 정도만 당하고 나면 모두 기운이 쭉 빠질 걸세."

"죽었군!"

온세정이 덧붙이자 연청아가 탄식을 하듯 내뱉었다.

어지럼에도 계속되는 추격으로 몸을 씻기도 어려운 상황이지라 여간 곤혹스럽지 않았다.

핑!

갑자기 화살이 날아오는 소리가 들려 모두들 긴장했다. 하지만 밤이라 사위를 분간하기 어려워 어디로 날아올지 예측하지 못했다. 사군은 몸을 날려 연청아를 밀쳐 냈다.

"피해요!"

탁!

화살은 연청아가 앉아 있던 고목에 박히며 부르르 떨었다.

사군은 화살을 날린 방향을 향해 재빨리 몸을 날렸다.

"엇!"

온세정이 놀라며 그의 뒤를 따랐다.

그런데 두 사람이 떠난 잠시 후에 남은 사람들을 향해 또다시 화살이 날아들었다.

피잉!

소리를 듣자 사람들은 모두 자리에서 몸을 굴려 화살을 피했다. '탁' 소리를 내며 지면에 박힌 화살이 꼬리를 부르르 떨었다. 바로 마원조가 있던 자리였다. 놈들은 이쪽을 훤히 보고 있었다.

"이 망할 놈들. 누구를 꼬치로 만들려고 하나!"

마원조가 빌떡 일어나 화살을 쏜 방향으로 짐작되는 곳을 향해 몸을 날렸다.

"엇! 마 대협!"

연청아는 깜짝 놀라 그를 만류하려고 했지만 이미 숲 속으로 사라진 뒤였다.

사군은 추적에 실패했다. 하지만 계속 앞으로 나가는 것은 이유가 있었다. 주변의 나무들이 연달아 휙휙 스쳐 갔다. 한밤에 깊은 산속을 경공을 전개해 달리는 사군이지만 그의 움직임은 조금도 거침이 없었다.

후닥닥!

별안간 한곳에서 그의 움직임에 놀란 듯 무언가가 숲 속으로 뛰쳐 나가는 바람에 사군이 움찔했다. 인기척에 놀라 달아나는 노루였다. 사군은 어느 정도 달려가자 움직임을 멈추었다. 잠시 주변의 기운을 살피던 그는 마치 들고양이처럼 살금거리며 산속을 훑었다.

이대로라면 놈들의 의도대로 차례로 죽어갈 것이다. 누군가 나서서 길을 뚫어놓지 않는다면 결국은 모두 당하고 말 것이다. 아직 하루밤에 지나지 않았는데 모두들 동요하고 있었다.

움직임을 멈추었다.

'사람이야.'

고른 숨소리. 미약하게 느껴지는 살기. 상대가 자신을 발견했는지는 알 수 없다. 사군의 눈이 한곳에 고정되었다.

'둘이군!'

유가무상보를 펼쳐 바람을 탔다.

흑의를 입은 사내 둘이 나뭇가지 위의 잎새 사이에 몸을 숨기고 있는 것이 눈에 들어왔다. 상대는 여간해서 알아듣기 어려운 미약한 숨소리만 바람 사이로 실어 보내고 있었다.

"응?"

상대는 사군이 일 장 거리에 다가갔을 무렵에서야 인기척을 느꼈는지 움찔하는 반응을 보였다. 하지만 너무 늦었다.

팟! 팟!

사군의 손가락에서 두 줄기의 강렬한 홍광이 발산되어 나갔다.

청룡반야지(靑龍般若指).

희미한 홍광이 달빛 아래서 빛을 발했다.

"크윽!"

"컥!"

짤막한 두 마디의 비명과 함께 두 흑의인이 나무에서 떨어져 내렸다. 그들이 미처 땅으로 떨어지기도 전에 사군의 몸은 어느새 그곳에서 사라졌다.

쿵! 쿵!

그들이 지면에 떨어지는 것을 본 사람은 뒤 이어 도착한 온세정이었다. 그는 허공에서 두 명이 떨어지는 것에 신경을 쓰다가 그만 사군의 종적을 놓쳐 버렸다.

'이거 큰일 났구나!'

마음이 급해졌다. 잠시 멈칫거리던 온세정은 사군이 사라진 것으로 짐작되는 방향으로 몸을 날렸다.

사군은 그곳에서 삼십 장 정도 되는 곳의 바위를 향해 몰래 접근하는 중이었다. 커다란 바위 뒤에 흑의인 둘이 매복을 하고 있었다. 그들은 방금 난 둔탁한 소리에 상당히 긴장하고 있었기에 움직임과 호흡을 자제하고 있어 여간해서 알아내기 어려울 정도였다.

'나라면 이 근처쯤에 매복조를 하나쯤 심을 터인데……'

이제 상대의 입장에서 관찰을 하고 있었다.

매복자들의 종적을 찾아내기 어렵게 되자 잠시 생각하던 그는 천이통을 전개했다.

"후우, 후우."

두 귀는 이내 그 소리를 잡아냈다. 미약한 소리이지만 사람의 숨결이었다. 사군은 소리가 나는 방향으로 살금살금 접근했다.

소리만 죽인다고 종적을 감출 수 있게 되는 것이 아니다. 뛰어난 사냥꾼에게 걸리면 아무리 땅을 파고 들어가도 소용이 없다. 사냥꾼이 되려고 했다. 그러기 위해서는 바람을 타고, 냄새를 타고, 공기의 흐름을 타야 한다. 비록 바람 한 점 느껴지지 않는 잔잔한 숲 속이지만 그곳에도 파동은 있다.

스르르르.

사군의 신형이 마치 둥실거리는 듯 미끄러져 나갔다. 청룡반야지를 떨쳐 내 숨통을 끊으려던 그는 문득 자신이 너무 많은 사람을 죽였다는 생각을 했다.

'맞아. 다 같은 사람인데…….'

그런 생각이 든 그는 지풍을 날려 매복자들의 수혈만 제압했다.

"껙!"

"끅!"

여간해서 듣기 어려운 얕은 비명 소리와 함께 흑의인들은 바위에 몸을 기댄 채 잠 속으로 빠져들었다.

사군은 다음 매복지를 향해 움직였다. 서너 군데 정도의 매복만 제압한다면 길이 뚫리리라는 확신이 있었다.

잠시 후 온세정이 그곳에 도착했다. 그가 본 것은 잠에 빠진 두 명의 매복자들이었다.

'이런 위기에 빠져서도 손속에 여유를 두다니…….'

싸움판에 베푸는 불필요한 자비심은 결국 화(禍)가 되어 돌아올 뿐이다.

　온세정은 흑의인들의 사혈을 조용히 짚어 사군이 남긴 자비를 끊어 버렸다.

　생사의 순간에 인정은 필요 없다. 놈들의 동료가 발견해 혈도를 풀어준다면 금방 적으로 돌변해 칼을 겨눌 놈들이다. 숱한 싸움판을 누빈 온세정의 믿음이다.

　온세정은 이제 사군이 움직이는 방향을 알았다. 강표 일행의 주변을 반원을 그리며 돌아 매복자들을 제거하고 있는 것이 틀림없었다. 온세정은 다음 매복지로 짐작되는 곳을 향해 몸을 날렸다.

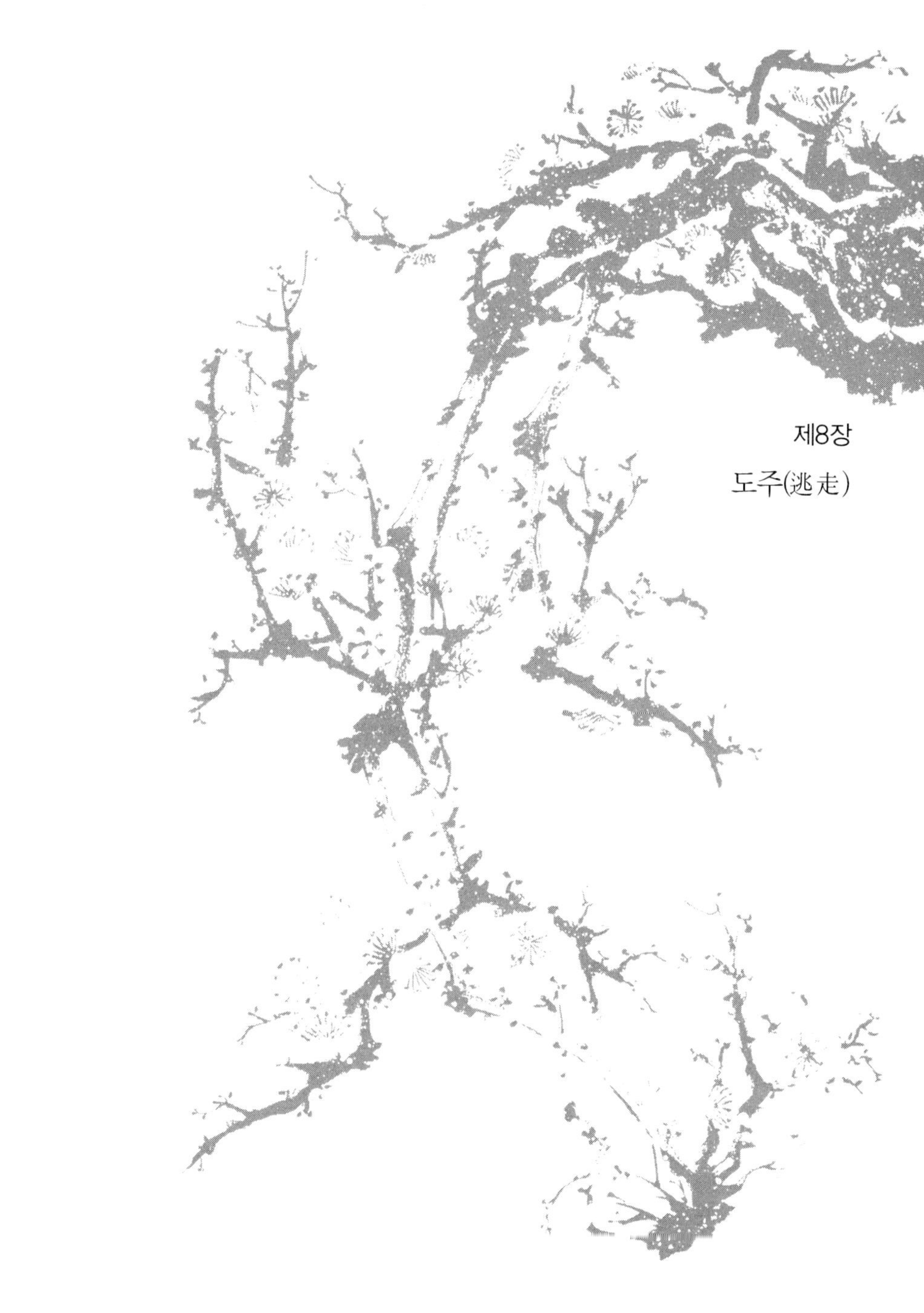

제8장

도주(逃走)

"강 대협, 괜찮으세요?"

연청이는 강표의 옆구리 상처를 근심스럽다는 듯이 보며 그에게 다가왔다. 강표는 굵은 나무 둥치에 등을 기대앉고도 몹시 힘겨워하고 있었다.

"모르겠소. 뱃속 깊은 곳에서 통증이 느껴지는 것이, 아마도 장기에 손상을 입지 않았나 싶소. 휴, 아직 갈 길이 먼데 걱정이오."

"남은 길이 몇 배나 더 먼데 이만 돌아가야 하지 않겠어요?"

"그럴 수는 없소. 반드시 총방에 전달이 되어야 하오. 지금은 소흥의 광휘당포도 더 이상 안전한 곳이 아니오."

"그렇군요. 세상에 안전한 곳이 어디 있겠어요. 그리고 사람도 믿을 수 없지요."

"니도 그렇게 생가하오."

강표는 그렇게 말하며 어깨 상처를 어루만졌다. 그동안 허리에는 크게 신경을 썼지만 상처가 깊지 않은 어깨였기에 등한시했었다. 지금 그의 상태는 사소한 상처마저도 견디기 쉽지 않은 정도였다.

그때였다.

핑!

또 한 발의 화살이 야공을 꿰뚫었다.

휘익!

연청아는 화살의 방향을 짐작하고는 얼른 몸을 틀어 화살이 쏘아져 온 방향으로 달려갔다. 특별히 화살이 날아오는 방향을 알 수 있었던 것은 아니었지만, 당연히 자신에게 향했을 것을 예상했던 것이다.

탁!

화살은 연청아가 있던 자리에 꽂혔다.

연청아가 자리를 뜨자 크게 다쳐 누워 있던 강표가 벌떡 몸을 일으켰다. 그의 행동은 도저히 방금 전 중상으로 고전하던 모습이 아니었다. 그는 연청아가 사라진 반대 방향으로 몸을 날렸다. 하지만 상처가 그리 가볍지는 않은지 신형이 흔들리고 있었다.

하지만 그는 운이 없었다.

연청아는 막 공터로 돌아오다가 허겁지겁 몸을 날리는 강표를 발견했다. 어둠 속의 암습자를 쫓는다는 것의 무모함을 알고 돌아오는 길이었다.

"강 대협!"

갑작스런 목소리에 강표의 몸이 흠칫했다. 하지만 그는 이내 반가운 표정으로 미소를 지었다.

"휴! 다행히 돌아오셨구려. 도저히 겁이 나 이곳에 혼자 있을 수가 없었소.”

“죄송해요. 그러지 않아도 뒤에 혼자 남은 강 대협이 걱정되어 돌아오던 길이었어요.”

연청아는 아무렇지도 않은 듯 대답했다. 하지만 내심은 달랐다. 강표의 행동이 무얼 말하는지도 모를 정도로 경험이나 눈치가 없지는 않았다.

‘더 이상 망설이다가는……’

둘만 있는 이런 천금 같은 기회를 놓칠 수 없다고 생각한 연청아는 더욱 생글거렸다.

“무리하시면 안 돼요.”

“휴! 어쩌겠소? 목숨은 하나고 주변에는 아무도 없고.”

강표는 짐짓 혼자 남기고 자리를 비웠던 것을 책망하듯 말했다.

‘소리장도!’

연청아는 강표의 손에 신경을 집중하면서 계속 그에게 다가갔다.

‘으음!’

강표는 내심 갈등하고 있었다.

지금 상태로는 연청아를 맞상대하기에는 무리였기에 가까이 유인해 일격을 날릴 셈이었다. 이미 혼자 몰래 달아나는 것은 실패했지만 아직은 연청아 하나였다. 그 또한 단둘이 남은 이런 기회를 놓치고 싶지 않았다. 하지만 한 손으로 콧잔등을 문지르고, 다른 손은 허리춤에 얹고 천천히 다가오는 연청아에게선 쉽게 허점을 찾을 수가 없었다. 어설프게 공격을 가했다가 잘못될 경우 그 뒤처리가 자신없었다.

“어머! 상처가 심해졌어요.”

어느새 다가온 연청아가 강표의 어깨 상처를 살피며 말했다.

“무리를 했더니…….”

강표는 멋쩍은 웃음을 지어가며 대답했다.

연청아는 강표의 허리 근처 상처로 다시 시선을 돌렸다. 안타까운 표정으로 상처를 살펴보던 그녀는 별안간 강표의 사혈을 짚었다.

쿡!

비명 소리도 없었다.

웃는 얼굴의 강표는 앉은 상태로 몸이 굳으며 죽음을 맞아야 했다. 너무나 갑작스런 공격이었기에 표정의 변화도 없었다.

“아까 말했지 않았나요, 아무도 믿지 말라고?”

연청아는 나직이 그렇게 읊조리고는 재빨리 그의 품속에 손을 집어 넣었다가 빼자 작은 봉투 하나가 들려 나왔다. 얼른 품속에 집어넣은 그녀는 흘낏 사방을 둘러본 다음 몸을 일으켰다.

‘너무 빨랐나?’

막상 계획대로 일은 벌였지만 달아날 곳이 마땅치 않았다.

전방으로 나가면 사군이나 온세정 등과 마주칠 우려가 있고, 다른 방향으로 간다면 놈들의 천라지망을 벗어날 수 없다.

서둘렀다는 생각과 지금이 아니면 두 번 다시 이런 기회가 오지 않을 것이라는 두 가지 생각이 머리 속에서 교차했다. 하지만 이미 일을 벌인 이상 후회는 필요없다.

‘그렇지!’

잠시 망설이던 그녀는 돌연 무슨 생각이 떠오른 듯 밝은 표정을 짓더니 숲 속으로 몸을 감추었다.

얼마가 지났을까.

공터에 마원조가 도착했다. 나름대로 주변에 매복이 있는가를 알아보려고 숲 속을 뒤졌지만 별 소득도 없이 돌아오는 길이었다. 자신의 실력을 알기에 감히 멀리까지 가지는 못하고 그저 이십여 장 주변을 이리저리 살폈던 것이 고작이었다.

"엇!"

나무에 기댄 채 고개를 늘어뜨리고 있는 강표를 발견한 마원조는 깜짝 놀랐다. 산 사람 같지가 않았던 것이다. 코에 손을 대보고 맥을 짚어보니 이미 사망한 것이 확실했다.

'연 낭자는?'

주변을 둘러보았지만 다행인지 불행인지 연청아의 시신은 보이지 않았다. 납치를 당했을 수도 있었다. 주변을 두리번거리던 그는 얼른 강표의 품속을 뒤져 보았다.

'헉! 없다!'

싸늘한 전율이 등줄기를 타고 내렸다.

'음.'

마원조는 마른침을 삼켰다.

목적물을 잃어버린 것이다. 어떻게 해야 할지 망설이던 그는 일단 사군과 온세정이 돌아올 때까지 기다려 보기로 했다.

사군이 강표가 있던 곳에 다시 나타난 것은 전면에 숨어 있던 세 곳의 매복조를 제압한 후였다.

"사 소협, 큰일 났소. 강 대협이 죽었고 연 낭자도 보이지 않소."

"예?"

사군이 놀라며 되묻는 사이 온세정도 자리에 도착했다. 그는 달려오는 도중에 두 사람이 나누는 대화의 내용을 들었다.

"내가 도착해 보니 이미 죽어 있었소."

말을 하는 마원조의 표정은 상기되어 있었다.

"그럼 혹시 연 낭자가 화살을 쏜 놈을 쫓아간 것이 아닐까요?"

"그럴지도 모르겠소."

사군의 말에 마원조는 그렇게 대답하며 주변을 둘러보았다.

그때였다. 나뭇잎이 스치는 소리가 나며 연청아가 나타났다.

"어디로 갔었소? 강 대협이 놈들에게 당했소."

마원조가 그녀를 나무라듯 말했다.

"옛?"

연청아는 크게 놀라는 척하며 황급히 강표의 시신이 있는 곳으로 다가가 살폈다.

"아! 강 대협, 제가 자리를 지켰어야 하는 건데……."

그의 죽음이 마치 자신의 잘못이기나 한 듯 죄스러운 표정으로 죽은 강표의 손을 어루만졌다.

"흑! 죄송해요!"

연청아는 견디지 못하겠다는 듯이 벌떡 일어나 숲가로 가며 눈물을 훔쳤다.

온세정은 모두가 지켜보는 가운데 말없이 강표에게 다가가 그의 품속을 뒤졌다. 하지만 은자와 전표 몇 장만 눈에 띌 뿐 다른 것은 아무것도 없었다. 싸늘한 눈길이 마원조에게 가서 꽂혔다.

'이런, 제기랄!'

마원조도 그 눈빛의 의미를 알았다.

전혀 예상치도 않다가 사태가 이렇게 돌아가자 그는 크게 당황했다. 꼼짝없이 누명을 쓰게 생긴 것이다.

"내, 내가 돌아왔을 때는 이미 죽어 있었소."

그러자 온세정의 눈길이 이번에는 연청아를 향했다.

"마 대협이 떠나자마자 또 다른 흑의인이 주변을 염탐하는 것을 보고 뒤쫓아 갔더랬어요. 그 후의 일은 보신 대로고요."

연청아는 결백하다는 듯 양팔을 벌려가며 자신이 강표의 죽음과는 조금도 관련이 없음을 강조했다. 눈가에 촉촉이 맺힌 눈물 자국은 그녀가 마원조의 죽음을 진심으로 슬퍼하고 있음을 말해 주었다.

"음!"

온세정의 입에서 가벼운 신음성을 흘렸다.

어쩌면 두 사람은 그들의 말대로 아무 관련이 없고 흑의인들의 유인에 말려 이런 상황이 되었을 수도 있었다. 하지만 뭔가 석연치 않은 느낌이 드는 것은 그의 오랜 경험에서 오는 직감이었다.

"이제 어떻게 해야 하지요?"

사군은 온세정에게 물었다.

그는 강표가 가지고 있는 물건에 대해 관심이 없었다. 그저 어떤 식으로든 빨리 결말이 나기를 바랄 뿐이었다.

"우리가 휘주총방으로 갈 이유는 없지 않소? 일단 당포로 돌아가는 수밖에 없을 것 같구려."

온세정의 말에 아무도 반대하지 않았다.

"강 대협의 시신은 어떻게 해야 하지요?"

사군은 강표의 시체를 보며 말했다.

"일단 당포로 데려가는 것이 좋겠소. 전당강 쪽으로만 갈 수 있다면 배를 탈 수 있으니 그리 힘들지는 않을 것이오."

온세정의 말에 사군은 주변으로 가서 굵은 나뭇가지 두 개와 칡넝쿨을 구해가지고 왔다. 두 개의 나뭇가지를 사람이 누울 정도의 넓이로

벌려 바닥에 나란히 놓고 그 사이를 칡넝쿨을 묶어가며 메우니 잠시 후에 그럴듯한 들것이 만들어졌다.

사람들은 강표의 시신을 조심스럽게 들것 위로 옮겼다. 들것은 사군과 마원조가 들고 가기로 했다. 마원조도 부상이 만만치 않았지만, 모든 전력을 들것을 드는 데 투입할 수는 없었다. 암습을 대비해 적어도 온세정 정도의 고수가 호법을 서는 것은 반드시 필요했다.

'이거 참, 나중에 총사께서 뭐라고 하실지도 모르겠군.'

온세정은 내심 사군에세 그런 일을 시킨다는 것이 미안했지만 사람들의 눈 때문에 입을 다물고 있을 수밖에 없었다. 문득 그의 눈에 이제는 시체가 되어버린 들것 위의 강표가 들어왔다.

'그렇게 비밀을 지키려고 바둥거리더니. 쯧쯧쯧.'

내심 그런 생각을 하며 무심히 고개를 돌리려던 그는 돌연 뇌리를 강타하는 생각이 있어 강표의 얼굴을 유심히 바라보았다.

'편안한 얼굴!'

가늘게 눈을 뜨고 죽은 강표의 얼굴에서 소리장도의 외호에 걸맞는 옅은 웃음이 보였다. 사인은 사혈이 짚인 것이었다. 적이 그토록 가까이 다가왔다면 이런 표정으로 죽지는 않았을 것이다. 온세정은 표정을 굳혔다.

누구인가. 마지막 순간 저런 표정을 지었다면 범인은 강표가 잘 아는 사람이다. 사군과 자신은 아니니 남은 사람은 둘.

마원조를 흘낏 보았다.

그저 무표정하게 들것만 들고 가고 있었다. 추운검 마원조라면 강호의 능구렁이라 할 수 있으니 수작을 부려놓고도 능히 무심을 가장할 수 있을 것이다. 하지만 항상 바른 길[正道]만을 걷는다는 그의 평판으로 볼 때 그럴 가능성은 적었다.

이번에는 연청아를 보았다.

흑사낭 연청아. 강호에 나온 지는 몇 년 되지 않았지만 외호 그대로 상대에 대해 사갈 같은 독수를 뿌리는 여자였다. 강표의 죽음에 대해 슬퍼하던 그녀의 모습이 떠올랐다. 그토록 가까운 사이였던가? 연청아가 죽은 다른 보표들에 대해 그런 반응을 보였던 적은 없었다. 그런데 눈물까지 보이며 슬퍼하다니…….

이상했다.

게다가 그녀는 강표의 곁을 마지막으로 떠난 사람이 아니던가. 그러고 보니 정신없이 수다를 떨어대던 그녀가 방금 전부터 말수가 적어진 것으로 보아 뭔가 심경이 편치 않아 보였다.

'눈치 챘나?'

온세정이 한 번 흘낏 보는 것만으로도 연청아는 가슴이 철렁했다.

갑자기 가슴이 답답해져 왔다. 하지만 증거가 없으니 설사 심증이 간다고 해도 여자의 몸을 뒤지겠다고 덤비지는 못할 것이다. 그녀는 그런 생각을 하며 애써 표정을 가다듬었다.

남녀를 떠나 아무런 증거도 없이 상대를 의심하는 발언을 한다는 것은 무림인으로서 목숨을 걸고 겨룰 만한 지독한 모욕이었다. 그렇기에 아무리 허접한 상대일지라도 함부로 모욕을 주는 것 또한 무인의 도리가 아니었다.

'맞아!'

적어도 온세정은 아무런 증거 없이는 자신을 함부로 몰아붙이지 못할 터였다. 그렇게 생각하니 마음이 한결 가벼워졌다.

펑!

돌연 그들이 가는 방향의 삼십여 장 앞쪽에서 붉은색 화전이 솟구쳐 올랐다.

"이런. 쯧쯧!"

온세정은 가볍게 혀를 찼다. 놈들이 이쪽의 움직임을 눈치 챈 것이다.

"서두릅시다."

온세정이 뒤를 돌아보며 말했다.

상대는 그들이 뚫고 나가려고 했던 황산 쪽 방향에 집중되어 있으니 상대적으로 후미는 허술할 것 같았다. 서두른 만큼 큰 충돌을 피할 수 있을 것 같았다.

"만일 여의치 않으면 강 대협의 시신을 포기하도록 하시오."

전방을 주시하며 앞장서서 나가던 온세정이 뒤도 돌아보지 않고 말했다. 당연한 말이었다. 죽은 사람 때문에 산 사람의 목숨을 걸 필요는 없는 것이다. 사람들은 발걸음을 빨리했다.

"아니!"

사인교의 뒤를 따르던 천장파파는 크게 놀랐다. 화전이 분명 자신들이 가는 백여 장 전면에서 솟구쳐 오른 것을 확인했기 때문이다.

"가마를 멈추어라!"

천장파파의 말에 따라 소녀들이 가마를 멈추고 섰다.

"무슨 일이냐?"

가마의 주렴이 걷히며 달빛 아래 흰 면사를 쓴 여인의 상체가 모습을 드러냈다.

"놈들이 이쪽으로 방향을 틀었습니다. 위험합니다, 아가씨. 어서 이곳에서 물러나야 합니다."

"화전이 올랐으면 당연히 본가(本家)의 사람들이 달려올 터인데 그럴 필요가 있나요? 오히려 우리가 그자들의 앞을 막아서는 것이 당연한 의무이지요."

"설사 이번 일을 그르치는 한이 있더라도 아가씨의 안위를 위태롭게 할 수는 없습니다."

"그게 무슨 말도 되지 않는 소리지요? 제가 이번에 강호로 나온 것도 바로 오라버니를 도와 이 일을 처리하기 위함이었어요. 그자들이 칼을 빼 들고 눈앞에 있는 것도 아닌데 너무 과민하게 반응하지 마세요."

하지만 천장파파는 조금도 물러설 기세가 아니었다.

"아가씨께서도 아시다시피 놈들이 후미 쪽으로 되돌아올 것을 미처 예상하지 못했기에 이곳은 다른 방향에 비해 허술한 곳입니다."

"그러니 더 더욱 우리라도 앞을 막아서야 하는 것이 아닌가요?"

그때였다.

"으악!"

"커억!"

두 마디 비명이 밤하늘을 찢었다. 사인교에서 불과 삼십여 장 밖에서 들리는 소리였다.

"아가씨!"

천장파파는 발을 동동 굴렀다.

"닥치세요! 언제부터 파파가 내 지시에 이렇듯 반기를 들었지요?"

가마 안의 면사녀가 노기 띤 목소리로 일갈했다. 그러자 천장파파도 더 이상 말을 꺼내지 못했다.

‘안 되겠어!’

품속에서 화통을 꺼낸 천장파파는 재빨리 불을 당겨 허공으로 쏘아 올렸다.

펑!

세 줄기의 노란 불꽃이 길게 허공으로 숫구쳤다.

삼황전(三黃箭).

세가의 가주나 그 직계가 위급에 빠졌을 때만 사용하는 화전이었다. 숫구쳐 올라가는 화전을 보는 천장파파의 얼굴에 다소나마 안도의 기색이 흘렀다.

“또 화전이로군.”

뒤에서 들것을 잡고 가던 마원조가 혼잣말처럼 중얼거렸다.

“그런데 이제까지와는 색과 개수가 다른데요. 전에는 붉은색이었는데 이제는 노란색에, 그것도 세 줄기로군요.”

사군이 덧붙였다.

“아마 마지막 결판을 내려는 것인지도 모르겠소.”

대열에 앞장서서 전방을 살피던 온세정이 나직한 말투로 거들었다. 그 말에 모두의 얼굴에는 완연한 긴장이 감돌았다.

“잊지 마십시오. 쾌각입니다.”

돌연 사군의 귀에 온세정의 전음이 들려왔다.

‘응?’

벌써 두 번째.

강호의 새파란 후배인 자신에게 존댓말까지 해가며… 순간 앞장섰던 온세정이 사군을 힐끔 돌아보았다. 말을 알아들었냐고 묻는 것 같아 사군은 살짝 고개를 끄덕여 주었다.

두 사람 사이에 전음이 오가는 것도 모르고 사람들은 더욱 걸음만 빨리했다.

"멈추시오!"

돌연 온세정이 나직하지만 힘있는 목소리로 말했다.

산록에서 평지로 들어서는 길목에 사인교 하나가 버티고 서 있었다.

사람들의 표정이 한층 굳었다.

사군과 마원조는 서로 눈짓을 교환한 후 들것을 바닥에 내렸다. 이런 곳에서 사인교로 앞을 막아설 상대라며 결코 뚫고 가기가 쉽지 않을 것이다. 이제는 강표의 시신을 포기해야 할 시점이었다. 사군은 얼른 강표의 시신을 안아 숲 속으로 가져가 숨겼다. 혹시라도 싸움 중에 시신이 훼손당할까 염려했기 때문이다.

상대도 그들을 발견했는지 노파 하나와 네 명의 시비가 사인교 앞을 막아섰다. 한쪽은 흐르는 강물이 내려다보이는 단애(斷崖)이고, 다른 한 쪽은 그들이 내려온 산을 되올라가는 길이라 사군 일행으로서는 선택의 여지가 없었다.

"놈들이 몰려오기 전에 뚫고 나가야 하오."

말이 끝나기 무섭게 온세정이 검을 뽑아 들고 앞장섰다.

"멈추어랏!"

용두괴(龍頭拐)를 든 천장파파는 한눈에 그가 낙화검객 온세정임을 알아보았다.

"핫!"

시간이 없다.

온세정은 숨 돌릴 틈도 주지 않고 상대를 공격해 갔다. 검과 용두괴가 허공에서 부딪쳤다.

딱!

두 사람의 신형이 허공에서 어우러졌다가 이내 갈라섰다. 누구도 득을 보지 못한 상황이었다. 용두괴는 온세정의 신검과 부딪쳤지만 조금도 손상을 입지 않았다.

'만만치 않은 노괴물을 만났구나.'

사인교가 앞을 막아설 때부터 상대가 범상치 않을 것이라는 생각은 했지만 막상 앞이 막히고 보니 조급해진 쪽은 온세정이었다. 사군과 마원조, 연청아 등도 재빨리 합세했다. 그러자 연검을 든 시비들이 날렵하게 앞으로 나서며 그들을 상대했다.

사군에게는 두 명의 시비가 붙었다.

핑! 핑! 핑!

번쩍거리는 연검들이 연신 허공을 갈랐다. 그들은 현란한 초식으로 사군을 밀어붙였는데, 몸놀림이 가볍기 그지없어 보였다.

'어이쿠!'

사군은 날카로운 검기에 밀려 연신 뒤로 물러났다.

여자들이라고 얕볼 상황이 아니라 자신의 목숨을 걱정해야 할 처지였다. 합격술을 전문적으로 연마했는지 상하 좌우를 교대로 치고 들어오는 시비들의 공격에는 조그마한 빈틈도 보이지 않았다. 사군은 연신 공격을 막아내기에 급급했다.

온세정과 마원조, 연청아는 그런대로 평수를 유지하고 있었지만 그런 상황은 심리적으로 사군 일행을 더욱 압박해 왔다. 곧 놈들의 원군이 몰려올 터였다.

쐐액!

마음을 다잡은 사군은 유가무상보로 신법을 운용하며 삼밀가지검법을 전개했다.

파파파팟!

그의 검이 날카롭게 허공을 갈라가며 숨겨진 두 시비의 허점을 들추어냈다.

창!

공격을 가해오던 시비 중 하나가 연신 뒷걸음질을 치다가 사군의 검과 정통으로 맞부딪치며 연검을 떨어뜨렸다. 순식간에 일어난 반전이었다.

"앗!"

짧막한 비명 소리가 터졌다.

위급한 상황을 맞은 시비는 새파랗게 질렸다. 다른 동료는 겨우 몸을 추스르는 순간이라 도움의 손길을 펼칠 여유도 없었다. 사인교 옆에 남아 있던 시비 둘이 그 광경을 보고 황급히 사군을 향해 달려들었지만 이미 늦은 상황이었다.

쐐액!

시비의 목을 쳐가던 사군의 검이 돌연 방향을 바꾸어 아슬아슬하게 머리 위를 스쳐 갔다.

'으음!'

사군은 내심 쓴웃음을 머금었다.

시비와 눈이 마주치는 순간 돌연 예향의 얼굴이 겹쳐지며 더 이상 살검을 떨쳐 낼 수 없었기 때문이다. 그 틈에 시비는 얼른 바닥으로 몸을 굴려 자신의 연검을 주워 들고는 사군과 다시 대치했다.

획! 획! 획!

일행이 예측한 대로 장내에는 흑의인들이 속속 도착하여 주위를 둘러싸기 시작했다.

"하앗!"

뾰족한 기합성과 함께 시비들이 날카로운 초식으로 사군을 공격해 왔다.

사군이 어렵지 않게 막아서는 순간 돌연 시비들이 몸을 뒤로 빼더니 그 자리를 흑의인 넷이 메웠다. 시비들은 재빨리 가마 곁으로 다가가 가마 앞을 굳게 지켰다. 누구도 가마 곁으로 다가오는 것을 허락치 않겠다는 태도였다.

"상대가 인정을 베풀었구나."

가마 안의 면사녀가 나직하게 중얼거렸다.

혼잣말이었지만 그 말이 무슨 뜻인지 알기에 시비들은 얼굴을 붉혔다. 어릴 때부터 아가씨의 호위를 전담하도록 특별 무공을 전수받아 온 그들이었다. 이번이 첫 출도나 다름없는데, 주인을 지키는 일도 아닌 상황에 자신의 목숨까지 왔다 갔다 한 처지니 면목이 없었던 까닭이다.

어느새 흑의인들에 의해 사군 일행은 위기를 맞고 있었다. 온세정은 사인교 주변으로 물러선 천장파파 대신 십여 명의 흑의인들을 상대하고 있었고, 다른 사람들도 몇 명씩의 적들과 대적을 해야 했다.

'조금만 더!'

연청아는 기회를 노렸다.

경공에는 자신이 있다. 강호에 출도한 이래 드러내 놓고 자신의 경공을 십이성 발휘한 적은 없었다. 달아나고자 했다면 지금쯤 멀찍이 떨어진 곳에서 혼자 희희낙락하고 있을 터였다. 그럼에도 더 일찍 행동에 옮기지 못한 것은 후일을 생각한 때문이었다. 다른 사람들에게 자신이 장보도를 가져갔다는 확신을 심어준다면 평생 쫓겨 다니며 불안에 떨어야 할 것이다. 연청아는 그 점을 잘 알고 있었다.

이제 때가 되었다.

계속 수를 늘리는 흑의인들의 날카로운 공격은 더 이상 받아내기도 어려워 자칫 허망한 죽음을 맞을 수도 있다.

'그래, 적당히 상처를 입고…….'

고육지책(苦肉之策).

쐐액!

순간 기회를 엿보던 흑의인 하나가 뒤에서 달려들며 길게 검을 내리그었다.

"후웃!"

연청아는 다급한 호흡을 내뿜었다.

비스듬히 몸을 트는 것으로 상대의 공격을 막으려 했었다. 하지만 계산 착오가 있었다. 그녀를 공격한 자는 이제껏 상대했던 자들보다 훨씬 뛰어난 자였다. 생각한 이상으로 날카롭고 빠른 흑의인의 공격에 몸을 틀어 막으려다 그대로 앞가슴이 노출되었다.

'이건 아닌데!'

순간적으로 아찔한 공포를 맛보았다.

파앗!

번쩍 하는 순간 가슴을 아래로 길게 내려가는 따끔한 느낌이 들었고, 이어 강한 충격파가 밀려왔다. 살점을 베였고… 이 정도라면 심각한 상처였다.

"아악!"

단말마 비명을 지른 연청아는 허공으로 길게 신형을 뽑아 올렸다.

죽든 살든 어차피 작정한 일이었다.

"천마앙복(千魔仰伏)!"

포위 공격을 견디다 못한 사군은 그들 중 가장 무공이 뛰어난 자를 노리고 허공으로 길게 몸을 끌어 올리며 역공을 퍼부으려는 순간 연청아의 다급한 비명을 들었다.

"하얏!"

사군은 아래로 내려서며 현란한 검초로 눈앞의 상대를 쪼개갔다. 엄청난 검기에 놀란 상대가 황급히 뒤로 물러서는 사이, 허공에서 빙글 돌린 그는 연청아가 있는 곳으로 향했다. 순간적으로 진기를 틀어 몸을 빼냈던 것이다. 힐끔 보니 연청아는 그들이 아까 지나왔던 산록 쪽으로 빠르게 달아나고 있었다. 하지만 부상을 입었는지 중심이 자꾸 흐트러지고 있었다.

스르르르!

지면에 내려선 사군은 유가무상보를 전개해 앞을 막아서는 흑의인들을 비껴가며 연청아를 향해 달렸다. 흑의인 칠팔 명이 그녀의 뒤를 바싹 쫓고 있었다. 이내 사군은 가장 뒤에서 쫓는 흑의인 한 명에게 바짝 다가갈 수 있었다.

팟!

사군의 손에서 검광이 번쩍였다.

"큭!"

뒤에서 오는 적을 의식하지도 못하고 있던 흑의인은 그대로 길 옆으로 나뒹굴었다. 사군은 속으로 남은 흑의인들의 숫자를 셌다.

'여섯!'

"으악!"

사군의 검이 번쩍거리자 또 한 명의 흑의인이 쓰러졌다.

‘다섯!’

비명 소리에 뒤를 돌아본 흑의인 하나가 그를 향해 검을 쓸어왔다. 사군의 몸은 바람처럼 비켜나 그를 뒤로하고 앞서 가던 흑의인을 베었다.

‘셋!’

한 명은 베지 않고 지나쳐 왔기에 남은 숫자는 셋이었다. 어느새 다섯 사람은 산등성이를 따라 달리고 있었다. 비틀거리며 달아나던 연청아의 뒤를 바짝 쫓던 흑의인이 그녀의 등을 쑤셔갔다.

‘훗!’

강한 살기를 느낀 연청아는 보폭을 크게 하며 허공으로 몸을 띄웠다.

“아악!”

움직임이 조금 늦었다.

흑의인의 검은 넓적다리를 정확하게 꿰뚫었다. 평소라면 어떻게 피해볼 수 있었을 공격이다. 하지만 가슴에 당한 상처는 물론, 그 이전에 엉덩이까지 찔린 터라 기력이 부족했고, 예상했던 만큼 몸이 따라주지 않으니 도리가 없었다.

“아아아악!”

갑자기 연청아의 입에서 또 다른 긴 비명 소리가 터져 나왔다. 상처를 입은 탓에 발을 헛디뎌 능선 옆의 수십 장 단애 아래로 추락한 것이다.

“크악!”

사군은 또 한 명의 흑의인을 처리했다.

남은 두 명은 도무지 사군이 상대가 되지 않음을 알고는 거리를 두고 뒤로 물러났다.

사군이 아래를 내려다보니 연청아는 끝이 수십 장 아래로 떨어지는 돌덩이처럼 낙하하고 있었다.

'이거 큰일이로구나.'

다행히 단애 십여 장 아래에 겨우 사람 하나가 서 있을 만한 바위 턱이 나와 있는 것이 눈에 띄었다. 사군은 호흡을 가다듬고 바위를 향해 몸을 날렸다. 아차 하는 날이면 그대로 수십 장 아래 강물 속으로 떨어질 판이었다. 다행히 가까스로 바위 위에 착지한 그는 다시 아래를 바라보았다.

풍덩!

연청아가 물속으로 떨어지는 소리였다.

"저런!"

어쩌면 물과 부딪치는 충격을 이기지 못해 전신이 박살 났을지도 몰랐다. 더 이상 망설일 수 없었다.

휘익!

사군은 단애 아래 허공으로 몸을 날렸다.

물에 대해서는 조금의 두려움도 없는 그였지만 떨어지는 충격을 감당하려면 아무래도 속도를 늦출 필요가 있었다. 몇 번씩 진기를 끌어올려 가며 몸을 회전시킨 끝에 마침내 수면 몇 장 위까지 내려온 그는 수면을 향해 장력을 후려쳤다.

펑!

물보라가 튀어 오르는 순간 그 반탄력을 이용해 사군은 허공에서 몸을 회전시킨 뒤 다시 물속으로 떨어져 내렸다.

풍덩!

진기를 써서 몸을 늦춘 까닭에 생각보다 충격이 크진 않았다.

첨벙, 첨벙, 첨벙!

머지않은 곳에서 물을 가르는 소리가 들려 사군이 돌아보니 연청아가 헤엄을 치고 있는 것이 아닌가!

'대단하구나!'

놀라지 않을 수 없었다. 삼십 장도 넘는 높이에서 부상을 입은 채 추락해 놓고 헤엄을 칠 수 있다니… 괜히 위험을 무릅쓰고 뒤따라 내려왔다는 생각을 지우지 못했다.

첨벙, 첨벙, 첨벙!

연청아의 두 손은 교대로 물을 가르며 강물과 사투를 벌이고 있었다.

부상을 입은 그녀가 높은 단애에서 떨어지고도 헤엄쳐 갈 수 있었던 것은 행운이었다. 단애로 떨어지는 도중 절벽에 기댄 노송에 걸리며 튕겨져 나갔고, 마지막 순간 사군과 마찬가지로 몸을 회전시켜 충격을 줄였기 때문이다.

물살은 거셌다.

그들이 빠진 곳은 절강(浙江)으로 합류하는 지류였다. 물길이 맞은 편 산을 휘감아 돌며 그 반발로 큰 소용돌이를 이루며 상당히 거칠었기에 물살을 이기지 못한 연청아는 이내 힘에 부쳐 허우적거렸다.

"어푸! 어푸푸!"

두려움이 밀려왔다.

추락의 충격을 줄이기 위해 다시 무리해 가며 진기를 끌어올린 직후였기에 몸에서 힘이 쭉 빠졌다. 어느 순간 손에서 스르르 연검이 빠져나기는 것을 알았다.

“어흡, 흡!”

힘이 달리니 결국 강물을 마시지 않을 수 없어 연청아는 연신 강물을 들이켜야 했다.

‘아!’

몇 번 그런 일이 반복되자 마침내 정신이 몽롱해져서 물살을 이기지 못한 연청아의 몸이 어두운 강물 속으로 빨려들어 갔다.

‘으응?’

희미한 의식 속에서 누군가 자신의 가슴을 더듬는 것이 느껴졌다. 순간 위기 속에서도 피를 거꾸로 돌게 하는 거친 분노가 치밀었다.

‘개자식!’

또다시 한 모금의 물이 왈칵 입 안으로 들어오는 순간 연청아는 정신을 놓고 말았다.

‘아니!’

온세정은 크게 놀랐다.

흑의인들에 둘러싸여 치열한 격전을 벌이는 사이 사군의 행방을 놓쳐 버린 까닭이다. 검을 떨치면서도 줄곧 눈길을 떼지 않았었는데! 잠깐의 방심이었다. 엄청난 후회가 가슴 가득히 밀려들었다.

“하앗!”

허공으로 길게 솟구친 온세정의 검에서 수백 송이의 검화가 피어나 분분히 지면으로 떨어져 내렸다.

낙화진천(落花振天)!

온세정에게 낙화검객의 외호를 부여한 절초! 언뜻 느리게 보이는 검화지만 네 방위를 완벽하게 차단하기에 일단 검화의 권역에 갇히면 피할 방법이 없다.

꽃잎의 바다에 갇힌 칠팔 명의 청의인들이 비틀거리는 순간 온세정의 신형이 빛살처럼 빠르게 숲 속으로 스며들었다.

"막아랏!"

판세를 지켜보던 천장파파의 입에서 벼락같은 호통이 터졌지만 이미 온세정의 모습을 찾아볼 수는 없었다.

'지금을 놓치면!'

그 틈을 타고 마원조 또한 산록을 타고 숲 속으로 뛰어들었다.

"저놈도 달아난다!"

하지만 싸움판에 도착해 있던 대부분의 전력이 온세정에게 집중되어 있었기에 포위망이 허술했다. 한밤중에 이런 넓은 숲에서 사람 하나를 뒤쫓는다는 것은 쉬운 일이 아니었다.

"장보도를 손에 넣은 자는 누구냐?"

한 손으로 점잖게 흰 수염을 쓰다듬던 제갈홍이 물었다.

"알 수 없습니다. 벌써 이틀이나 지났건만 온세정은 정체를 알 수 없는 무리들 수십 명과 함께 아직도 그 일대를 헤매고 있다고 합니다. 하나같이 무공이 예사롭지 않은 자들로, 아마도 장보도를 찾고 있는 것이 아닌가 보여집니다. 절강삼괴의 배후에 그런 세력이 있으리라고는 짐작도 하지 못했습니다. 그리고 마원조 또한 아직 그곳에서 떠나지 않고 있습니다."

말을 끝냈건만 제갈홍의 시선은 여전히 제갈옥을 향하고 있었다.

"누군가 강표를 죽이고 장보도를 탈취해 간 것이 분명한데, 지금 보이지 잃고 있는 연청이나 사고이라는 청년이 범인이리면 온세정이 그들과 함께 태연히 산을 내려온 것도 이해할 수 없고 아무튼 의문투성이이기는 하지만 이번 일로 장보도가 세상에 공개된 것은 확실합니다.”

말을 마친 그녀는 면목이 없다는 듯 고개를 숙였다.

제갈옥(諸葛玉).

가주의 여식으로 열아홉의 어린 나이에도 불구하고 삼백 년 이래 세가에서 가장 뛰어난 학문적 성취를 이루었다는 평을 듣고 있기에 제갈홍이 큰 기대를 하고 있었다.

‘음!’

넌지시 딸을 바라보는 제갈홍의 시선이 자못 안쓰러움이 배어났다.

여자의 몸이기에 세가의 뒤를 이을 가주로 만들 수는 없음을 안타까워하는 것이다. 그가 더 가슴 아파 하는 것은 하늘이 그 재능을 시기한 때문인지, 어릴 때 크게 앓은 이후로 얼굴에 큰 반점이 남아 여자로서 치명적인 약점을 지녔다는 사실이었다.

“강아(剛兒)는 물론 너도 수고가 많았다. 세가 식솔들의 희생이 크기는 했지만 그만한 성과가 있었으니 다행이다. 하지만 앞으로 더 큰 희생이 필요할 것이다. 이번에 대업을 이루기 위해 목숨을 잃은 식솔들의 위패를 진충보국열사(盡忠保國烈士)의 이름으로 사당에 함께 모시도록 해라!”

제갈홍의 노안에서 옅은 슬픔과 함께 굳은 신념이 엿보였다.

황실을 지키기 위해 무림인들을 집결시켜 반군과 대결을 시키는 구도로 만들어가려던 것이 그의 생각이었고, 때마침 장보도의 출현은 그의 생각을 행동에 옮기는 적절한 방법을 만들어주었다.

그는 이 모든 상황들이 황실을 지키려는 하늘의 도움으로 생각했다.

물론 무림인들이 상당수 제거되면 제갈 가문이 강호에 나서는 일에 상당한 장애가 제거될 수 있을 것이라는 사심도 있었다.

“모두 제가 불민한 탓에 벌어진 일입니다.”

그때까지 가주의 말이 끝나기를 기다려 조용히 있던 제갈강이 침중한 어조로 말하며 고개를 숙였다. 식솔들의 죽음에는 그의 책임이 컸던 까닭이다. 원래의 계획대로였다면 이렇듯 큰 희생은 필요가 없었을 터였다.

“너무 자책할 필요는 없다. 그 정도의 희생은 이미 네 동생이 예측했던 일이 아니냐. 비록 중간에 장강신투가 나서는 바람에 일이 묘하게 꼬이기는 했지만, 어차피 애초 의도한 바에서 크게 벗어나지 않았으니 그것으로 되었다. 게다가 예상도 하지 않았던 절강삼괴도 꼬리를 드러내고 있다. 마원조까지도.”

제갈홍은 적잖이 만족한 표정으로 긴 수염을 쓰다듬으며 말했다.

“그런데 장보도를 살펴보니 지명은 없고, 안으로 들어갈 수 있는 길과 기관진식을 파훼하는 방법만 있었습니다.”

다시 고개를 든 제갈강이 어떤 대답을 기대하는 투로 말했다.

“허허허, 옥아가 네게 말을 하지는 않은 모양이로구나. 사실 이번 일은 그럴 것을 예상했기에 추진이 가능했던 일이다.”

“아!”

제갈강은 낮은 탄성과 함께 얼굴을 붉히며 동생을 바라보았다.

“죄송해요. 미처 말씀을 드릴 여유가 없었을 뿐이에요.”

흰 이를 드러내 가볍게 웃으며 말하는 제갈옥의 면사가 가늘게 흔들거렸다. 하지만 그것은 사실이 아니었다.

‘오라버니께서 욕심을 내실까 하여 어쩔 수 없었어요.’

내심의 말은 그랬다. 제갈강의 심중에는 제갈세가를 강호제일세가인 남궁가와 비견되는 가문으로 키우려는 원대한 꿈이 내개되어 있었다. 제갈홍과 제갈옥은 그것을 경계해 그에게 말을 해주지 않았던 것이다. 만약 제갈강이 사전에 알았다면 장보도의 보물을 찾겠다고 나섰을지도 모를 일이었다.

제갈강의 눈썹이 가볍게 꿈틀했다.

그런 아들의 반응을 무시하고 제갈홍은 다시 입을 열었다.

"어쨌든 그들 모두 소흥 일대의 사람들이다. 그곳에서 다시 바람을 일으킨다면 우리 목적을 이루는 것에는 문제가 없을 것이다. 다만 잊지 말고 유념해야 할 것은 지금은 모두 힘을 모아야 할 시점이라는 것이다. 이미 광휘당포의 보표들이 습격을 받은 이상 남궁세가도 움직이지 않을 수 없을 것이다. 게다가 월왕회에서도 냄새를 맡은 흔적이 역력하다. 백장애 사건도 그냥 묻히지는 않을 것이니 이제 곧 피바람이 불겠지. 그때가 어서 와야 하는데……."

천천히 수염을 쓰다듬는 제갈홍의 표정에 근심이 가득 어렸다.

잠시 무거운 침묵이 감돌았다. 이번 일을 마치기 전까지 또 얼마나 많은 식솔들이 목숨을 잃어야 할지 몰랐다.

잠시 후 침묵을 깬 제갈홍이 말을 이었다.

"내일은 중정(中庭)을 찾을 것이니 그 점을 잊지 말고 심신을 맑게 가져야 한다. 그만 가보도록 해라. 그리고 네 기억을 토대로 지도를 그려보도록 해라. 이 일과는 별도로 중원에 나가 있는 전 식솔들에 알려 비슷한 지형을 알아보자꾸나."

제갈강과 제갈옥은 자리를 털고 일어섰다.

중정은 제갈량을 모시는 승상(丞相) 사당(祠堂) 내에 향을 피우기 위한 향당(香堂)이다.

제갈 세가에서 중정을 찾는 일보다 더 엄중한 절차를 요하는 일은

없다. 그곳에서는 웃고 떠드는 것은 물론이고 걸음걸이조차 빨리 걸어
서는 안 된다. 아직 제사를 받들 때가 되지 않았건만 굳게 걸어 잠근
중정의 문을 연다는 것은 가주가 중대한 결정을 내리기 위해 이를 승
상께 고함을 말한다.

아들과 딸이 물러가자 제갈홍은 고개를 반쯤 숙여 태사의 안에 몸을
파묻었다.

"으음!"

방금 전의 당당한 태도는 어디 가고 무척이나 피곤하고 괴로운 표정이
었다. 탐스러운 은빛을 발하던 긴 수염마저도 아무렇게나 구긴 채였다.

풍정원 내실.

엄생의 앞에 공손한 자세의 중년인이 서 있었다.

"장보도를 가져간 자가 누군지 아직 모른다는 말이냐?"

미소 띤 듯한 얼굴. 하지만 그를 아는 사람이라면 지금 엄생의 기분
이 그리 좋지 않다는 것을 잘 알 수 있을 것이다.

"일이 어긋나기는 했지만 결코 제갈가에서 좌시하지고만 있지는 않
을 것입니다."

"그래도 우리가 알고 있어야 하는 것이 아닌가?"

약간 커진 듯한 엄생의 목소리에 중년인이 움찔했다.

"최선을 다해 수배하고 있으니 곧 알 수 있을 것입니다. 지금 예상
은 연청아와 사군이라는 젊은이가 아닌가 합니다."

"사군?"

엄생의 눈이 깊어지며 이마 주름도 움찔거렸다.

'어디서 들었더라?'

잠시 생각하던 그는 이내 그 이름의 출처를 떠올렸다.

'그렇지! 유장의 일꾼이었지.'

엄생의 얼굴에 미소가 감돌았다.

"그 녀석이라면 언젠가 일을 낼 놈이었지."

혼잣말이었다.

"아시는 사람입니까?"

"아, 아니다. 이만 물러가도록 해라. 장보도를 가져간 자를 계속 알아보도록 하고."

"알겠습니다."

중년인이 물러가자 엄생의 눈은 한층 더 깊어졌다.

'재미있는 녀석이로군.'

총기가 흐르던 사군의 눈을 떠올렸다. 그 순수함과 열정이 부러웠다. 자신도 한때는 그런 순수하고 맑은 눈을 가졌던 때가 있었다.

엄생은 고개를 저었다. 지금은 한가하게 추억에나 젖어 있을 때가 아닌 것이다. 오랜 노력 끝에 장보도를 내보낸 이상 그에 합당한 수확을 거두어야 했다.

이이제이(以夷制夷)!

"이번 일로 그 아이가 다치지 않았으면 좋겠구나."

창밖을 보며 하는 혼잣말이었다.

문득 그 순수한 눈망울에 상처를 줄지도 모른다는 생각이 들자 가슴이 아팠다. 오랜만에 느껴보는 감정이었다.

제9장

연청아(燕靑兒)

"청아, 아저씨하고 살림놀이 하자."

이웃에 사는 아저씨다. 아버지는 저녁에 나가신다. 남들이 다 자는 밤늦은 저녁에. 어떨 때는 아침 늦게, 혹은 오후나 되어서 돌아오시기에 늦게 일어나 탁자 위에 차려놓은 아침을 먹고 아버지가 돌아오실 때까지 노는 것이 내 일과다.

"그게 뭔데?"

아저씨는 내가 있는 침상 위로 올라와 누웠다.

"응, 이렇게 누워서 서로 안아주는 거야."

아저씨가 나를 만진다.

"왜 안아줘야 해?"

"응, 원래 같이 살림을 사는 사람은 한 침대에서 그렇게 하는 거야. 강씨 아주머니네 집에 놀러 가보았지?"

"응."

"강씨 아주머니네도 아저씨와 한 방을 쓰는데 침상이 하나잖아. 부부는 원래 한 침상에서 옷을 벗고 누워 서로 만져 주며 자는 거란다. 그게 바로 살림놀이지."

"창피하잖아."

"부부는 창피한 게 없는 거란다. 아저씨하고 살림놀이 하기 싫어? 그럼 아저씨는 갈 테야."

집에 혼자 남아 있는 것은 너무 심심하다. 전에 엄마가 살아 있을 때는 좋았는데…….

"아니야, 아니야, 할게. 이불 속에서 해도 되는 거지?"

"그러엄. 아저씨가 이렇게 벗겨주는 거야."

…….

"아야! 아저씨, 아파. 만지지 마."

"허, 살림놀이는 이렇게 하는 거란다."

"그래도 아파."

"알았어. 아저씨가 살살 할게."

무섭다.

"싫어! 싫어! 으앙!"

"가만히 있지 못해! 목을 졸라 버린다!"

아저씨가 벌떡 소리를 지른다. 큰 소리는 아니지만 무섭다.

"으아아앙!"

쾅!

방문이 활짝 열렸다.

아버지다. 밤에 일을 하는 아버지는 항상 장검을 차고 나가신다. 분노에 가득찬 무시무시한 얼굴로 방 안으로 들어서는 아버지는 손에 장검을 빼 들었다.

"헉!"

아저씨가 놀라서 침상에서 벌떡 일어난다.

"이 개새끼! 내 딸을!"

"아, 아니오!"

아저씨가 무릎을 꿇고 빈다.

"뒈져라! 이 새끼야!"

아버지가 칼을 휘두른다.

"으악!"

분노에 찬 아버지의 검은 자주 놀아주던 이웃집 청년의 목을 쓸어버렸다. 붉은 피가 사방으로 튀며 연청아의 벌거벗은 몸 위에 뿌려졌다.

다섯 살이었다.

"악!"

악몽 같던 그날!

십수 년을 잠을 이루지 못하게 했고, 주변을 얼쩡거리던 수많은 사내들의 목을 사정없이 잘라 버리게 만들었던, 그녀의 외호마저 흑사낭(黑蛇娘)으로 만들었던 가슴 아픈 기억. 커서도 그날의 두려웠던 기억을 씻어내지 못했다. 입으로는 연신 웃어가며 사내들과 말을 주고받으면서도 조금만 가까이 오면 견디지 못했다. 아니, 그 때문에 입이 더 헤퍼졌는지도 몰랐다.

'여기가 어디지?'

서늘한 한기가 느껴졌다. 기억을 더듬었다.

'헉!'

문득 물속에서 누군가 정신을 잃어가던 자신의 젖가슴을 더듬던 일이 떠올랐다.

'개자식!'

자신도 모르게 손을 움직여 허리춤의 요대로 가져갔다. 연검을 빼려는 동작이었다.

'앗!'

윗옷이 이불처럼 덮여 있다가 미끄러져 내리며 속살이 그대로 드러났다. 허전한 느낌에 깜짝 놀란 연청아는 가슴이 콱 막히는 듯한 충격을 받았다.

'헉!'

다시 손을 더듬거려 옷을 찾았지만 닿는 것은 맨살뿐으로 옷이 벗겨져 있었다. 그녀는 벌떡 몸을 일으켰다.

"아악!"

가슴을 찢는 듯한 고통! 참을 수 없는 무서운 통증이 그녀를 엄습했고 이어 아픔을 못이겨 다시 뒤로 자빠지는 귀로 익숙한 음성이 들려왔다.

"연, 연청아 누님… 제, 제가 상처를 싸맸어요."

사군이었다.

연청아는 흠칫했다.

'무슨 일이 있었지?'

눈을 떴다. 밤하늘을 가득 채운 듯 촘촘히 떠 있는 별들이 눈에 확연히 들어왔다. 다시 기억을 더듬었다.

'장보도를 손에 넣고 나서……'

산록에서 막혀 싸움을 벌였고 결국 흑의인들에게 쫓겨 절벽에서 떨어졌던 기억이 떠올랐다. 무척이나 공포에 떨었던 순간이었다. 다음 순간, 물속에 빠져 정신을 잃어가던 그때 누군가 자신의 가슴을 더듬었던……..

"이 나쁜 자식!"

연청아는 이를 악물고 다시 몸를 일으켰다.

얼마나 고통이 심했던지 눈물이 찔끔 났지만 개의치 않았다. 다른 일은 다 참을 수 있어도 그 짓만은 아니었다.

몸을 일으키자 여자의 맨살을 보기 난처했던지 고개를 옆으로 돌리고 있는 사군의 모습이 눈에 들어왔다.

"개자식!"

연청아는 사군의 뺨을 향해 손을 힘껏 휘둘렀다. 가슴에서 살을 찢어내는 것만 같은 진한 통증이 일었다.

짝!

매서운 손이 사군의 뺨에서 작렬했다.

"아악!"

비명을 지른 사람도 쓰러진 사람도 뺨을 맞은 사군이 아니라 연청아 자신이었다.

"아아아악!"

가슴을 쫙쫙 찢어버리는 듯한 고통에 연청아는 자신도 모르게 또다시 비명을 지르며 그대로 혼절했다.

"어?"

기껏 구해놓았더니 뺨이나 때리느냐며 항의하려던 사군은 어안이 벙벙했다. 혹시 때린 것이 미안해서 그런가 싶어 자세히 살펴보았지만 기절한 것은 분명했다.

"히! 침!"

물속에서 연청아를 끌어 올리느라고 낑낑대며 고생했던 생각이 났다. 게다가 뭍에 올라 바위 곁 이곳까지 끌고 오는 일도 보통이 아니었다.

'옷을 벗긴 것 때문에 그러는구나.'

나름대로 연청아가 뺨을 때린 이유를 그렇게 짐작했다.

상의를 벗긴 것은 어쩔 수 없었다. 가슴팍을 줄줄 흘러내리는 핏물을 보고 옷을 벗기고 보니 왼편 어깨에서 배꼽까지 검상이 길게 나 있었다. 가슴을 가렸던 천은 날카롭게 베어져 풀러낼 필요조차 없었다. 상처가 예사롭지 않았기에 벌써 이틀이나 혼수상태에 빠져 있었다. 그때의 기억을 떠올리며 혼자 얼굴을 붉혔다.

유하의 가슴이 그랬던가. 아니면 묘랑?

하얀 달빛에 뽀얗게 솟아났던 연청아의 젖가슴이었다.

다행히 검상은 젖무덤을 피해 빗장뼈에서 배꼽으로 이어져 있었다. 가슴을 둘렀던 천을 길게 묶어 상처를 싸매주었다. 봉긋한 젖가슴만 남아 있는 것을 보니 숨이 턱 막혔다. 마음을 다잡은 그는 이번에는 바지를 벗겨 허벅지와 엉덩이의 상처를 묶어주었다. 물론 바지는 다시 입혀주었다. 하지만 가슴의 상처가 워낙 컸기에 상처에 영향을 줄까 염려스러워 윗옷은 입히지 못하고 덮어두기만 했다.

그게 전부였다, 맹세코!

하긴 젖가슴과 은밀한 비처를 몰래 한 번 쓰다듬어 보기는 했었다.

구해주기 위해 그 높은 단애에서 목숨을 걸고 뛰어내린 자신이 이런 대접을 받다니… 하지만 연청아의 속살을 보는 순간만은 정말이지 황홀했었다. 아직도 아까 그 기억이 눈에 선했다. 중상을 입은 여자면 아니었다면 무슨 일이 벌어졌을지 아무도 몰랐다.

사군은 곁에 앉아 연청아의 얼굴을 쳐다보았다.

'음!'

그리고 보니 짙은 눈썹에 갸름하게 생긴 얼굴로 은근히 귀여운 구석이 엿보이는 부드러운 얼굴이다. 이런 얼굴의 여자가 그런 사갈 같은 흑사낭이라는 무서운 이름으로 불린다니 도무지 믿어지지 않았다.

'하긴, 이런 중상을 입은 상태에서도 내 뺨까지 때리고 다시 기절한 것으로 보아 흑사낭이라는 외호가 결코 허명(虛名)만은 아니로군.'

그런 생각을 하며 뺨을 쓱 문지르고 나서 흘러내린 옷가지를 주워 몸을 다시 덮어주려고 했다. 그런데 지혈을 하고 겨우 동여매 두었던 상처 부위의 천에서 급속도로 피가 배어나고 있었다.

"성질 더럽게 굴더니!"

사군은 인상을 찡그렸다. 봉긋한 젖가슴이 눈에 들어오지 않았더라면 더 심한 욕을 했을 터였다.

헝겊을 끌러내 보니 상처 부위에서 피가 줄줄 흘러나는 것이 보였다.

지혈을 한 사군은 다시 속옷을 찢어내 상처를 싸맬 적당한 크기의 헝겊을 만들었다.

"으!"

연청아는 상처를 동여매기 위해 몸을 돌리자 고통을 느꼈는지 신음성을 흘렸다. 말라붙은 빨간 입술 사이에서 나는 신음성이었다.

몰래 입을 맞추어보았지만 말라붙은 입술의 거칠어진 건조함만 느껴졌다.

한동안 애를 쓴 끝에야 겨우 상처 부위를 동여맬 수 있었다.

"휴우!"

피곤했다.

사군은 연청아 곁에 누워 잠을 청했다. 눈을 감았지만 달빛에 비치던 뽀얀 여인의 나신이 계속 어른거렸다. 묘하게도 요즘 들어 부쩍 여자 생각이 간절했다. 성인이 된 증거인 것 같았다.

"끙!"

몸을 뒤척였다.

눈을 뜨자니 하늘 위에 무수한 별이요, 감고 있자니 여인의 나신. 문득 예향이 생각났다. 지금쯤 다시 석가장으로 돌아갔을까. 아니면 놈에게 이용을 당하고 몸만 버린 채 쫓겨난 것은 아닌가. 떨쳐 내고 싶은 불유쾌한 기억이었다.

빨간 입술이 열기를 내뿜었다. 상상이었다. 갑자기 몸이 뜨겁게 달아올랐다.

"후우!"

사군은 호흡을 크게 내뱉는 것으로 마음을 안정시키려 했다.

연청아는 중환자였다. 그런 여자를 두고 이런 몹쓸 상상을 하다니… 머리를 비우려고 노력하며 애써 잠을 청했다. 한참을 뒤척거리던 사군은 어느덧 잠에 빠졌다.

쏴아아아아.

물 흐르는 소리였다.

태어나서 물소리가 이렇게 큰 줄은 미처 몰랐었다. 연청아는 눈을 뜨지 않았다. 아니, 눈을 뜨는 것이 두려웠다. 어젯밤 자신의 옷이 벗겨져 있었던 것이 기억났던 까닭이다.

'무슨 일이 있었을까?'

두려움과 궁금증이 밀려들었다.

입에 떠올리기조차 싫은 상상을 해보았다. 그렇게 되었다면… 생각하기도 싫었다. 하지만 만약, 정말 만약에 그런 일이 일어났다면 어떻게 해야 하는가에 대한 결정을 내리지 못했기 때문이었다.

"드릉, 드르릉!"

녀석은 계속 코만 골고 있었다.

바로 옆에 누워 있는 처지라 여간 성가신 소리가 아니었지만 참았다. 손을 살며시 올려 상처 부위를 만져 보았다. 어깨에서 배꼽 부위로 길게 감은 헝겊들이 만져졌다. 끝이 일정치 않은 것을 보니 입고 있던 옷이라도 찢어서 싸맨 모양이었다. 문득 허벅지에도 검상을 입은 기억이 떠올랐다. 아픔을 참아가며 손을 아래로 내려 만져 보니 그곳에도 헝겊이 감겨 있었다.

'헉!'

연청아는 갑자기 숨이 막혀 눈을 떴다.

헝겊 주위의 속살이 만져졌기 때문이다. 이렇듯 싸맸다면 바지를 벗기지 않고는 불가능했을 터였다.

'죽여 버리겠어!'

머리가 텅 비는 듯한 느낌.

독기를 품었다. 연검을 뽑기 위해 허리춤을 만지려던 손길이 멈추었다. 물속에서 연검을 놓쳐 버린 것이 기억났기 때문이다. 게다가 윗옷까지 홀랑 벗겨져서 덮여 있지 않았던가.

"드르릉! 드르릉!"

옆에서 코 고는 소리가 한층 커졌다. 사군은 무척이나 피곤했던 모양이다.

‘나쁜 자식!’

입술을 앙다물었다.

눈물이 귓가로 흘러내렸다. 한참 동안 분노를 삼키고 있던 그녀는 문득 사군이 자신을 구하기 위해 절벽을 뛰어내려 왔을 것이라는 데 생각이 미쳤다. 가만히 생각해 보니 어두컴컴한 물속에서 녀석이 자신의 젖가슴이라는 것을 알고 만진 것은 아닌 것 같기도 했다

‘맞아.’

상처를 싸맨 것도 큰 부상을 당했으니 내버려 둘 수는 없었을 것이다. 짐승이 아닌 다음에야 이토록 부상을 입은 여자를 범하지는 않았을 테니. 녀석이 평소 하는 짓거리로 보아 그런 파렴치한으로 보이지는 않았다. 그런 생각을 하니 마음이 차차 안정을 찾아갔다.

하지만 그렇다 해도 젖가슴이며 허벅지에, 여자의 은밀한 부위란 부위는 몽땅 드러낸 꼴이 아닌가. 두려움이었다. 그저 사내라는 존재에 대한 막연한 두려움이었다.

“후우, 후우!”

자신도 모르게 숨소리가 거칠어졌다.

몸을 떨고 있는 것 같기도 했다. 연청아는 한참 동안 눈을 뜨고 그렇게 누워 있었다. 눈물도 났지만 그냥 무시했다. 그저 두렵기만 했다.

검은 구름이 달빛을 가렸다.

주변에 보이는 것은 어둠을 뒤집어쓴 기괴한 형상의 나무들과 돌들, 그리고 시끄럽게 요동 치며 흘러가는 강물이 전부였다. 강물이 달빛을 받아 반짝였지만 그런 것쯤은 눈에 들어오지도 않았다. 그저 두려웠다. 하늘에서 내려다보는 무수한 별들조차도 그저 낯설기만 했다.

한참을 그렇게 눈물을 흘려가며 달을 보고 별을 보았다.

두려웠다.

남다른 감상에 젖어 있어 보고 싶어 그런 것이 아니라, 주변으로 눈을 돌리며 더 무서운 것들이 자신을 기다리고 있었기 때문이다. 고개를 살짝만 돌려도 커다란 괴물 같은 것들이 어둠을 틈타 사방에 널려 있었다. 어두운 밤은 산과 나무, 바위들은 모두 괴물로 변하게 했다.

이토록 밤을 두려워해 보기도 처음이었다.

얼마가 지났을까.

차츰 안정을 찾은 머리가 서서히 생각을 시작해 모든 상황을 차례로 정리해 갔다.

'장보도를 얻었고, 부상을 당해 강물로 떨어졌고, 사군 녀석이 자신의 옷을 벗겨 치료했고……'

생각이 거기까지 미치자 손이 은밀한 부위로 갔다.

더듬거리며 속곳 안쪽을 만져 보았다. 사내와 그 짓을 하면 처음에는 아프다고 했던가. 그곳에 손을 넣어 살짝 눌러보았지만 통증이 느껴지는 대신 오줌이 마려웠다. 꾹 참고 다시 생각을 계속했다.

'그럼 어떻게 하지?'

앞으로의 행동이 망설여졌다.

한편으로 생각하면 생명을 구해준 은인이요, 다른 쪽으로 생각하면 자신의 나신을 마음대로 훑어본 음적(淫賊)이라고 할 수도 있었다.

"푸우, 드르릉!"

'망할 자식!'

코 고는 소리도 범상치 않았다.

문득 저런 사내하고 한이불 속에서 평생을 같이 보내야 하는 여자는 무척 피로울 거라는 생각이 들었다.

‘후후후.’

웃음이 나왔다.

바로 곁에 목을 노리는 사람이 있는 것도 모르고 드르렁거리며 코를 골며 자고 있었다. 정말 아무 생각이 없다고 해야 할지. 아무래도 사군 녀석을 죽이는 일은 포기해야 할지도 몰랐다. 순진한 녀석.

‘아차!’

불현듯 장보도가 생각났다. 그 망할 놈의 지도 때문에 이런 사태가 벌어진 것이 아닌가!

“끄응!”

아픔을 참고 자신을 덮었던 윗옷을 더듬었다. 옷 사이에서 뭔가 만져졌다. 형체를 떠올려 보니 장보도가 틀림없었다.

‘하긴, 사군 녀석은 내가 이걸 가져간 것을 모를 게야.’

장보도를 만지고 나니 안심이 되었다.

무척 피곤했는지 어느 결에 스르르 잠 속으로 빠져들었다. 언제나 두려워하는 그 꿈 속으로 또다시 악몽이 찾아왔다. 평생 떠나지 않을 괴로운 기억은 밤마다 그렇게 지독한 꿈이 되어 찾아왔다.

‘싫어!’

몇 번을 몸을 뒤척이던 연청아는 잠에서 깨어났다.

어스름 여명이 강물을 뒤덮어 무수한 보석을 만들어냈다. 아까 잠이 들었을 무렵은 캄캄했었다. 사방에서 물 흐르는 요란한 소리에 풀벌레 울음도 간간이 섞여 들렸다.

언뜻 돌아보니 뒤편에는 야트막한 나무들이 몇 그루 있고 다시 그 뒤로 산이 보였다. 고개를 들어 맞은편을 보니 깎아지른 듯 서 있는 수 십 장 높은 단애가 강줄기를 따라 끝을 보이지 않고 이어져 있었다. 중간중간에 날카로운 바위들이 툭툭 튀어나와 있어 가슴을 섬뜩하게 만들었다.

'천운(天運)이었어!'

옷소매로 이마에 촉촉하게 묻어 있는 식은땀을 닦아냈다. 눈을 돌려 곁을 보니 사군은 아까와 달리 코를 골지 않고 조용히 자고 있었다.

'후훗, 바보 녀석!'

생긴 건 멀쩡해 보였는데 은근히 멍청한 녀석 같았다. 곰곰이 생각해 보면 특별히 멍청한 짓을 한 것 같지는 않은데 그냥 느껴지는 감정이었다.

연청아는 누운 상태에서 조용히 운기조식에 들어갔다. 와식(臥式)이었다. 진기를 운행시켜 보니 곳곳의 상처에도 불구하고 다행히 지장을 받는 곳은 없었다. 달빛 아래 누워 고요한 마음으로 조식에 들어간 그녀의 모습에서는 흑사낭이라는 외호가 조금도 어울리지 않았다.

잠시 시간이 흐르고 나서 연청아는 눈을 떴다. 진기를 일주천시키고 나니 전신이 개운해지는 것이 그런대로 버틸 만했다.

"끙!"

상처가 심했기에 아직도 가슴과 허벅지에서 찌릿찌릿 아픔이 전해졌지만, 억지로 자리를 털고 일어났다.

"악!"

절로 비명이 터져 나왔다.

허벅지의 깊은 상처는 아직 제대로 걸을 수 있는 정도로 가볍지 않았다. 하지만 어깨에 옷을 걸치고 억지로 강가로 다가간 그녀는 물로 전신을 깨끗이 씻었다. 그나마 허리를 숙이는 것이 힘들었기에 상처를 입은 다리를 길게 뒤로 빼고 빈쯤 엎드려야 했다.

“휴우.”

세수를 이렇게 힘들게 해보기는 처음이었고, 얼굴 한번 씻는 것에 이렇게 기분이 좋았던 적도 처음이었다. 흘낏 뒤를 돌아보고 사군이 자고 있는 것을 확인한 연청아는 어깨까지 덮었던 윗옷을 내려놓고 몸을 씻었다.

낑낑거려가며 급했던 소변을 해결하고 나서 바지까지 걷어가며 팔다리를 깨끗이 씻고 나니 날이 환히 밝아왔다. 헝겊을 풀고 금창약을 골고루 발라준 다음 다시 싸맸다.

사군의 곁으로 돌아온 그녀는 다친 발을 쭉 뻗고 비스듬히 앉아 그가 깨어나기를 기다렸다.

‘멍청이야!’

덩치만 컸지 어린아이나 다름없는 녀석!

자신의 젖가슴과 허벅지를 봤을 테지만 그렇게 거부감이 들지 않았다. 사내가 가까이 와서 치근덕거리기만 해도 목을 베어버렸던 그녀였다.

‘좋아, 동생이니 특별히 봐주는 거야.’

그렇게 결정했다.

백사장 위에 자리를 잡은 그녀는 팔을 뒤로 받치고 눕듯이 앉아 사군이 깨어나기를 기다렸다.

그런데……

‘헉!’

하마터면 비명 소리를 내뱉을 뻔했다.

코를 골고 있는 사군의 바지춤이 하늘로 치솟아 있는 것이 보였기 때문이다. 혹시 자는 척하며 자신을 놀리는 것이 아닌가 하는 생각이 머리를 스쳤다.

숨이 막혔다.

"드르룽! 드르룽!"

그런 상황을 아는지 모르는지 녀석은 코만 요란하게 골아대고 있었다.

연청아는 사군의 상태를 유심히 살폈다. 하지만 코를 고는 소리가 요란한 것은 물론이고 몸 상태로 보아 깊은 잠에 빠져 있는 것이 확실했다.

쿵! 쿵! 쿵!

가슴은 정신없이 뛰었다. 두려운 마음이 들었다. 꼭 그런 마음뿐은 아닌 것이, 알지 못할 설렘도 있는 것 같았다.

돌연 사군의 남성이 꿈틀했다.

'어머나!'

깜짝 놀란 연청아는 아예 시선을 돌려 버렸다. 두근거리는 가슴은 멈출 줄 모르고 뛰고 있었다.

"으음!"

눈이 부셨다.

자신도 모르게 가벼운 신음성을 내며 빛을 피해 고개를 돌렸다. 하지만 그쪽 방향도 부시기는 마찬가지였다.

'에잉, 졸려 죽겠는데……'

눈을 떴다.

갑자기 햇빛이 쏟아져 들어왔다. 사군은 얼른 한 손으로 해를 가리고는 몸을 일으켰다. 바닥이 습한 곳에서 지서 그런지 몸이 뻐근한 것이 갑갑한 느낌이 들었다.

"일어났어?"

연청이였다.

흘깃 보니 어느새 옷매무새도 가다듬었고 얼굴이 깨끗해 보이는 것으로 보아 세수까지 한 눈치였다. 이제 살 만한 모양이다.

"예. 괜찮으세요?"

"응. 동생은 어때?"

은근히 낯이 간지러웠던지라 짐짓 태연을 가장했다.

사군도 담담한 시선으로 그녀를 쳐다보았다.

'참, 변덕도 죽 끓 듯하구나. 기껏 상처를 싸매주었더니 어젯밤에는 따귀를 날리고, 해가 뜨니 또……'

억울한 생각이 들었다.

"어젯밤에는 왜 때렸어요?"

밤에는 사람을 알아보지 못하는 특별한 병이라도 앓고 있나 싶어 물었다. 따귀를 경계해 적당한 거리를 유지하는 것도 잊지 않았다.

'아니, 이런 눈치없는 녀석. 그 정도 모른 체했으면 알아서 행동을 하련만……'

은근히 부아가 치밀었다.

하지만 멍청하게 쳐다보며 묻는 사군을 보니 화를 낼 수도, 그렇다고 여자의 몸을 봤으니 어쩌고 하며 설명해 줄 수도 없고…….

"으, 응? 그랬어?"

시치미를 뚝 떼고 그런 사실이 전혀 기억에 없는 듯 말했다.

'밤에는 조심할 필요가 있는 여자로군.'

사군은 그녀의 정신 상태가 약간 문제가 있을지도 모른다는 생각을 했다.

상대가 묘한 눈빛으로 쳐다보자 연청아는 은근히 화가 났다. 자신으로서는 최대한 양보를 한 결정이 아니었던가? 살려주기로.

"왜 그래?"

"아, 아니요. 어서, 어서 가야 할 것 같아서요."

연청아의 눈이 가늘게 떠졌다.

녀석의 표정을 보건대 대가리에 피도 마르지 않은 녀석이 누님의 속살을 훔쳐 보고 딴생각을 하고 있는 것이 틀림없다.

"아니겠지. 솔직히 말해 봐, 지금 마음속에 품고 있는 생각을!"

기어코 답을 들어야겠다는 듯 단호한 어조로 말했다.

'음, 자신이 밤에는 약간 이상한 행동을 보인다는 것을 모르는 모양이로구나. 하긴, 알아도 병이니 어쩌겠어, 말해 주는 놈만 미친놈이 되고 말겠지.'

사군의 눈동자가 움직였다.

'이 녀석이 또 무슨 생각을…….'

연청아의 눈이 더욱 가늘어졌다.

"험. 모, 몸이 평소와 같지 않으니 건강에 유의하셔야……."

"헛소리 말고!"

"바, 밤에 왜 때렸어요?"

기세에 눌린 사군은 더듬거려가며 머리 속으로 생각하고 있었던 것을 말했다.

"기억에 없다잖아!"

"평소에도 그런 일이 있었어요? 본인은 기억에 없고 맞은 사람만 기억을 하는… 의원에게 치료받은 적은 있나요?"

그제야 그 눈빛의 의미를 알았다. 의외로 순진한 구석이 있다는 생각은 했었지만 엉뚱한 구석까지 있는 녀석이었다.

'나를 환자로 몰다니……'

하긴 그런 병증(病症)이 있다는 얘기는 자신도 들은 것 같기는 했다. 속으로 사군을 한심하게 여기며 이런저런 생각을 하다가 문득 좋은 생각이 떠올랐다.

'맞아! 이 녀석에게 혐의를 뒤집어씌워 놓는 것도……'

갑자기 그런 엉뚱한 생각을 했다.

물건의 가치를 확인시켜 준 후에 다시 훔쳐 내 비싼 값에 되파는 것이 원래 계획이었지만 이대로 추진하기에는 아무래도 뒤가 켕겼다.

누군가 대신 그 짐을 져줄 사람이 필요했는데… 보표로 같이 동행했던 사군이라면 딱이었다. 게다가 금상첨화(錦上添花)로 멍청하기까지 하니…….

연청아는 다시 눈을 가늘게 떴다.

'몸도 실하고!'

좀 멍청하게 생긴 녀석. 세상 물정이라고는 조금도 알지 못할, 그저 덩치만 커다란 사군이 눈에 들어왔다. 몸 상태가 이러니 당분간은 시중 들어줄 사람도 꼭 필요했는데. 하긴 덩치마저 크니 시중꾼으로도 그만이다.

'왜 그러지?'

사군은 그런 연청아를 불안한 기색으로 내려다보았다. 머리통 하나 정도의 키 차이가 나는 그녀였다.

"휴."

한숨을 내쉬었다.

마치 세상 고민은 혼자 잔뜩 다 짊어진 듯한, 하지만 그것이 바로 그녀가 세운 새로운 계획을 위한 포석의 시작이었다.

"무… 슨 고민거리라도?"

상대의 걱정스런 표정에 연청아의 얼굴이 한층 더 어두워졌다.

"동생… 아니야! 아니야, 말하지 않겠어!"

사군은 진지해졌다.

"걱정거리가 있으면 말씀하세요. 제자 도울 수 있으면……."

"아니야, 동생에게 그런 짐을 지울 수는 없어. 휴! 차라리… 차라리 포기를 하고 말겠어!"

고민스런 표정에 사군은 은근히 안됐다는 마음이 들었다. 그래도 속살까지 들여다본 사이가 아니던가.

"무슨 일인데 그러세요? 말씀이나 해보시라니까요."

혹시라도 자신과 관련된 일로 연청아가 피해를 보고 있지나 않은지 신경이 쓰였다. 잠시 고민하던 그녀는 마침내 입을 열었다. 비장감마저 엿보이는 그런 표정이었다.

"사실… 말이지."

사군은 그녀의 입을 주시했다. 빨간 입술을 가진 여자.

그 순간에도 연청아는 망설이고 있었다. 녀석을 슬쩍 떠볼 필요가 있었다.

"혹시 소흥 성안의 연해장이라는 장원에 대해서 알아?"

"예, 들어본 적이 있어요."

연해장이라면 소흥에서도 몇 되지 않는 큰 장원이다. 그러기에 사군과 같은 성 밖 촌놈도 이름은 알고 있었다.

"장원 주인에 대해 아는 것이 있어?"

연청아가 묘한 눈빛으로 쳐다보며 말했다. 결정하기 전에 반드시 확인해 보아야 할 중요한 질문이었다.

“아니오. 상인이라고 했던가? 아무튼 자세히는 몰라요.”

연청아는 내심 고개를 끄덕였다.

연해장에 대해 물어본 것은 혹시 그가 장보도에 대해 무언가 알고 있지나 않은가 탐색해 보려는 것이었다.

“내가 누군지 알아?”

“혹사낭 연청아 누님요.”

별걸 다 묻는다는 표정이다.

“풋! 그것 말고.”

“그게 전부인데요.”

“난 연해장주의 무남독녀야.”

말을 바꾸었다. 사실 장보도 얘기를 꺼내려고 했었는데, 너무 성급하다는 생각이 들었다. 녀석에 대해 더 알아본 후에 상황에 따라 다시 결정해도 늦지 않을 거라는 생각이 언뜻 머리를 스쳤기 때문이다.

쿵!

하마터면 심장이 떨어질 뻔했다.

“예엣? 그렇다면 왜 목숨을 걸고 돈을 벌어야 하는 위험한 보표 따위나 하고 있지요?”

너무 놀랐기에 말투마저 빨라졌다.

연해장!

소흥 서소로(西小路)에서 가장 큰 장원이다.

사군도 몇 번 그곳을 지나가기는 했다. 그런데 그 연청아가 그런 대장원 장주의 무남독녀라니! 갑자기 존경스럽게 보이기까지 했다.

은근한 자부심을 담은 빨간 입술이 조물거렸다.

"동생, 사람이란 돈이 전부가 아니야. 아침에 자단목 침상 위의 비단 금침에서 일어나면 시비들이 씻어주고, 차려주는 산해진미(山海珍味)를 먹고, 점심에 또 산해진미… 저녁에 또 그러고, 대체 무슨 낙이 있겠어? 이건 내 취미 생활이야. 위험을 무릅쓰고 어떤 어려운 일을 마치면 항상 뿌듯함을 느껴. 그게 바로 내가 살아 있을 수 있는 이유지. 뭔가 부족함이 없고 원하는 대로 다 이루어지는 인생을 사는 것처럼 힘든 일은 없어. 만약 이런 일이 없었더라면 자살을 택했을지도 몰라."

사군은 눈을 둥그렇게 떴다.

정말 배부른 소리이기는 했지만 얘기를 들어보니 그럴 수도 있겠다는 생각이 들기는 했다. 새삼 그녀가 달리 보였다.

"나를 연해장까지 데려다 주면 은자 백 냥을 주지!"

연청아는 사군을 빤히 올려다보며 말했다. 굳이 어렵게 부탁을 하는 것은 확실한 약속을 받아두어 녀석을 이용할 충분한 시간을 갖기 위함이었다.

"은자 백 냥!"

눈이 부릅떠졌다.

젠장, 이런 제의는 따지고 자시고 할 필요도 없다.

사내가 어떻게 이런 외딴 곳에 부상당한 여자를 두고 혼자 가버린단 말인가. 돈이 남아돌아 썩는 모양이니 그 대가로 백 냥쯤 받아 챙겨도 표시도 나지 않을 집안이 아닌가.

"가지요!"

사군이 앞장섰다.

"이봐, 나를 부축해서 같이 가야지!"

연청아는 쩔뚝거리는 걸음으로 힘겹게 따라가며 소리쳤다.
"아차!"
황급히 돌아서는 눈길에 빨간 입술이 스쳐 갔다.

〈3권으로 이어집니다〉

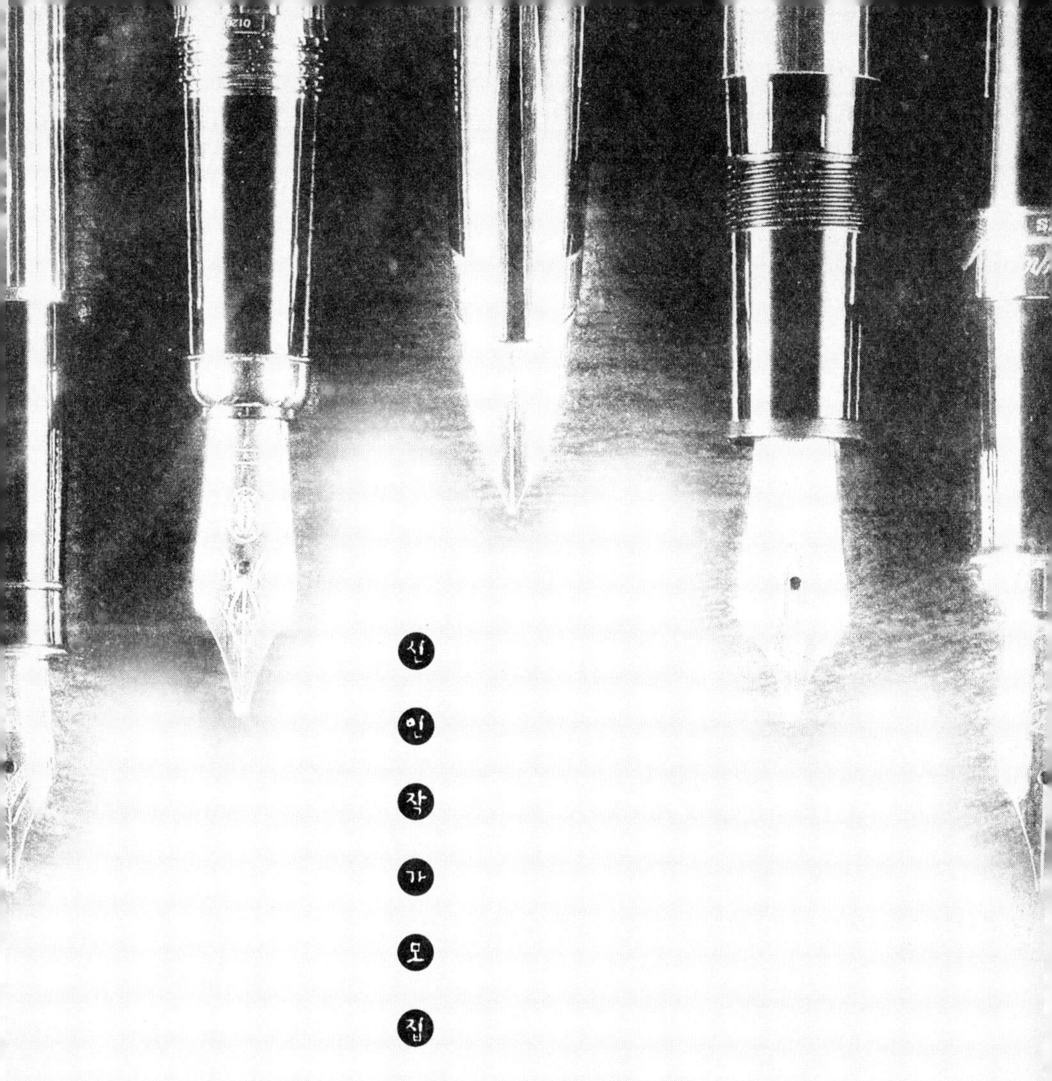

신
인
작
가
모
집

시작이 반이라고 했습니다.
작가의 길에 대한 보이지 않는 벽을 과감히 깨뜨리십시오!
청어람은 작가 지망생 여러분들의
멋진 방향타가 되어드리겠습니다.

저희 도서출판 청어람에서는
소설 신인 작가분들을 모집합니다.
판타지와 무협을 사랑하시는 분들의 많은 참여를 바랍니다.
소정의 원고(A4용지 150매)를 메일이나 우편으로 보내주시면
검토 후 출판 여부를 알려드리겠습니다.

주소:경기도 부천시 원미구 심곡1동 350-1 남성B/D 3F 우편번호420-011
TEL:032-656-4452 · FAX:032-656-4453
http://www.chungeoram.com
e-mail:chungeoram@chungeoram.com